思想家

Memoir
A History

伪装的艺术

回忆录小史

Ben Yagoda

[美] 本·雅格达 著
王喆 殷圆圆 译

北京联合出版公司

目 录

前言：以定义的方式　　　　　　　　　　　　1

第一章　回忆录的世界：2007年　　　　　　5

第二章　回忆录的起源　　　　　　　　　　33

第三章　属于我们的自传时代　　　　　　　61

第四章　与此同时，在大西洋彼岸　　　　　77

第五章　真实、回忆与自传　　　　　　　　99

第六章　杰出的维多利亚时代自传　　　　　119

第七章　百分百美国人　　　　　　　　　　149

第八章　现代主义者和电影明星　　　　　　175

第九章　乐观一点：20世纪中期的回忆录　　197

第十章　自我之歌　　　　　　　　　　　　225

第十一章　真相与结局　　　　　　　　　　253

前言：以定义的方式

我在这本书里用"memoir"和"autobiography"（有时还用"memoirs"）来表达差不多的意思：一本不论是作者、出版方还是读者都认为它对作者的人生做了真实描述的书。（我之所以说"差不多"，是因为"autobiography"或"memoirs"通常涵盖作者的一生，而"memoir"既可以涵盖一生，也可以只涉及人生的某些片段。）因此，以下这些**带有自传性质的**作品并不在本书的讨论之列：日记、书信集、自传体小说，以及（数量最为庞大的）未出版的文本。

我将这些词换着用可能让你觉得奇怪，因为（尤其是）近年来，《这个男孩的一生》(*This Boy's Life*)、《骗子俱乐部》(*The Liar's Club*)和《拿着剪刀奔跑》(*Running with Scissors*)赋予了"memoir"一词特别的意义。或许，简单回顾一下这几个词的来历就能够弄清事情的原委。"autobiography"的由来无可争议——这个词首次出现于1809年，几十年后，含义便和如今一样了：作者给自己写的传记（对于该词的起源，第三章将更详尽地描述)。而"memoirs"和"memoir"的由来就比较复杂了：它们源自法语单词"memoire"（记忆）。复数形式"memoirs"始终与"autobiography"同义；《牛津英语词典》的释义中引用了1678年威廉·威奇利的说法："把你的回忆或一生写成一本书，并将其公之于世。""memoirs"至今还在使用，尤受政治家等社会名流的青睐，也因此被赋予了讽刺意味，比如艾尔伯特·诺克的《多余人的回忆》(*Memoirs of a Superfluous Man*，1943）和伯纳德·沃尔夫的《一个不完全害羞的色情作家的回忆录》(*Memoirs of a Not Altogether Shy Pornographer*，1972）。

1960年，罗伊·帕斯卡尔在《自传中的设计与真实》(*Design and Truth in Autobiography*）中简要陈述了"自传"（autobiography）和"回忆录"（无s后缀的memoir）之间传统上的差异："自传完全聚焦于作者自身，而回忆录则关注其他的人或事物。"这一说法直到1984年都被奉为圭臬。此后，另一位文学学者指出，在自传中"作者自己是关注的中心"，但在回忆录中"作者本质上是一个负面人物，最多是一个中性人物；作为一个与众不同、具有自我意识的角色，他本身并不重要，重要的是他的行为以及那些行为所导致的后果，或者是他遇见的、和他有关的另一个人，那个人通常要比他更优秀或更引人注目"。[1]

至少，在法国，这两个词从准确性和真实性来看是有

---

[1] 理查德·科,《当草更高时：自传和童年的经历》(*When the Grass Was Taller: Autobiography and the Experience of Childhood*，耶鲁大学出版社纽黑文和伦敦分社，1984年)，第14页。——原注（以下如无说明，均为原注）

区别的。1876 年，瓦珀罗在《通用词典》里写道："自传（autobiography）留有大量的想象空间，写自传的时候并不一定要像写回忆录（memoirs）一样精确地陈述事实。"

当然，到了 21 世纪，"回忆录"的含义发生了天翻地覆的变化。作者自己成了绝对的焦点，甚至在詹姆斯·弗雷和玛格丽特·琼斯的丑闻爆发之前，人们就做好了文本与事实之间会有一定偏差的心理准备。近代回忆录作家南希·米勒确切地描述了她写自己过去经历时的策略："我可以写下我记得的东西，也可以精心编写一本回忆录；前者**或许**是真相，而后者会是一个好故事……当我坐在桌前，我会去回忆，但在我记不起的时候，我就会顺着写下去……对于'真正'发生了什么，作家会从文学（至少会从文本）角度来回答。在写作的过程中，我就能找到答案。当我下笔的时候，事实就存在于字里行间。但写出来的东西也许并非真相；它只是看起来像真的一样。对我来说就是如此。"

此外，我在这本书中还会设法解释这些变化是如何发生的。如果你已经看到了这里，就不会对我从历史角度而非主题、理论、类别、心理、道德、美学角度寻求这个问题和其他问题的答案而感到奇怪。也就是说，只有将早期灵性自传的传统考量进去，才能理解卢梭《忏悔录》（*Confessions*）的意义；只有从卢梭的《忏悔录》出发，才能明白弗兰克·康罗伊《停止时光》（*Stop-Time*）的意义。若要把有史以来数以万计的自传圈进一个可控的、有效的、易读的叙述中，历史性的思维框架也是很有用的。篇幅所限，这本书不能细究到每一篇回忆录，甚至连回忆录中的大部分或大部分精品都无法涵盖。因此，写进本书的回忆录都是那些意义重大的作品。比如，美国小说家舍伍德·安德森在20世纪20年代开始写的一系列自传中穿插了自己童年和青春期的回忆，同时承认它们多有谬误。1957年，玛丽·麦卡锡在《一个天主教女孩的童年回忆》(Memoirs of a Catholic Girlhood)中也采取了类似的做法。我在第八章中将相当详细地分析安德森的书，但麦卡锡的这本出色的作品就在此一笔带过，不会再提了。

第一章　回忆录的世界：2007年

　　我来到了回忆录的阅览区。翻阅一阵后，我终于明白为什么这个阅览区这么大了：谁知道会有那么多的真理可讲、那么多的教训可学呢？又有谁知道会有那么多人有那么多非说不可的过往呢？我翻看了各式各样的回忆录，有性虐待回忆录、风流债回忆录、性功能障碍回忆录、另类性行为回忆录、悔不当初的享乐派摇滚明星回忆录、"12步戒断计划"回忆录，还有关于阅读的回忆录《不间断的阅读人生》（*A Reading Life: Book by Book*）。有位女作家一人就写了五本回忆录，一本讲述她与父亲（一位著名小说家）之间的纠葛，一本讲述她与她的孩子们之间的纠葛，一本讲述她与酒精之间的纠葛，还有一本终于讲述了她与自己较为亲密的关系。还有一些回忆录谈的是撰写回忆录的难处，甚至有几本是教人怎么写回忆录的，如《回忆录作家教你写回忆录》（*A Memoirist's Guide to Writing Your Memoir*）。这一切都让我觉得自己还算不错，我甚至不用去读这些书，就很欣慰地知道世界上还有比我更孤注一掷、更妄自尊大、更索然无味的人。

——布洛克·克拉克,《新英格兰作家居所纵火指南》
(An Arsonist's Guide to Writers' Homes in New England: A Novel, 2007)

关于狗的回忆录曾风靡一时。实际上,从 2006 年约翰·格罗根的《马利与我:和世界上头号捣蛋狗的幸福生活》(Marley and Me: Life and Love With the World's Worst Dog) 获得惊人的成功起,一大拨人就受此启发,跟风写下了献给拉瓦、格斯、鲍勃、奥森、博多、莎蒂等狗狗的回忆录。直到 2007 年,这股风潮依然强劲:莫尔、雪碧以及两只叫博的狗(主人分别是安娜·昆德兰和马克·多蒂)的生活被搬上了书架。安·霍奇曼凭借她的作品《百万宠物之家》(House of a Million Pets) 一举将此类书籍打入了青少年市场。约翰·格罗根不甘示弱,携畅销书《马利与我》的两部改编作品再度登场:其中一部专门面向 8 至 12 岁儿童,另一部则以绘本形式呈现,取名为《捣蛋狗,马利!》(Bad Dog, Marley!)。或许是察觉到狗狗回忆录的市场接近饱和,大中央出版社(Grand Central Publishing)花 125 万美元购得了一本关于杜威的回忆录的版权——杜威是艾奥瓦州一个小城镇上的一只猫,它获救后在图书馆里生活了十九年。(此前,还有一本名为《全民开放:公共图书馆中的怪人、呆子和黑帮》[Free for all: Oddballs, Geeks, and Gangstas in the Public

Library］的回忆录于2007年出版，作者为加利福尼亚州托伦斯公共图书馆的多恩·博彻特。）

狗狗回忆录还只是自传类图书的冰山一角。詹姆斯·弗雷因其作品《百万碎片》（*A Million Little Pieces*）中含有大量不实的内容被奥普拉·温弗瑞斥责，然而在此事件发生一年之后，回忆录史无前例地风行（如讽刺回忆录、滑稽回忆录、"9·11"后回忆录等）。只要你看奥普拉的电视节目，就一定免不了接触回忆录。2007年初，奥普拉将西德尼·波蒂埃的自传《衡量一个人》（*Measure of a Man*）选入她读书俱乐部的推荐书目。在那年，该书又卖出了558,000册。埃利·威塞尔描述纳粹大屠杀的回忆录《夜》（*Night*）被奥普拉选入2006年的推荐书目。这本令人肃然起敬的书一直卖得很火，实际上，它卖得太好了：在它连续80周名列畅销榜之后（总共卖出了大概1000万册），《纽约时报》草率地，甚至可以说是很不道德地把它从榜单上撤了下来。《纽约时报》一位负责书评的员工向该报大众编辑克拉克·霍伊特解释："榜单的目的是追踪新书的销售情况……我们不可能无限期地关注这类书（比如《夜》）。"

就算去星巴克，你也免不了看到回忆录。2007年，这家连锁咖啡店启动了一个读书项目，选择的第一本书就是伊斯梅尔·比亚的《一条漫长的路：童子兵回忆录》（*A Long Way Gone: Memoirs of Boy Soldier*）。这本书在星巴克门店卖出了116,000册，一年的总销量达到了458,000册。第二本书是《倾听是一种爱的行为："故事团"中的美国生活庆典》（*Listening is an Act of*

Love: A Celebration of American Life from the StoryCorps Project），这是一本整理了美国民众的简短录音的回忆录。接下来，星巴克选择的还是一本回忆录：大卫·谢夫的《漂亮男孩：一位父亲在儿子染上毒瘾后的经历》（Beautiful Boy: A Father's Journey Through His Son's Addiction）。不要把它和尼克·谢夫的《强烈摇摆：在冰毒的伴随下成长》（Tweak: Growing Up on Methamphetamines）搞混了，尼克是大卫的儿子，他让自己的这本书和父亲的书在同一个月开售。也不要把它和詹姆斯·萨兰特的《离开肮脏的泽西：冰毒回忆录》（Leaving Dirty Jersey: A Crystal Meth Memoir）或是迈克尔·吉尔在一家星巴克门店工作的回忆录《星巴克如何拯救了我的人生》（How Starbucks Saved My Life）搞混了。另外，也别和《漂亮男孩回忆录》（Memoirs of a Beautiful Boy）搞混了，这本书的出版商说："罗伯特·列勒瑟斯在书中描述了他在东得克萨斯地区度过的童年时光，以及他在古怪的、戴着假发的、艳丽且博学的母亲的监护下度过的那些年。"此外，《漂亮男孩：一位父亲在儿子染上毒瘾后的经历》还会使人想起肖恩·威尔西在2005年写的回忆录《啊，这一切的荣光》（Oh the Glory of It All），肖恩在书中主要描写了他性格古怪的母亲帕特里夏·蒙塔登。2007年，蒙塔登出版了她自己的回忆录《啊，这一切的苦难》（Oh the Hell of It All）。蒙塔登的回忆录不仅书名模仿了儿子的书，连装帧设计都十分相似。苏珊娜·索内伯格、李·蒙哥马利和玛丽·戈登在2007年都创作了关于他们性格乖僻的母亲的回忆录。戈登的这本回忆录是她1996年写的关于她麻烦一大堆的父亲的回忆录的姊妹篇。伯纳德·库珀、卢辛达·弗兰克斯、迪娜·伦尼和莱斯利·加里斯都出版了关于他们与父亲之间紧张关系的回忆录。《纽约时报》前书评人阿纳托尔·布罗德或许当数那一年在回忆录领域和子女冲突最大的父亲,不过他在自己的两本回忆录(《愤怒的卡夫卡》[Kafka was the Rage]和《病人狂想曲》[Intoxicated by My Illness])中没有提及的是,他的父母尽管自认为、也被外界认为是黑人,实际上是混血,而他自己在成年以后一直以白人的身份生活。辨识身份的使命因此落到了布罗德的女儿布利斯身上,她在2007年出版了一本回忆录,详细描述了关于种族和欺骗的家族史。为了把这一切解释得更为圆满,布利斯·布罗德还在《纽约时报》上发表了一篇针对大卫·马修的回忆录的书评,讲述了自己在非裔美国人父亲和患有精神分裂症的犹太人母亲组成的家庭中成长的经历。

在2007年,哪怕是没有出版的回忆录也可能登上新闻。一个名叫阿努查·布朗·桑德斯的女子在打赢了和纽约尼克斯队的性骚扰官司后,收到了数百万美元的赔款。《纽约时报》尖锐地评论道,布朗·桑德斯应该不会写书了(但我们还是拭目以待吧)。下半年,小甜甜布兰妮的母亲琳内·斯皮尔斯快要完成《波普老妈:小报世界中关于名声与家庭的真实故事》(Pop Culture Mom: A Real Story of Fame and Family in a Tabloid World)时,有消息说她的另一个女儿——16岁的迪士尼电视剧明星洁美·琳怀孕了。出版方托马斯·尼尔森公司笃信基督教,宣布这本书将"无限期推迟出版",还发了一篇新闻稿,说:"**琳内·斯皮尔斯的书绝非育儿指南**——同媒体报道相悖,《波普老妈》的确是本回忆录,但也是个警示。"[1]

回忆录在美国似乎随处可见,在英国则更是铺天盖地。在英国年度非虚构类精装本畅销榜前十名中,回忆录占据了七个席位(排第一的是电视节目主持人理查德·哈蒙德的《在边缘》[*On the Edge*]),在平装本畅销榜中,回忆录占据了前十名中的六个席位(比尔·布莱森的《霹雳小子的生活与时光》[*The Lives and Times of the Thunderbolt Kid*]高居榜首)。有趣的是,大约从 2007 年开始,直到最近,英国销售甚佳的回忆录大致可归为两类。一类描写的是不温不火的电台 DJ、电视节目主持人、运动员、喜剧演员或者他们的太太团(也就是他们的妻子和女朋友)的生活故事。(这些回忆录的书名或副书名通常都用了定冠词"the"而非不定冠词"an",以明确表示是本人所写。)在精装本榜单上位列理查德·哈蒙德之后的是《我的回忆录》(*My Booky Wook*),而平装本榜单第三名是《笑声》(*The Sound of Laughter*),作者分别是喜剧演员拉塞尔·布兰德和彼得·卡伊。另一类是"悲惨经历回忆录":通常是一个不出名的人描述自己童年时遭到虐待的经历,要不然就是讲述其他痛苦或艰难的境遇。

---

[1] 在新闻稿中,公司总裁引用了圣经中的说法:"我们相信救赎。因此,在这样一个艰难的时期,我们会和琳内及其家人站在一起。虽然这本书的出版被推迟了,但我们相信上帝在做工。这个故事还在书写之中,而且我们完全相信上帝能够化灰烬为美丽。(以赛亚书 61:3)"

虽然悲惨经历回忆录实际上源自美国，比如大卫·佩尔泽的《一个被称作"它"的孩子》(A Child Called "It")和其诸多续篇、奥古斯丁·巴勒斯的《拿着剪刀奔跑》和珍妮特·沃尔斯的《玻璃城堡》(The Glass Castle)，但它在过去十年间击中了英国人某条又粗又敏感的神经。这类作品占据了书店的半壁江山，每本都有着纯白、米白或暗白的封皮，再配上一张面容忧郁的小男孩或小女孩的照片（通常是模特照而非作者本人小时候的照片）。英国的悲惨经历回忆录的书名要么很简洁，比如《病》(Sickened)、《破》(Damaged)、《小囚》(The Little Prisoner)、《折翼》(Broken Wings)、《丑》(Ugly)和《甚丑》(Beyond Ugly)，要么就直接拿完整句子当书名，比如《永远别说》(Don't Ever Tell)、《别告诉妈妈》(Don't Tell Mummy)、《告诉我为什么，妈妈》(Tell Me Why, Mummy)、《妈妈，他把我卖掉，换了几根烟》(Ma, He Sold Me for a Few Cigarettes)，以及2007年一位中产阶级教师的回忆录《妈妈，你能借我二十块钱吗？》(Mum, Can You Lend Me Twenty Quid?)——她的儿子们十几岁时吸上了海洛因。

相比之下，美国回忆录的流行程度也许没有英国回忆录高，但它们在题材的涵盖面上很好地弥补了这一点。美国回忆录涵盖的范围如此之广，以至于无法仅用一个类别将其囊括：有名人回忆录、悲惨经历回忆录、狗狗回忆录、毒品回忆录、古怪母亲回忆录等。其中最为流行的或许当数"噱头文学"（这一名称由莎拉·戈尔茨坦在网络杂志 Heeb 上提出）——作者为了写书而特地去做一些不同寻常的事。这种类型的创始人可能是亨利·大卫·梭罗。1845 年，他毅然住进了瓦尔登湖畔自己搭建的小木屋，并且把这段经历以散文的形式记录了下来（一个有趣的事实是，梭罗其实在小木屋里生活了两年，但他在书中将这段日子浓缩成了一年）。一直以来，这类作品很多：娜丽·布莱为写《疯人院十日》(Ten Days in a Mad-House, 1887) 假装自己精神失常；杰克·伦敦为写《深渊居民》(People of the Abyss, 1903) 假装自己穷困潦倒；约翰·霍华德·格里芬为写《像我一样黑》(Black Like Me, 1961) 假装自己是个黑人；乔治·普林普顿为写《疯狂王牌高手》(Paper Lion, 1966) 假装自己是个职业橄榄球运动员；诺拉·文森特为写《自造男人：从女人变为男人又变回女人的经历》(Self-Made Man: One Woman's Journey into Manhood and Back, 2006) 假装自己是个男人。这些例子体现出，随着时间的流逝，那些为了写书而做的事已经越来越像是噱头了。2007 年，噱头文学层出不穷，无疑证实了这个趋势。人们最为关注的是 A.J. 贾各布斯的《依照圣经生活的一年：一个男人以谦卑的姿态尽可能地遵循圣经来生活》(The Year of Living Biblically: One Man's Humble Attempt to Follow the Bible as Literally as Possible)。此书之所以流行，大概是因为人们希望能在曼哈顿步行街上拍到穿长袍、拿手杖的人吧。贾各布斯此前还出版了回忆录《我的大英百科狂想曲》(The Know-It-All: One Man's Humble Quest to Become the Smartest Person in the World)，讲述了他尝试读完整部《大英百科全书》的经历。(贾各布斯的作品都采用了流行的命名法:参考了1982年梅尔·吉布森的电影《危险年代》[The Year of Living Dangerously],并且副书名使用了"一个男人……"这样的表述。)

这类书大多有探险的元素,尤其是伊丽莎白·吉尔伯特的《美食、祈祷和恋爱》(Eat, Pray, Love),她在书中描写了自己通过在异域品尝美食、诚心祷告和坠入爱河来超越自我的经历。(据《出版人周刊》统计,这本书在2007年卖出了2,015,000册,该年出版的图书无出其右。)此外,还有佩泰·乔丹的《洗碗工:一个人试图在五十个州洗碗》(Dishwasher: One Man's Quest to Wash Dishes in All 50 States),阿奇科·布希的《九种渡河方法》(Nine Ways to Cross a River,她在书中描写了自己游过九条河的经历,没错,九条河),埃里克·韦纳的《寻找幸福之国:一个人寻找世界上最幸福的地方》(One Grump's Search for the Happiest Places in the World),乔希·沃尔克的《小屋压力:一个人迫切地想通过当野营顾问重回青春时代》(Cabin Pressure: One Man's Desperate Attempt to Recapture His Youth as a Camp Counselor),以及那些描写作者们如何学会打桥牌或打落袋式台球的书。这类书中还有一些记录了在自己设下的某种限制或其他行为制约下生活一段时间(通常是像梭罗那样的一年)的经历。《动物、蔬菜和奇迹:一年的饮食生活》(Animal, Vegetable, Miracle: A Year of Food Life)写的就是巴尔巴拉·金斯尔弗和家人在一年中只吃自家种的或当地产的食物的经历。此外还有：

- 《没有"中国制造"的一年：一家人在全球化经济中的生活冒险》(A Year Without "Made in China": One Family's True Life Adventure in the Global Economy)
- 《富足：一男一女，当地食物吃一年》(Plenty: One Man, One Woman, and a Raucous Year of Eating Locally)
- 《不买：我戒断购物的一年》(Not Buying It: My Year Without Shopping)
- 《大反差：电视瘾妈妈培养不看电视的孩子的自白》(The Big Turnoff: Confessions of a TV-Addicted Mom Trying to Raise a TV-Free Kid)
- 《助我自助：一个无神论者，十位自助专家，在舒适区边缘的一年》(Helping Me Help Myself: One Skeptic, Ten Self-Help Gurus, and a Year on the Brink of the Comfort Zone)

朱莉·鲍威尔的经历具有典型的重复性：几年前，她试图在一年中只做朱莉亚·查尔德《掌握烹饪法国菜的艺术》(Mastering the Art of French Cooking)中的菜，还为此专门创建了一个博客。后来，她依据博客内容，出版了回忆录《朱莉与朱莉亚：我冒险下厨的一年》(Julia by Julie: My Year of Cooking Dangerously)。2007年，鲍威尔又写了一本回忆录，讲述了她如何学习做一名屠夫——这不免使人想起比尔·比福德写的关于与马利欧·巴塔利一起工作的回忆录《热》(Heat)。查尔德在 2007 年推出了自己的平装本回忆录《我在法国的岁月》（*My Life in France*），她的编辑朱迪斯·琼斯、她的厨师和电视制作人也各自出版了一本回忆录。玛雅·安吉罗也有一本与食物有关的回忆录，这是安吉罗自 1969 年出版《我知道笼中鸟为何歌唱》（*I Know Why the Caged Bird Sings*）以来的第八本回忆录。这能否创下纪录，取决于我们如何看待雪莉·麦克雷恩的那些书——麦克雷恩通过写书来讲述她过去、现在和将来的生活，到 2007 年已经出版第十一本了。

至于其他的回忆录流行分支的由来，大概跟牛顿和莱布尼茨谁创立了微积分一样，谁也说不清楚。我们该如何解释 2007 年"父亲回忆录"（从"做"父亲的角度，而不是从"有"父亲的儿子的角度）的风潮呢？像尼尔·波拉克的《替补爸爸：一个美国家庭试图养育酷孩子的真实故事》（*Alternadad: The True Story of One Family's Struggle to Raise a Cool Kid in America*），菲利普·勒曼的《父亲观：男人是如何变成父亲的》（*Dadditude: How a Real Man Became a Real Dad*），卡梅伦·斯特拉彻的《有爸爸的晚餐：我如何回到家里的饭桌旁》（*Dinner with Dad: How I Found My Way Back to the Family Table*），卢·内克的《甩竿：以父亲的身份穿越阿拉斯加的飞钓之旅》（*Backcast: Fatherhood, Fly Fishing and a River Journey Through the Heart of Alaska*），杰夫·加马奇的《中国灵魂：我的女儿到了美国，我成了父亲》（*China Ghosts: My Daughter's Journey to America, My Passage to*

Fatherhood），以及詹姆斯·林德伯格的《摇滚爸爸：没有规则，只有真实的生活？》(Punk Rock Dad: No Rules, Just Real Life?)。与此类似，你也很难想到为什么2007年会成为讲述自闭症和阿斯伯格综合征最频繁的一年。但事实就是如此，约翰·埃尔德·罗比逊（《拿着剪刀奔跑》的作者奥古斯丁·巴勒斯的兄弟）、杰瑞·纽波特与玛丽·纽波特夫妇写了关于阿斯伯格综合征患者生活的书，丹尼尔·塔曼特写了关于自闭症患者生活的书，珍妮·麦卡西、夏洛特·穆尔写了关于抚养自闭症孩子的书。

不是所有的回忆录都属于某种潮流，毫无疑问，2007年也有不少这样的书。比如，解剖尸体回忆录、在密歇根的越南移民家庭长大的回忆录、在曼哈顿豪华餐厅做女服务生的回忆录、做纽约巨人足球队粉丝和做"声音向导"摇滚乐队粉丝的回忆录（说的是两本不同的书）、在非洲做和平队聋人志愿者的回忆录、在富兰克林·罗斯福创立的佐治亚州脊髓灰质炎温泉康复院从1950年住到1952年的回忆录、在巴基斯坦和阿富汗农村建公共学校的回忆录、出生后就被分开又在度过半生后重聚的双胞胎的回忆录、在1998年的某个夜晚被绑架和勒索的回忆录、身为著名已故作家兼编辑的有毒瘾且麻烦一大堆的兄弟的回忆录以及身为该作家兼编辑的老板的儿子同时还患有广场恐惧症、幽闭恐惧症和电梯、停车场、桥梁、飞机、隧道恐惧症的回忆录，等等。[1]

---

[1] 作者分别是克里斯丁·蒙特罗斯、阮碧铭、菲比·达姆罗希、罗杰·迪雷克托、约翰·塞勒斯、乔希·斯威勒、苏珊·理查兹、什里夫·格雷格、莫坦森、伊丽丝·沙因和保拉·伯恩斯坦、斯坦利·阿尔珀特、史蒂夫·耿、艾伦·肖恩。

另一方面，也有许多回忆录遵循着非常古老的传统。据说，史上第一本自传是奥古斯丁的《忏悔录》(Confessions)。此后，值得一提的灵性自传的作者有：阿维拉的圣特蕾莎、乔纳森·爱德华兹、约翰·亨利·纽曼，还有在2007年登场的丹妮丝·杰克逊（乡村音乐歌手艾伦·杰克逊的妻子，不过她的《一切都关于他》[It's All About Him]中的"他"指的是上帝）、足球教练托尼·邓吉、前拳击手乔治·福尔曼、基督教歌手艾米·格兰特，以及一名声称自己被卡车撞到后看见天堂又返回人世的牧师——据《出版人周刊》统计，描写这段经历的《天堂90分钟》(Ninety Minutes in Heaven)一年内卖出了491,000册。此外，灵性自传还有：《处处复活节》(Easter Everywhere)，讲述了作为路德宗牧师的女儿的成长经历；《水将托起你》(The Water Will Hold You)，讲述了一名无神论者学习祷告的经历；《离开教堂》(Leaving Church)，讲述了一位牧师在接管一个乡村教堂后，发现自己关于管理乡村教区的设想完全不切实际的经历。还有反宗教回忆录，比如两本由逃离摩门教一夫多妻制的女性写的回忆录，以及沙洛姆·奥斯兰德的《包皮的悲哀：回忆录》(The Foreskin's Lament: A Memoir)，以一种痛苦的诙谐口吻（或是诙谐的痛苦口吻）描述了在犹太教正统派环境中成长的不满，宣传语是："实在太神了。(That's so god.)"与此相反，经典之作《骗子俱乐部》(The Liars' Club)和其续篇《樱桃》(Cherry)的作者玛丽·卡尔在接受《纽约时报》采访时说："我正在写第三本回忆录《重生之光》(Lit)，这本书将讲述我从一个罪孽深重的人成为天主教徒的难以置信的经历（它也许不是教皇的最爱，但仍是一本滔滔不绝的虔诚赞歌，乞求青睐）。"科恩乐队前主音吉他手布莱恩·韦尔奇（外号"头儿"）也出版了他的自传。在一次《新闻周刊》的采访中，韦尔奇解释了他的写作动机："我很乐意让人们去了解上帝，我希望人们知道我找到了什么。这真的是我的亲身体会。上帝不是躲在天上的古怪老头，他并不遥远，离我们很近。他与我们同在地球上，会为我们的生活打开一扇大门。"

布莱恩·韦尔奇的自传也可以归为名人自传。可以说，这一自传类别起源于两千多年前尤利乌斯·恺撒的回忆录。在2007年的名人自传中，摇滚明星自传尤为丰富，尽管人们普遍认为摇滚迷的读书热情不会太高。除了埃里克·克莱普顿，滚石乐队的罗尼·伍德、枪炮玫瑰乐队的斯莱史、克鲁小丑乐队的尼基·赛克斯、资深制作人乔·博伊德均出版了自己的作品。还有"摇滚明星的灵感女神"的自传，贝蒂·伯伊德（她与埃里克·克莱普顿、乔治·哈里森都结过婚）、凯瑟琳·詹姆斯（她与杰克逊·布朗、鲍勃·迪伦还有其他一些名人约过会或结过婚）、约翰尼·卡什的第一任妻子薇薇安都讲述了自己的故事。还有前男子乐队"超级男孩"的成员兰斯·贝斯，他在单飞后公开了性取向。贝斯说："我写书前已经被粉丝催了无数次。写这本书的过程，怎么说呢，真的像是一种疗愈。因为一直以来，尤其在乐队期间，一切都来得很快，恍恍惚惚的，当时我都没有意识到发生了那么多事。"（此外，男同性恋演员法利·格兰杰和鲁伯特·艾弗雷特、70年代冥河乐队的男同性恋贝斯手查克·潘纳索、使牧师特德·黑格加德公开了同性恋取向的男保镖迈克·琼斯、首位承认自己是同性恋的NBA球员约翰·阿米奇都在2007年出版了他们的首部回忆录。芮妮·理查兹〔原名理查德·拉斯金德〕在2007年出版了第二本回忆录,她在做完变性手术之后短暂地参加了一段时间的女子网球巡回赛。) 考虑到自己的未来,基思·理查兹签下了一份价值730万美元的回忆录出版合同,而人们议论的重点在于理查兹对自己的过去还能或还会记得多少。利特尔与布朗出版公司的编辑并没有与理查兹会面,而是读了一份十页的摘要,他表示"摘要的内容消除了所有的顾虑",其文字"清晰而生动,令人羡慕"。

政客的回忆录则比摇滚明星的回忆录还要多,数不胜数。理查兹的稿酬和重量级政客有一拼。比尔·克林顿2004年出版的《我的生活》(*My Life*)拿到了1000万美元的稿酬,这是公认的有史以来最高稿酬。美国联邦储备委员会前主席艾伦·格林斯潘曾经位列第二,2007年,他的《动荡年代》(*The Age of Turbulence*)的稿酬为850万美元。但格林斯潘后来被英国前首相托尼·布莱尔挤到了第三名——2007年10月,布莱尔在得到900万美元的预付款后,终于同意写自传了。(诡异的是,在公布消息后的一周内,西蒙与舒斯特公司出版了罗伯特·哈里斯的惊悚小说《幽灵》[*The Ghost*],该书讲的是一个像布莱尔那样的英国前首相把自己的回忆录卖到1000万美元的故事。)美国前参议员泰德·肯尼迪也宣布,他的书将在下个月开售,据说他的稿酬是800万美元，这可与预期不太相符。

2007年，还有一长串不那么显赫的人物也出版了自传，如美国最高法院大法官克劳伦斯·托马斯、美国中央情报局前局长乔治·特尼特、民主党成员罗伯特·什鲁姆和泰瑞·麦考夫、国会前议员汤姆·德利、国会议员查尔斯·兰格尔、参议员谢罗德·布朗的妻子、神通广大的权力掮客杰克·瓦伦蒂（他在自传出版前就去世了）、前联合国大使约翰·博尔顿、水门事件涉案人员埃弗雷特·霍华德·亨特、墨西哥前总统比森特·福克斯、巴基斯坦前总统佩尔韦兹·穆沙拉夫、曾经的美国总统候选人韦斯利·克拉克等。曾经的总统候选人巴拉克·奥巴马、希拉里·克林顿、鲁迪·朱利安尼和约翰·麦凯恩从前的回忆录也被翻了出来，此外，卡尔·罗夫（前美国总统高级顾问）、斯科特·麦克拉伦（前白宫新闻秘书）和南希·佩洛西（美国众议院议长）都宣布已经签约，要讲述他们自己真实的故事。还有一些有趣的针锋相对的政治回忆录。迪娜·马托斯·麦克格里维如何回应她的前夫——新泽西州前州长吉姆·麦克格里维2006年的《忏悔录》（*The Confession*）呢？当然是用她自己的回忆录了。2007年上半年宣布出版回忆录时，迪娜·马托斯·麦克格里维在一份声明中说："我收到了很多采访和抛头露面的邀请，但我认为，对我自己和女儿最好的选择，就是远离公众的旋涡。"这看起来是一个（合理的）不去写回忆录的理由。至于选择写回忆录的原因，她粗略地解释："两年来，人们还在对我和我丈夫的关系进行无端揣测。够了，真的够了。"与此同时，瓦莱丽·普拉梅·威尔逊的《对抗游戏：我的间谍生活，我被白宫出卖》（*Fair Game: My Life as a Spy, My Betrayal by the White House*）可以和专栏作家罗伯特·诺瓦克的《暗黑王子：在华盛顿报道的五十年》（*The Dark Prince: Fifty Years Reporting in Washington*）配套购买，因为诺瓦克揭了她的底。（瓦莱丽·普拉梅·威尔逊的书在第一次出版的时候，有相当一部分在上架前被她的前雇主——中央情报局修改过或涂抹过。有一些改动着实让人摸不着头脑。《纽约时报》的一篇文章引用了描写她第一次参加中央情报局培训课的一句话，这样写道："'目前看来，我是［此处被涂黑］。'按照逻辑和被涂黑单词的宽度，我觉得那位警惕的监察官掩盖的内容是'最年轻的'。"）

2007年，一个历史悠久的分支——文学回忆录因其相当少的出版量引起了人们的注意。罗伯特·斯通、亚历山大·沃、君特·格拉斯、比尔·布莱森、丽萨·奥尔瑟、里德·惠特莫尔和埃德维奇·丹蒂凯特是少有的选择在这一年里讲述自己人生的有名作家。布莱森的书主要讲述的是20世纪50年代他在得梅因的童年往事。这本书在他的第二故乡英国卖得比在美国还要好，而且它还属于另一个更小众的分支——所谓的普通但相对满足的人的回忆录。米尔德里德·阿姆斯特朗·卡利希和哈里·伯恩斯坦（前者是艾奥瓦州人，80多岁；后者生于英国北部，现居美国新泽西州，正在写第二部回忆录，96岁）很有勇气地出版了既有思想又有文采的回忆录，描述了自己很久很久以前的并没有什么创伤的童年。

2007年还有另一股持续发展的潮流——以卡梅莉亚·恩特克哈维法德、扎拉·加哈马尼和达瓦尔·阿达兰为代表的伊朗女性的回忆录。她们尤其遵循着阿萨迪·莫夫尼的《口红圣战》(Lipstick Jihad)、纳希德·罗奇林的《波斯女孩》(Persian Girls)、阿扎·纳菲西的《在德黑兰读洛丽塔》(Reading Lolita in Tehran)和玛加·莎塔比的《茉莉人生》(Persepolis)的传统。《茉莉人生》在2007年还有了同名电影（与改编成电影的玛丽安·珀尔的回忆录《坚强的心》[A Mighty Heart]和让·多明尼克·鲍比的回忆录《潜水钟与蝴蝶》[The Diving Bell and the Butterfly]一样），其实《茉莉人生》属于第三个少数派分支——漫画形式的回忆录。2007年，阿莱恩·科明斯基·克拉姆出版了《需要更多的爱》(Need More Love)，建立在阿特·斯皮格曼、威尔·埃斯纳、哈维·派克、玛丽莎·艾克希拉·马奇托和艾莉森·贝克德尔等人作品的基础上。

我列举的回忆录有一个共同点：它们都通过评估、得到认可、被印刷成册，然后由出版机构推入市场。这样的运作模式能够在一年之内出版上百部甚至上千部回忆录。不过，仍然有大批精彩的回忆录没有出版，因此，各大出版机构不断设立子公司，以满足出版需求。在这些年里，正如布洛克·克拉克笔下的叙述者所说，回忆录撰写指南几乎和回忆录本身一样多。此外，每个社区大学和作家工作室都开设了回忆录写作课程，有很多人参加。想窝在家里的人也可以上网学习，如"我的回忆录"网站（"我们努力传递的信息是：**每个人都有故事可讲，把它讲出来！**"）和"写自己的回忆录"网站，这些网站号称"拥有全新的**免费**功能，每次帮你记录一条回忆或一件事，然后慢慢帮你走上正轨，把你的人生回忆分成几个部分，让你更容易记住关键的时刻和想法，把这些内容组合在一起，你的自传就完成了"。要求更高的人可以预约"现代回忆录"网站的服务，付费后（网站未列出具体价格），工作人员会去采访顾客，转录并编辑访谈内容，把最终成果装订成一本书。（显然，这是一个服务完善的机构，甚至提出："家庭中其他成员常常想要审核原稿，本网站协助解决那些在家庭内部可能存在的观点分歧。"）

"现代回忆录"网站称："我们出的书通常是精装本，我们会把纸张以一种特殊的方式折叠，然后锁线装订成册。"然而，到了2007年，这种老派的方式就显得怪里怪气了：成百上千的个人博主（与政治博主和热点话题博主相反）把公开自己的生活当成一种欲望或需求，而且他们的数量与日俱增。在公开表达这一点上，个人博主与传统的回忆录作家很相似。但博客自由地记录日常的内容，开放地讲述随机的细节，相对而言更接近日志或日记，而不是回忆录。回忆录需要一种特定的华兹华斯式的"平静中的回忆"，也需要可以把关的出版方的认可。有一家名为"史密斯"的网络杂志试图把这两种模式融合在一起，提供了种类丰富但有时让人眼花缭乱的短篇回忆录，其中有些是投稿后经过筛选和编辑的（像传统出版一样），还有些是投稿后就直接出版的（像在网络论坛发帖一样）。在他们的诸多项目中，最成功的可能要数"六个词回忆录"了。截至2008年上半年，该项目共收到投稿约

15,000份，其中最好的一部分被编辑成一本以六个词为书名的书——《也许并不尽然》(Not Quite What I Was Planning)。书中包含一些著名回忆录作家的六个词的语录——"看世界！写故事！(Me see world! Me write stories!)"(伊丽莎白·吉尔伯特)、"男穿裙，引混乱。(He wore dresses. This caused messes.)"(乔希·基尔默·珀塞尔)、"常让它沸腾着。(Brought it to a boil, often.)"(马利欧·巴塔利)、"切子宫，没帮助！(Liars, hysterectomy didn't improve sex life!)"(琼·里弗斯)和"八千次，才一孩。(Eight thousand orgasms. Only one baby.)"(尼尔·波拉克)。全国冠军阿比盖尔·穆尔豪斯也把她的人生总结为："咖啡，律师，有差？(Barrister, barista, what's the diff, Mom?)"还有另一个（目前为止）已经做出了四本书的网上微型回忆录项目——"邮寄秘密"。人们受到邀请，匿名地把秘密或自白写在明信片上，邮寄过去。该项目无比火爆，某种程度上是由于它对那些秘密的情感和主题没有限制，比如其一："当我看见别人有个好东西，我就会跟他们说我也有个差不多的，接着问他们在哪儿买的。然后我就会去那儿把这东西买下来。"其二："我今天发现，我已经记不清你在爱我的时候是什么样子了。"截至2008年1月24日，"邮寄秘密"网站的访问量达120,664,731次。

2006年上半年，"Smoking Gun"网站公布文件证明《百万碎片》(A Million Little Pieces)这本书含有虚构内容后，"詹姆斯·弗雷丑闻"爆发，且种种现象都表明此事迟迟没有得到解决。

弗雷本人签下的一份数百万美元的小说合同也被贴上了这样的丑闻标签，而且各种针对他和他的出版方兰登书屋的诉讼也尘埃落定。一位美国联邦法官宣布，有1729位读者站出来表示自己在购买这本书时期望看到的是真实的经历，他们将得到总计27,348美元的购书赔款。此外，还有783,000美元的诉讼费用，兰登书屋也同意了在书中添加"内容并非完全真实"的提示。一位原告律师称，弗雷得到了超过440万美元的稿酬。目前还不清楚赔款是由他还是兰登书屋支付。

奥普拉·温弗瑞自己似乎也无法一下子摆脱弗雷的厄运。同年11月，一位美联社的记者注意到她网站上推荐的"奥普拉的私人收藏中保证让你爱不释手的书"中，有《少年小树之歌》(*The Education of Little Tree*)。这本书出版于1976年，讲的是一个被祖父母养大的切罗基族孤儿的真实故事，但这本书后来被曝是由艾萨·厄尔·卡特写的——卡特是一个白人种族隔离主义者，还曾是三K党成员。

由弗雷而起的怀疑影响到了其他的作者和作品。8月，奥古斯丁·巴勒斯在他的回忆录《拿着剪刀奔跑》中（以化名）提到的特科特一家对他提出了诽谤诉讼，索赔金额达200万美元。案件最终达成了庭外和解，也没有披露赔偿金额。美联社的报告指出："诉讼称书里的虚假事件包括特科特家纵容孩子与成人发生性关系、特科特太太吃狗粮以及这家人在楼梯下安装电击机器——这本书把这个家描述得无比肮脏败坏，而这并不是事实。"在《名利场》(*Vanity Fair*)杂志的一篇关于这个案件的文章中，记者哈利·杰拉德·比辛格称，在采访特科特家的六个孩子时，他们说放在楼梯下面的并不是电击机器，而是少了个轮子的老旧的伊莱克斯吸尘器。而巴勒斯只是笼统地对比辛格说："这是我的故事，不是我母亲的故事，也不是整个家的故事。他们的记忆可能会不同，他们还可能会选择忘记某些事情，但我永远不会忘记我身上发生了什么，我永远不会忘记。我因此留下了伤疤，我想去掉那些伤疤。"最终判决的赔偿金额并没有被披露，不过，巴勒斯和圣马丁出版社均表示同意把作者前言里出现的"回忆录"一词改为"书"（尽管"回忆录"这个词还是会出现在封面和其他地方里），并在再版时修改致谢辞，表明特科特家对书中所述事件的记忆"与作者自己的印象不同"，作者为自己造成的"无意的伤害"表示歉意。特科特家在一篇声明中称："我们一直认为，这是一本虚假的、充满诽谤的书，这样的判决结果是我们能够想到的最强有力的证明。"巴勒斯在自己的声明中称："这样的结果不只是我一个人的胜利，还是所有回忆录作家的胜利。我依然坚信，这本书是一本完完全全的回忆录，它绝对不是虚构的或耸人听闻的东西。"

虽然没有公开的诉讼或庭审，但类似的案件一直层出不穷。5月份，玛格丽特·埃杰米安·阿内特在曼哈顿的巴诺书店朗读她的《敲门：亚美尼亚种族大屠杀的黑暗之旅》（*The Knock at the Door: A Journey Through the Darkness of the Armenian Genocide*）时，有几个人站起来大声叫嚷并散发传单，质疑亚美尼亚种族大屠杀这件事是否真的存在。后来，阿内特表示：

"这本书不仅与亚美尼亚种族大屠杀有关,还与我的人生、我母亲的成长经历以及她人生中发生的那些影响到我的事件有关。这只是一本母女间的回忆录,我没有发表任何历史性的观点。"但"回忆录"显然已不再是万能的护身符了。畅销书《喀布尔美容学校》(Kabul Beauty School)的作者德博拉·罗德里格斯与阿内特的境遇很相似,在《纽约时报》的一篇文章中,六名与罗德里格斯一同参与了阿富汗人道主义美容项目的女性控诉称,罗德里格斯不仅贬低了她们的贡献,还捏造了人物和事件。

在《新共和》杂志三月刊的一篇文章里,亚历山大·希尔德声称在大卫·赛德瑞斯的作品中发现了大量被盲目夸大或完全虚假的事件。这似乎有点奇怪。确实,赛德瑞斯的作品都在讲述他人生中的事件和人际往来,这也是人们想要阅读他的作品的主要原因。但赛德瑞斯是一位幽默大师,依照詹姆斯·瑟伯和马克·吐温的写作传统,大量的夸张内容不仅是可以的,甚至还是必要的,不是吗?希尔德预料到人们会有异议,他表示,如果赛德瑞斯的出版商没有把他的书归为非虚构类的话,如果美国国会图书馆也没有这么做的话,如果《纽约时报》没有把他的书列上非虚构类畅销榜的话,就没有任何问题了。争执的根源是:虽然图书分类在某种程度上确实有一定意义,但似乎作用有限。

更重要的一点是,回忆录中的故事不仅是故事,还是包含着异常复杂的所有权、规则和事实的商品。一种新的混合模式似乎解决了这个难题。近期的一部最流行、最有影响力、最新颖的回忆录——《一个惊人天才的伤心之作》(*A Heartbreaking Work of Staggering Genius*)的作者戴夫·埃格斯，正与瓦伦蒂诺·阿卡克·邓合作写书。瓦伦蒂诺是一名苏丹"流亡儿童"（近几十年来的苏丹内战的年轻难民），显然，他的记忆已经模糊，没法写出一本能放入图书馆的回忆录类书架的作品了。于是，出版商请埃格斯用瓦伦蒂诺的语气写作，以瓦伦蒂诺分享的故事为基础，加上自己的推测、研究和想象，把最终成果以小说的形式出版。

而最奇异的混合模式大概是"假设性回忆录"了。O.J. 辛普森在《假如我做了》(*If I Did It*，如果书名是"*If I Had Done It*"，语法上更准确，不过这与我们要说的无关)中假设了如果他真的那样做了——如果他的妻子真的是被他杀害的，会是怎样的情形，不过他似乎借此想表达的是：他并没有那样做。这本书由朱迪斯·里根编辑出版。20世纪80年代至90年代，里根购得并编辑了很多离谱的名人自传，因此成名——这些名人包括德鲁·巴里摩尔、凯西·李·吉福德、霍华德·斯特恩、拉什·林博、摔跤手米克·弗利和"巨石"道恩·强森、使用类固醇的棒球运动员何塞·坎塞柯、色情女演员珍娜·詹姆森等。2007年，她手中登上《纽约时报》畅销榜的书包括布莱恩·韦尔奇的自传、网球运动员詹姆斯·布拉克的自传、"邮寄秘密"活动的作品集，以及卖得最火的尼尔·斯特劳斯的《游戏》(*The Game*)——这是一本讲述"如何进入把妹达人的秘密世界"的回忆录。2006年下半年,《假如我做了》发表后遭到了强烈抗议,里根的雇主鲁伯特·默多克新闻集团为此取消了这本书的出版。(后来,这本书的版权被一家小出版社购得,出了预售版,所得收益给了辛普森案的另一个受害者罗纳德·高曼的家人)。几周后,有消息称,里根将出版彼得·戈伦博克的"创造性回忆录"(这是他在作者前言中的说法)——《7:米奇·曼托小说》(*7: The Mickey Mantle Novel*)[1]。戈伦博克在这本书中试图模仿这位前棒球运动员的语气。曼托本人其实就是一位很有名气的自传作家,他参与撰写了(或者说至少同意出版了)六本不同的回忆录,这些回忆录差不多都包含了相同的对几段人生经历的描述;曼托去世后,他的遗孀和儿子们又出版了关于他的两本回忆录。这些作品里都没有提到戈伦博克在他的书里写的曼托与玛丽莲·梦露有染的事,原因很简单——这段关系根本没有存在过。

时间从2007年跨入了2008年,里根的另一位作者也上了新闻。据《纽约时报》报道,棒球运动员何塞·坎塞柯将出版第二部回忆录《平反》(*Vindicated*),讲述的是在体育项目中使用类固醇的事,他表示要在书中公布某位运动员的名字,除非那位运

---

1 2006年下半年,鲁伯特·默多克新闻集团辞掉了里根,并取消了《7:米奇·曼托小说》的出版,后来里昂图书获得这本书的版权并将其出版。2007年11月,里根对鲁伯特·默多克新闻集团提起诉讼,要求赔偿1亿美元。据说,她被诽谤和辞退在某种程度上是因为公司高管试图保护纽约前市长、总统候选人鲁迪·朱利安尼。公司高管认为,里根作为朱利安尼手下的警察局长伯纳德·凯里克曾经的爱人(以及他自传的出版人),握有对朱利安尼不利的信息。2008年1月,诉讼在达成非公开条约后告一段落。据推测,里根已保证永远不会把那些对朱利安尼不利的信息披露出来。

动员投资由他的第一部回忆录《疯狂》(*Juiced*)改编的电影。坎塞柯否认了媒体的这项指控。(报道中没有提到的是,这种事早有先例。19世纪初,英国交际花哈里特·威尔逊向她的嫖客们索取200英镑,否则她就在回忆录中列出他们的名字。其他人都接受了她的勒索,只有威灵顿公爵拒绝了她,并说了一句很有名的话:"发表吧,然后下地狱。"1825年,回忆录真的出版了,至于她有没有下地狱,我们就不能确定了。)

接下来,与自传有关的两条重磅消息给2007年收了尾。比利时作者米莎·德方塞卡在1997年出版了关于纳粹大屠杀的回忆录《米莎》(*Misha*),描写了自己小时候长途跋涉穿过欧洲大陆,还和狼群共同生活了一段时间的经历。(她曾宣称:"从记事起,我就把自己当成犹太人。")2008年2月,德方塞卡承认,其实在战争期间自己安全地待在布鲁塞尔,而且自己根本不是犹太人。不到一个星期,又一个真相浮出了水面,这次与新式回忆录《爱与因果》(*Love and Consequences*)有关。(这本书被《纽约时报》评价为:"讲述人性,影响深刻。")作者玛格丽特·琼斯在书中讲述了自己身为一个有一半白人血统、一半印第安人血统的女孩,如何在洛杉矶中南部的非裔美国人家庭中长大,还穿插了吸毒的经历。但事实是,玛格丽特·琼斯本名叫玛格丽特·塞尔泽,她在加利福尼亚州谢尔曼橡树区一个富裕的白人家庭中长大,父母都是白人。

从回忆录的角度来看,2007年绝对是空前的一年。回忆录的出版量再创新高,随之而来的还有无休止的争论、质疑、炒作和令人头痛的控告。其实，每一本回忆录和每一句关于它们的争论都能找到历史渊源。因此，我们应该回到几千年前，把故事从头讲起。

第二章　回忆录的起源

不仅仅是西方人,大概全世界的人们都想把自己的经历告诉别人,因此人们自古以来就以各种各样的方式讲述着自己的故事。而人们往往一听完就把那些故事忘得干干净净——偶尔能保存得久一点,但等最后听过的人一去世,也就再无人知晓了。直到并不遥远的过去,这一情况才有所改善。书面文字的出现,提供了一种保存故事的方式,这也意味着人们会想让自己叙述的故事更长、更正式。《旧约》(尤其是通常被认为是大卫所写的《诗篇》,以及《先知书》的部分内容)和《新约》(保罗在《使徒行传》中的见证)都包含自传的元素。罗马式自传的传统到了塔西佗所处的时代已经弱化,塔西佗曾说:"在我们父辈的那个时代……大多数人认为,描述自己的人生是出于自重,而非傲慢。"

那个年代的作品鲜有留存,但尤利乌斯·恺撒在大约公元前50年写的《高卢战记》(*Commentaries on the Gallic War*)是个例外。《高卢战记》讲述了恺撒率军与高卢当地军队战斗九年的故事。早在亨利·亚当斯和诺曼·梅勒之前,恺撒就以第三人称（偶尔穿插复数的第一人称）描述自己的行动、谋略和军事胜利。下面就是恺撒对自己与曾经的盟友、后来的死敌——格涅乌斯·庞培之间的一场漫长战役的描述：

"恺撒担心部下的撤退情况，下令把木栏搬到山的另一头去，面向敌人堆放起来。他又命令士兵利用木栏的遮蔽，在木栏后方挖掘一条中等宽度的壕堑，尽力制造障碍。他还沿途埋伏了投石手，掩护我军撤退。一切安排妥当后，他下令撤军。庞培的追兵傲慢、大胆地袭来，推倒防御工事前堆放的木栏，继而越过壕堑。"

以上叙述出自恺撒这样的大人物之手似乎顺理成章。在现代以前的世界，人们大多无须具备特别扎实的写作理论基础就能侃侃而谈。在信奉基督教的欧洲，最常见的写作动机是宗教：以自传的形式，记录皈依、忏悔、救赎或释罪的过程。其中不得不提的是公元5世纪圣奥古斯丁的《忏悔录》，这无疑是历史上一部伟大的自传。这本书就像一幢摩天大楼，孑然耸立于一望无际的中世纪平原之上。奥古斯丁常常直接与上帝交谈，《忏悔录》以他在今阿尔及利亚度过的童年为起点，记录了他的信仰历程。他主要叙述自己的罪过——沉重的、轻浮的、年轻人常犯的罪过："在我家葡萄园附近，有一棵梨树，树上果实不少，但颜色和味道并不诱人。我们几个坏小子想要偷梨子，伺机在一个深夜（我们常在街上待到很晚）动手。我们偷了很多梨，只尝了一口，就都拿去喂猪了。我们之所以喜欢这么做，只是因为这样的行为是被人厌恶的。"我们还可以得知他在北非和米兰的丰富多彩的生活细节，奥古斯丁认真起来，是个说故事的能手。每逢绝望的时候，他便会读一读保罗的话，从而领悟要放弃肉体，开始贞洁的生活。奥古斯丁的回忆录开创了通过阅读他人的自述来构建自己的情感高潮的先河，此后，这样的例子层出不穷，比如约翰·斯图尔特·密尔的《自传》(*Autobiography*)：

"我一边说，一边满含辛酸地流泪不止。突然，我听见从旁边的一间房子里传来孩子的声音，听不出是男孩还是女孩，反复唱着：'拿起来，读吧；拿起来，读吧。'我的脸色立马变了。我认真回忆是否听过孩子们游戏时唱这样的几句，但完全想不起来。我忍住眼泪，站起身来。没有别的解释，这一定是神谕，叫我翻开书，翻到哪一章就读哪一章……我把书抓在手中，翻开，沉默地读着我最先看到的一段：'不可荒宴醉酒，不可好色邪荡，不可争竞嫉妒。总要披戴主耶稣基督，不要为肉体安排，去放纵私欲。'我没有再读下去，也不需要再读下去了——我读完这一句，顿时感觉有一道宁静的光射入心中，驱散了疑虑的阴霾。"

在传统的有关回忆录历史的研究中，在奥古斯丁之后，往往就直接跳到了19世纪初的三部极具影响力的回忆录——作者分别是爱德华·吉本、让-雅克·卢梭和本杰明·富兰克林。其实，现代早期也诞生了相当多的自传体作品，它们之所以默默无闻，仅仅是因为当时没被整整齐齐地排放在书店的回忆录专区而已。最近的学术研究已经发现了大量的此类作品，并在某些情况下给予了它们应有的尊重。这些作品值得被关注，不仅仅因为其内容，还因为它们预示了当代作家和读者依然需要努力解决的各种问题。

说到成书年代仅次于奥古斯丁《忏悔录》的回忆录,可能要上溯到 12 世纪的法国修道士所著的回忆录了。其中,彼得·阿伯拉的《我的苦难史》(*Historia Calamitatum*)是引人注目的作品。该书是写给一位朋友的,阿伯拉没有提及这位朋友的姓名,但表示写这本书的目的是安慰对方:"把你的痛苦和我的比一比,你就会发现你的痛苦根本不值一提,或者微乎其微,这样的话,你心里便会舒服多了。"这话很可信,因为阿伯拉在讲述自己与爱洛依丝之间那段著名的爱恋和因此受到的报复时写道,"爱洛依丝的叔父带着一些随从,因为我曾做了让他们悲伤的事,而切掉了我身体的那部分,使我失掉了男子的资格"。他补充说,"当我被伤害的事传开后,朋友们用令人难以忍受的哀泣和惊叫折磨着我,他们的同情比伤口更让我痛苦;我觉得耻辱比身体的创伤还深重,折磨我的是羞愧,而不是痛苦"。

《玛格丽·坎普之书》(*The Book of Margery Kempe*, 1376)通常被认为是第一本英语自传,它是一本依照奥古斯丁式的传统而写的带有宗教性质的个人编年史。玛格丽是英格兰诺福克郡的一个不识字的妻子和母亲,她把自己的故事口述给别人,由别人记录。她总是把自己称为"这个生灵"。这本书虽然经过了层层转译,但被译成现代英语之后,还是很生动形象,有些部分很扣人心弦,因为在描述玛格丽的神秘所见时,总是伴有"狂暴的"哀号。某天晚上,一阵美妙的音乐吸引她从床上起来:"这旋律比世上的任何曲调都更悦耳,简直无与伦比。"从那时起,她拒绝谈论世俗的事情,只是说:"天堂里充满了欢乐。"自然,这使她的邻居们很苦恼。她也提到，此时的自己觉得性是"婚姻的债务"，它变得"非常令人憎恶，自己宁可去吃喝淤泥，或是管道里的污物，也不愿接受任何肉体上的亲密"。经过了三四年的协商（在此期间，她生下了自己十四个孩子中的最后三个），她的丈夫终于妥协，与她一同立下了贞洁誓言。

教皇庇护二世于1463年完成的《闻见录》(Commentaries)，不仅书名改自先人恺撒的作品，还采用了恺撒以第三人称单数为主、穿插第一人称复数的写作方式。在前言中，庇护二世（在成为教皇前名叫艾伊尼阿斯·西尔维乌斯）解释，他写这本书的目的是防止自己像有些教皇那样弄臭自己的名声："他们在世时几乎被所有人责骂，但死后又被赞扬。我们亲眼见到马丁五世、尤金四世、尼古拉五世和卡利克斯特三世在世时遭到大众谴责，死后又被捧上了天。"这种坦率一开始会令人耳目一新，但你渐渐领会他的意图后，就会感到些许愤怒——他与许多政客和领导人一样，试图在故事里树立自己的英雄形象。他写道，一次有传言说（后来事实证明传言是假的）他会是新立的枢机主教之一。

"当时他正因痛风而卧病在床。许多人前来恭喜他，他听到这个消息后说：'如果这是真的，一般两个小时以内就会有正式通知。但我也要做好没被选中的准备。我不会被担忧动摇，也不会被虚幻的希望迷惑。'而萨莫拉教区的主教胡安在听到这样的消息时，说：'我苦苦盼了三十九年，终于等到这一天了！'为报信人备好礼物后，他跪在圣母马利亚的画像前，感谢她和耶稣终于回应了自己的祷告。人与人的本性竟如此不同！有些人期待着愿望实现，而另一些人则准备着接受希望落空。"

不久之后，庇护二世真的成了枢机主教。教皇卡利克斯特三世去世后，他还参加了继任教皇的选举。他对选举中的讨价还价和欺诈行为的描述，可谓史无前例的坦率——显然，没有哪位美国总统会抖出这样的丑闻。他的竞争力很强，但他必须应对各种各样的肮脏伎俩，比如他的竞争对手——鲁昂地区的长老就试图通过欺骗让他输掉投票。庇护二世终于当选为教皇时，他的言语完全在人们的意料之中："谁都会感到高兴的，可能你会发现，不仅人会狂喜，连动物和城市中的建筑都会欢喜不已。"

虽然庇护二世是一名宗教人物，但《闻见录》并不完全属于灵性自传的范畴，更确切地说，它是文艺复兴时期人文主义的产物，也是作者为自己立起的一面镜子。（15世纪末和16世纪初，玻璃镜逐渐被改良，成为文艺复兴中强调自我的关键元素；显然，镜子也让自画像这种"视觉上的自传"得以成为新的流行类别。）但丁、彼特拉克、蒙田、伊拉斯谟、莎士比亚、约翰·邓恩，几乎所有举足轻重的文艺复兴时期作家都对自己有所反思，形式多样：日记、个人随笔、诗歌中的自述（主要是但丁的《新生》[*La Vita Nuova*]，在他的数以千计的抒情诗中也有体现）、小说或戏剧中的隐晦自述等。文艺复兴时期，有些人开始尝试创作严格意义上的自传，数量虽少，但意义重大。詹姆斯·S. 阿米兰在权威性著作《伊卡洛斯的飞行：欧洲现代早期的工匠自传》(*The Flight of Icarus: Artisan Autobiography in Early Modern Europe*) 中，引用了德国（约翰内斯·布茨巴赫1506年写的

"年少时身为漂泊的织工和裁缝学徒"的经历)、西班牙(1594年,路易斯·德·卡瓦哈尔身为"一个流动小贩、牧羊人、店员、教师和商业多面手",写下的自己皈依祖先的犹太教信仰的经历)和法国(皇家外科医生安布鲁瓦兹·帕雷1585年出版的《各地游记》[Journeys to Diverse Places]和《致歉书》[Apology])的作品。值得一提的还有两本由军人写的作品,作者分别是法国的马丁·杜·贝莱(1559)和英国的弗朗西斯·韦尔爵士(1602)——两本书都被命名为《闻见录》(Commentaries),都参考了恺撒的作品,甚至还都模仿了恺撒的第三人称叙事方式。

文艺复兴时期最值得注意的两部自传的作者都是意大利人,他们分别是生于1500年的佛罗伦萨金匠、雕塑家本韦努托·切利尼,以及比他小一岁的米兰医生、数学家吉罗拉莫·卡尔达诺(有时也被叫作杰罗姆·卡当)。卡尔达诺在1570年开始写《我的一生》(The Book of My Life),那时距离他去世只有一年了。尽管这本书非常独特,但它并没有很出名。与教皇庇护二世和后来的许多回忆录作者一样,卡尔达诺一开始就阐述了自己的理念:"在人所能做到的事中,没有比认清真相更有价值、更令人快乐的了。"紧接着,他以一种现代自传的读者也很熟悉的说法补充道:"我可以肯定,这部作品中绝没有一个词是出于自负,或仅仅是为了点缀。"不过,卡尔达诺的表达难免有一些虚荣的成分,因为他有着某种像当代流行明星一样的自恋心态,坚信关于自己的一切都非常有趣,比如他在第四章中描写的自己的"身材和外貌":"我是个中等身材的男子;我的脚很短,接近脚趾处很宽,脚后跟又太高，所以我很难找到特别合脚的鞋，通常都得定做。我的胸有点窄，胳膊细长。我的右手很厚实，手指总是闲不下来，所以看手相的人断言我是个乡下人，而他们知道实情时都很尴尬。我手掌上的生命线很短，但那条被称作'撒旦'的厄运线又长又深。相反，我的左手真的很好看，手指纤长匀称，指甲也很有光泽。"

《本韦努托·切利尼的生活》(*The Life of Benvenuto Cellini*)是第一本让人感到非常现代化的自传，切利尼在全书第二段提出了**自己的**理念："不管是谁，只要他拥有值得赞扬的伟大成就或真正的丰功伟绩，只要他在乎真理和美德，就理应亲手写下自己的故事。"（不过，他又补充说："但是，在四十岁之前，不该冒险去做这么了不起的事。"这就绝不是个现代化的观念了。作家乔伊斯·梅纳德 19 岁时就出版了回忆录；体操运动员玛莉·卢·雷顿出书时 16 岁；电影明星德鲁·巴里摩尔和波姬·小丝出书时一个 15 岁，一个 12 岁；20 世纪 60 年代的童星梅森·雷斯出书时才 9 岁。苏格兰网球运动员安迪·穆雷出版了《安迪·穆雷自传》[*Andy Murray: The Autobiography*]，当时他 21 岁，他的出版商说："在这本自传中，安迪·穆雷首次讲述了他成为超级明星的漫长、艰辛、困难重重的历程。"）

切利尼一开始是亲自在写，但后来他表示"这占了我太多的时间，而且似乎完全没必要这样做"。于是，他找来一个病恹恹的 14 岁小男孩，让他长期为自己做笔录。切利尼在自己的工作室里一边工作，一边口述，并说"我很喜欢这样做"。（这就像现代总裁求助于秘书或录音机一样。）显然，他选择这种方式的原因之一是这本回忆录长达 225,000 字的篇幅：它更像是一系列奇闻异事，而非奥古斯丁式的忏悔记录。实际上，这本书令人吃惊的一点是，里面几乎没有任何反思，所有内容几乎都只是对事件的浅浅叙述，可能人们对一个雕塑家能写出的东西本就没有太多期待。所幸，切利尼知道怎么去编故事，所有的细节描述也很到位，比如他与教皇和美第奇家族之间的交往、他的工艺品制作过程、他与当时几乎所有重要艺术家之间的关系、他嫖妓和因嫖妓而长期患有性病的经历，以及最令人震惊的他用拳头揍人、用刀捅人的经历。

对切利尼和许多其他回忆录作者来说，最重要的是写作的过程，而不是让全世界都读到自己的作品。无论如何，切利尼到死都没有出版自己的回忆录。这部作品在 17 世纪时还遗失了很长一段时间，直到 1728 年才出版，恰好为现代回忆录的创作提供了灵感。

这段时间内，几乎没有天主教徒发表宗教性的自传；但也偶有例外，比如英国诺维奇的朱利安，还有西班牙神秘主义者亚维拉的圣女德肋撒和耶稣会创始人圣依纳爵·罗耀拉，他们还是在信仰的驱使下这么做了。与天主教相比，新教的灵性自传数量很多——英格兰和新英格兰大部分遵从加尔文主义的教派都被归入了新教，这些教派的成员写了很多自传。加尔文引导信徒探视自己的内心，然后，自然而然地，观察到自己的过错："……我们只有在开始对自己感到不满时，才会诚挚地请求上帝的帮助。"因此，当犯下罪恶而感到歉疚时，应当直接向上帝忏悔，而不是像天主教徒那样向神父忏悔。但其中有个关键的漏洞，加尔文认为，他的信徒"如果太过于痛苦，被自己的罪恶折磨，如果没有别人的帮助就无法得救"，就可以寻求别人的帮助，把自己的罪恶讲给别人听，从而得到救赎。由于"善功"和"圣事"都不能用来解释这种说法，信徒被引导着（用保罗·德兰尼在《17世纪英国自传》[*British Autobiography in the Seventeenth Century*]中的话来说）"进入了一个复杂的甚至是迂回的合理化过程，最后似乎总会得到一种半神秘化的保证——至少**他**是被选中的人"。描述这一过程的书能让人们了解其中的玄妙，自然值得期待。说得更高尚一点，这样的书对在人生旅途中前行的人也有帮助。

这种观念由加尔文派在英国的主要阐释者威廉·帕金斯（1558—1602）提出。在他广为流传的作品《金链》(*The Golden Chain*)中，帕金斯提出了一种个人救赎的方式，用历史学家D. 布鲁斯·欣德马什的话来说，这种方式"将为17世纪及以后的无数自传提供架构"。帕金斯在演说中劝告他的读者："如果……你们想要获得真正永恒的生命，首先要按照上帝的法度，严格地检查自己以及自己的生命历程。"

清教徒的自传作品出现于17世纪初。这类自传作品也就是我们如今所说的"皈依的故事"。不过这种类型直到17世纪中期才真正兴起。当时，英国内战导致审查制度放松，印刷成本也有所下降，而且近百种教派突然活跃起来：常见的有长老会、浸信会、贵格会，还有的教派听起来就像是"英伦入侵"时摇滚乐队的支派——巴罗派、掘地派、格林德莱顿派、马格莱顿派、浮嚣派和寻求派。这段时间里，信徒们都认为基督即将重返尘世，因此他们纷纷出版了自己的故事。也正是因为这些信徒——蹄铁匠、裁缝、农民、补锅匠和传教士这样做了，回忆录才得以进入不同的社会阶层。

出版回忆录最多的教派是公谊会，它的更广为人知的名字是贵格会。追随创始人乔治·福克斯的步伐，很多贵格会教徒保持着写日记的习惯，记录他们去祈祷会的行程、对信仰的坚持和对世间罪恶的观察。福克斯说："我 11 岁时就知道清心和正义，因为我孩提时就被教导保持纯洁。"贵格会教徒的回忆录往往有一种自视圣洁的特质，对现代读者来说并没有那么大的吸引力。

理查德·诺伍德在 1639 年至 1640 年写下的"忏悔"，既未假装圣洁，也不平淡乏味。他一开头就声明："耶稣基督降世是为拯救罪人，而我就是罪人之首。"诺伍德列举了自己年轻时的过失，其中最值得一提的事发生在他 15 岁的时候："我在一场舞台剧中扮演一个女人的角色，内心受到了极大的触动。如果上帝没有阻止我的话，我可能就会那样生活下去了。"（这件事可能发生于 1605 年，伊丽莎白一世时期的剧院在那时正值巅峰。）后来，他出海成了一名水手，参加了与荷兰的战争。他还与天主教产生了千丝万缕的联系，因此产生的罪恶感似乎还与一种性羞耻混杂在一起——他说自己苦于"一种夜间的病症，也就是人们所说的梦魇，后来越来越严重，没有一天幸免，极少能彻夜安眠，非常痛苦，而且每次都会做噩梦，还会出现幻觉"。恰是在圣奥古斯丁的《忏悔录》的帮助下，诺伍德最终加入了长老会，找到了获得解救的方法，并且作为百慕大群岛的开荒者之一，过完了富足的余生。

而17世纪50年代和60年代的自传就粗制滥造得多了，它们多以小册子的形式呈现。在1660年的《迷途的羔羊》(*The Lost Sheep Found*)中，惊人的自我中心主义逐渐显现，这从副书名（的一部分）中就可见一斑："浪子游历了许多有宗教信仰的国家，悲伤而疲惫地回到了故乡。尽管先前犯下了种种过错，违抗父命，但他还是受到了永恒的恩惠。而他所有的不论是正义还是邪恶的后代都被抛下，承受着永恒的痛苦……劳伦斯·克拉克斯顿著，他是天地万物的创造者耶稣基督的唯一真正皈依的信使。"作者克拉克斯顿通常被称作克拉克森，他确实在书中描写了一场引人注目的宗教之旅。他一出生就加入了英格兰国教会，后来转而加入了长老会、独立派、唯信仰论派和再洗礼派。成为一名再洗礼派教徒后，他因"在同一夜给六位赤裸的修女施行洗礼"被捕。据他记录，法官对他说："据说，你与最喜欢的那几个人一起躺在水里，但没有进一步的动作。"他回答说："显然你不会像我这样。虽然大家都在笑，但人天生就不太想在水中交配。"笑声并没有带来好运，克拉克森和他的妻子被关进了监狱。被释放后，克拉克森加入了另一个教派——寻求派，成了一名福音传道者。他写道："我在一个小镇上遇到了一位很有学问的少女，她被我的教义所感化，我和她睡了，那晚我过得好幸福，那个少女后来也深深地爱上了我。"克拉克森独创性地把这种行为合理化："一个人终将一直被罪行束缚，直到他犯下了这种罪行。"接着，他又加入了浮嚣派，他的胡扯技能更上一层楼："除非你能做到与任何一个女人同床共寝而不将之视为有罪,你做什么都是有罪的……我像他们说的那样,成为**浮嚣派首领**,来我这儿寻求知识的大多是高尚的女人,她们后来把我的住所称为**总部**。"他接下来的效忠对象(在此期间,他又被关了一小段时间)是巫术和秘术。显然,他对浮嚣派心灰意冷,继而抛弃了一切信仰:"我坚信根本就没有摩西、先知、基督或使徒,也没有所谓的复活。我认为所谓的生于平凡而又变得无限伟大的上帝,不过就是海洋里的一滴水、坟墓里的一具腐尸罢了。"

这种明目张胆的无神论在 17 世纪的英国不太能站得住脚,而且,在作品结尾处,克拉克森重回基督教的怀抱,加入了马格莱顿派。这个奇异的哈利·波特式的教派的名字来自创始人洛道威克·马格莱顿,他们的教义也很奇异。马格莱顿的回忆录《圣灵见证的行为》(*The Acts of the Witnesses of the Spirit*)在 1699 年出版,而他自己在一年前去世,享年 89 岁。这部作品称,在 1650 年前后,马格莱顿处于一次精神危机中,他的表亲同时也是他做裁缝时的同伴约翰·里夫对他说,"上帝告诉他,指派洛道威克·马格莱顿当自己的代言人"。这足以让他们成立一个教派了,并且他们在最终确定的教义里宣称,马格莱顿和里夫是"圣灵的两位证人"——正如《启示录》中提到的那样,上帝像普通人一样,身高五六英尺[1],在距离大地约 6 英里[2]的天堂里生活,那

---

[1] 1 英尺约等于 0.3 米。——译者注
[2] 1 英里约等于 1.6 千米。——译者注

儿星星和月亮与从地面上看到的差不多大。毫不奇怪的是,马格莱顿屡次因亵渎神明而被审判和定罪(里夫于1658年去世)。他在被戴上木枷后写道:"我被人群殴打,有人用土块和狗屋里的泥砸我,有人朝我扔坏掉的鸡蛋和萝卜,还有人扔石头打我,有的石头有一磅[1]重;他们还轮流从窗户外面往下扔火把。"在结尾处,马格莱顿这样写:"我盼望最后的审判,到那时,我和里夫将审判我们在世时所有轻视我们、迫害我们的恶人。"

宗教性的回忆录种类繁多,其中诞生了一部文学经典——1666年约翰·班扬写下的《罪人头目的赦免》(Grace Abounding to the Chief of Sinners)。当时班扬因宣扬浸信会的观点而获罪坐牢,他在狱中还写成了《天路历程》(The Pilgrim's Progress)。为了反击人们对他的自我主义的批判,班扬在前言中引用了大量的圣经里号召人们铭记和分享自己经历的诫言,还模仿了保罗描述自己皈依经历的做法。在讲自己的故事之前,班扬劝读者享受这种乐趣:"记住你对良心、对死亡、对地狱的恐惧;记住你对神流过的泪、祝过的祷;没错,记住你如何坐在树篱下哀叹,求神开恩。你心里难道没有像米萨山一样的地方吗?难道你忘记了,在教堂围地、牛奶房、马厩、谷仓等地,神曾会见过你的灵魂?"

班扬如何保持自己既不夸夸其谈,也不高高在上且过度雕琢的文学风格呢?很简单,他是这样说的:"我不敢:上帝没有来说

---

[1] 1磅约等于0.5千克。——译者注

服我;魔鬼没有来诱惑我;我也没有故意坠入无底深渊,受地狱之苦。因此,我不会在讲关于他们的故事时添油加醋,我只会用平淡朴素的字眼,描述出真实的情况。如果别人喜欢,就让他们读下去;如果别人不喜欢,就让他们自己写个更好的吧。"

虽然班扬可能认为自己的写作风格平淡无奇,但其中仍有一种强烈得使人难以抗拒的情感。被关入监狱时,班扬把自己不得不与妻儿分离这件事称为"骨肉分离"。他还关注了几乎所有优秀作家的作品中的细节。他那义不容辞般的详述甚至为他年少时的罪过增添了新鲜感:"在结婚前,我一直是那一帮年轻人中的头头,有着种种恶习,还亵渎神灵。"然而,不得不说,他说的那些罪恶,其实都并不严重。他的主要问题似乎只是"诅咒、谩骂、说谎,又亵渎神的圣名"。他还喜欢在教堂的草坪上敲钟、跳舞。他描述得最详细的过错,发生在某个礼拜天玩"棒击木片"游戏的时候(据一位当代学者描述,这个游戏的玩法是在地面上放一个6英寸[1]长的椭圆形木片,用棒子去击打木片,等它弹到空中的时候再击打它一次)。他写道:"我刚把木片从地上击打起来,正准备击打第二下,这时突然有个声音从天堂直接冲入我的灵魂:'你是要抛开这些罪恶进天堂,还是要带着这些罪恶进地狱?'我非常疑惑,把木片扔在地上,抬头向天堂望去。我似乎看见主耶稣很不高兴地向下注视着我。"

他因此有所悔改,但很快又故态复萌。他备受幻觉折磨,让

---

[1] 1英寸约等于2.5厘米。——译者注

他觉得最难熬的是他怀疑自己犯下了亵渎圣灵的"不可饶恕的罪过"。他陷入了一种死循环,直到某天在草地上散步时顿悟,他写道:"突然,我的脑海中响起了'你的公义在天上'这句话,而且,我相信,我的灵魂看到了在上帝右边的耶稣基督。"不久,他受召成为一名牧师,这样的身份使他得以公开讲述自己的负担和罪恶,至少在他获罪入狱前是这样的。或许,班扬在写自传和其他作品时也能产生类似的舒适感:"我可以坦白真诚地说,在前往传道的途中,我的内心充满了自责和恐惧。哪怕到了讲道台的门后,我的心情依然忐忑。唯有传道时,我的思绪才得到了解放。一旦传道结束,我甚至还没走下讲道台,心情就再次跌落到谷底。"

17世纪由班扬等一大批人写的灵性自传为18世纪重要的文学类别——小说奠定了基础。丹尼尔·笛福于1660年出生在一个不信奉国教的家庭,他作品的主题非常广泛,后来,他觉得单一的叙述不足以充分阐释自己的想法,就创造了"文学腹语术"。1717年,笛福以一个虚构的帮助法国赢得和平的谈判者的口吻,出版了"回忆录"《梅纳热先生在英国法庭上关于终结君主统治的几分钟谈判》(*Minutes of the Negotiations of Monsr. Mesnager at the Court of England, towards the Close of the Last Reign*),次年又出版了《一名土耳其间谍在巴黎的后续信件》(*A Continuation of Letters Written by a Turkish Spy at Paris*)和《市长亚历山大·拉姆金斯的回忆录》(*The Memoirs of Majr. Alexander Ramkins*)。又过了一年,他出版了名为

《约克郡水手鲁滨孙·克鲁索的生活和奇异冒险》(*The Life and Strange Surprizing Adventures of Robinson Crusoe, of York, Mariner*,即《鲁滨孙漂流记》)的巅峰之作。这本书的副标题更长,还特别说了是"他亲笔所写"。前言没有署名,尽管简要,但提及了有史以来所有自传作者明里暗里都必须面对的两个问题——首先是逻辑依据:"但凡世上某个人的探险故事值得出版成书,并且出版后能得到人们的认可,那么该书的编辑必然看出了这一点。"其次是真实性:"编辑认为,书的内容就是发生过的历史事实,绝没有半分虚假;但他又认为,需要对原稿进行处理,如对内容的优化、对文章重点的转移和对读者的引导,因此不需要更多的解释,将其出版这个行为本身就足够了。"

《鲁滨孙漂流记》确实催生了一大批以第一人称描写旅行和冒险的书,其中值得一提的是《公元1593年至1629年约翰·史密斯上校在欧洲、亚洲、非洲和美洲的真实的旅行、探险和观察》(*The true Travels, Adventures, and Observations of Captaine John Smith, in Europe, Asia, Affrica, and America, from Anno Domini 1593 to 1629*)。(《文学传记辞典》指出:"该作品使史密斯成了有史以来最会吹牛、最没下限的故事书作家。很多读者都会赞同三百多年前托马斯·富勒在他的《英格兰名人传》[*The History of the Worthies of England*,1662]中的观点:'如果仅仅把史密斯说成这一切的始作俑者,反倒有点埋没他了。'")

笛福的书也吸收了很多灵性自传的元素。其实,鲁滨孙·克鲁索经历的就是许多自传作者描述的意志上的磨难。全书的转折点是，当克鲁索感到自己不管是物质、身体还是精神都接近谷底的时候，他在一个从海里打捞上来的箱子中找到了一本圣经。他写道："当它有如神助般地出现时，我正真诚地祈求上帝给我悔改的机会。我看到书上说：'神且用右手将他高举，叫他作君王，作救主，将悔改的心和赦罪的恩赐给以色列人。'我丢下书，双手举向天空；同时我的心也升向空中，并欣喜若狂地高喊：'耶稣……你做君王和救世主，请赐给我悔改的心吧！'"

在接下来的八年中，笛福大概出版了六本书（其中一些是不是他写的还有待商榷），全部是自传体小说。其中最著名的是1722年的《摩尔·弗兰德斯的时运与不幸》(The Fortunes and Misfortunes of the Famous Moll Flanders)。在这本书中，笛福沿用了《鲁滨孙漂流记》的写法，在匿名的前言中解释书中文字的来源。这本书的复杂结构体现在"摩尔·弗兰德斯"其实是一个化名，而作者虚构的这本书的"编辑"想到了这一点可能会使读者怀疑故事的真实性："小说和传奇故事得到世人青睐的时候太晚了，以至于对一段个人史来说，当书中人的姓名和关于他的一些情况被隐匿后，人们就很难相信它是真的。"而且，这位"编辑"允许自己对弗兰德斯的言语有所干预："我确实修改了故事的原始版本，还略微调整了这位著名女士的语言风格。特别是在开头，我把她的言辞改得更谦逊一些，因为原稿里她的口气更像是一个还待在纽盖特监狱的人，而不是她后来假装的那样心生悔意、低声下气。"

这位"编辑"做了太多,甚至去掉了"她人生中一些堕落的部分",但他又不得不保留一些边角料,因为这是灵性自传中常见的:"要想呈现出邪恶之人感到后悔的过往,作品中邪恶的部分就要像真实一样邪恶;讲述并美化悔过的部分,如果能同时匹配上精神和人生,就无疑是最好的、最光明的。"

后来的一些小说家显然受到了笛福的影响,比如亨利·菲尔丁、托比亚斯·斯摩莱特、劳伦斯·斯特恩、塞缪尔·理查森和约翰·克莱兰德(《芬妮·希尔:一个欢场女子的回忆录》[*Fanny Hill, or, Memoirs of a Woman of Pleasure*]的作者,这本书出版于 1749 年,通常被视为第一部英文情色小说),他们在笛福的引领下,创作了自传体小说。而笛福本身在自传领域也有一定的影响。更值得一提的是,笛福的书激励了**真正的**平民百姓去撰写并出版自己的故事。笛福在 1722 年发表的令人叹为观止的小说三部曲中的一本就是《真正可敬的杰克上校的历史和非凡的生活》(*The History and Remarkable Life of the Truly Honourable Colonel Jacque*;还有一本是《瘟疫年纪事》[*A Journal of the Plague Year*])。在这本书中,笛福笔下的叙述者说:"或许我把这些事写下来的时候并没有预见到,这些讲述我们自己的故事会在**英国**如此流行,会这么适合给人看。"1740 年,著名演员、剧作家、剧院经理及桂冠诗人科利·西伯出版了自己的回忆录。两年后,菲尔丁出版了《约瑟夫·安德鲁斯》(*Joseph Andrews*),书中的叙述者说西伯的回忆录"是伟人亲笔所写,他的人生和书中所述完全一致,许多人认为像他那样的人天生就是为了写一本书"。

那些自传也反映出笛福笔下的叙述者在阶级、性别和礼仪上的多样性。18世纪晚期的自传作家詹姆斯·拉金顿曾感叹:"竟有如此多的作奸犯科之人写下并出版了描述他们如何生活和改过自新的作品!"现实生活中也出现了与笛福笔下的摩尔·弗兰德斯、理查森笔下的帕梅拉和克拉丽莎极为相似的人——18世纪中期著名的"可耻回忆录作家"三姐妹:夏洛特·克拉克(科利·西伯的女儿)、拉蒂西亚·皮尔金顿和康斯坦蒂亚·菲利普斯。她们用作品替自己辩护、跟别人算账,并获得某种解放。皮尔金顿的丈夫指控她与别人通奸,跟她离了婚。她原先想要靠写诗挣钱,养活自己和儿子,但这条路走不通,于是她开始写自传。她讽刺地说:"我亲爱的丈夫……他只准我活得像一只无害的家鸽,认为我本该如此。按理我应当满足于我卑微的处境,为我们可能会有的那些孩子做做针线活,而不是拿起笔写作。"皮尔金顿构思了一部三卷本作品,在第一本中就坦率地公开了自己的文学勒索计划:"凡是结了婚的男人,只要攻击过我,不认同我的**回忆录**,我就不会心慈手软。不论他们高贵还是卑微,我都会直接把他们的名字写出来。"

当英国的世俗自传发展得如火如荼时,新英格兰人仍专注于精神层面的丰富。即将组成美利坚合众国的许多殖民地都有清教徒或贵格会教徒聚居,因此大量的殖民者选择写这种文学体裁也就不足为奇了。与大西洋对岸的同伴不同的是,新英格兰的清教徒一入教就在写个人叙述,因为只有讲述了自己受恩惠经历的人才能加入教会。由于是按照预设好的公认模式来写的,这些"有形圣徒"的早期叙述作品让人难以分辨,哪怕作者是像爱德华·泰勒、安妮·布莱德斯特里特、托马斯·谢泼德、英克利斯·马瑟和科顿·马瑟这样的名人。到了18世纪中期,清教教义的变化有些出人意料,乔纳森·爱德华兹引领的复兴运动和大觉醒运动尤其值得注意。在爱德华兹发表于18世纪40年代的个人叙述中,尽管风格和激情都堪称绝妙,但仍沿用了传统的行文架构——在怀疑与信仰之间来回摇摆。

许多贵格会教徒追随了乔治·福克斯的脚步,他们虔诚的日记或其他形式的回忆录也成了一种常见类型。一个著名的特例是《对伊丽莎白·阿什布里奇前半生的一些描述》(Some Account of the Fore Part of the Life of Elizabeth Ashbridge),这本书开头写道:"我的一生中发生了许多奇闻异事,其中有一些源于我的叛逆,另一些则源于我的善良,为此,我认为自己应该有一些评论……"

谁还能拒而不读呢?阿什布里奇不会令人失望。1713年,她出生于英国柴郡;14岁时出于一股"愚蠢的激情"与人私奔,仅仅5个月后,她吝啬的丈夫就死在她的眼前;她被一个商人诱骗去当契约工,后来得以逃脱;她登上了一艘开往美国的船,在船上阻止了一场暴动,但最终还是签下契约成了奴隶。在纽约时,她受到了买主的虐待:"他不能忍受我穿着衣服得体地做事,我必须在飘雪的季节光着脚服侍他,还要做最下等的苦工。"她自学裁缝,最终赎回了自由,又结了一次婚,还加入了贵格会(由于对丈夫苏利文的暴虐性情不满），成了一名传教士。苏利文总是试图动摇她的信仰，有次在费城的一家酒馆中，他坚称阿什布里奇和自己跳舞是亵渎信仰。阿什布里奇写道："我颤抖着，让他放过我，但他坚持要跳。我知道他脾气暴躁，不敢多说什么……后来，他拽着我在房间里转来转去，泪水模糊了我的视线，我依稀看见乐手停止了伴奏，说'放开你妻子吧，我不弹了'，我这才如释重负。"

苏利文最终幡然醒悟，加入了贵格会，但未能善终：某天，"他喝得酩酊大醉，去应征入伍"，加入了英国军队。苏利文坚持奉行教义，拒绝拿起武器，因此受到毒打，9个月后不治身亡。（他死于1741年，阿什布里奇的叙述也止步于此。但值得高兴的是，五年后，阿什布里奇嫁给了一个富裕的贵格会教徒，总算步入了幸福的婚姻生活，而且她在1755年去世前，还有大量作品面世。）

虽然灵性自传大多平淡乏味，从不语出惊人，但它们着实影响深远。如果你观察得足够仔细，就会发现美国的大部分回忆录都受到了它们的影响。直到现在，灵性自传依旧被人们争相仿效，各种作品中都有它们的影子，比如《马尔科姆·X自传》（*The Autobiography of Malcolm X*）、吉米·卡特的《永活的信心》（*Living Faith*，这是这位前总统的八本回忆录之一，他的高产程度足以与玛雅·安吉罗、雪莉·麦克雷恩一较高下）、奥古斯丁·巴勒斯的《拿着剪刀奔跑》、詹姆斯·弗雷的《百万碎片》——在这些书中，作者都先描述自己的不羁过往（而且越不羁越好），但一段时间之后，他们都得到了某种救赎。

17世纪，皈依叙事为"美洲新大陆本土的叙事形式"奠定了基础。由于从欧洲来到美洲的移民以各种方式侵入美洲原住民的生活，偶尔有原住民把他们抓起来当俘虏也就不足为奇了（根据最新的估测，从第一批探险者踏上美洲大陆起，这种事在整个19世纪里发生了一万多次）。常见的情况是，那些活着回来讲述自己的故事的人，真的把自己的故事写成了书——囚禁叙事就此产生，私掠船船长汉斯·斯塔登的作品就是开山之作。16世纪50年代，斯塔登在如今的巴西被图皮南巴部落俘虏。他最终重获自由，并出版了《对美洲新世界食人族的真实记录和描述》(*True History and Description of the Man-eaters who Dwell in the New World Called America*)。这本书中有许多木版画，这是美洲原住民的形象第一次被流传开来。这本书成了欧洲的畅销书，大概有76个版本。无疑，"食人族"是关键词，斯塔登突出描述了部落里吃人肉的情形，还有他好多次差点被吃掉的经历。

这类回忆录在北美洲蓬勃发展之时，距离其诞生已经过去了差不多一个世纪。1676年，马萨诸塞州一个名叫玛丽·罗兰森的居民被一群突袭兰开斯特镇的纳拉干西特族印第安人俘虏，大概3个月后才被赎回。罗兰森写下了自己的经历并将其出版。显然，她没有浪费笔墨，开门见山，在开头为后面的大量叙述进行了铺垫，还描写了非常多的场景："1675年2月10日，很多印第安人突然闯入了兰开斯特镇。那时太阳正要升起，我们听到几声枪响，向窗外看去，有几幢房子着了火，浓烟滚滚，直冲云霄。印第安人从一幢房子里拖出来五个人,其中的一对夫妇和他们还没断奶的孩子都被杀了,还活着的另外两个人被抓走了。有两个碰巧从驻防区出来的人也遭到了攻击,一个被杀死,另一个逃走了;还有一个正在逃跑的人被击中,受伤倒地,他乞求那些印第安人饶他一命,承诺会给他们钱(这是我听说的),但印第安人完全不听,把他杀了,还剥光他的衣服,将他开膛破肚。"

对罗兰森和其他清教徒而言,被囚禁的经历不仅完全符合既有的灵性自传范本,还增添了些许新奇巧妙的点缀。用科顿·马瑟的话来说,"印第安人的**信仰**是一种最直接的**恶魔崇拜**",不管是从字面上还是从象征意义上,与印第安人待在一起常被比作身处地狱。囚禁有时也被视为一种惩罚——约翰·威廉斯说,那是"最真实、最可怕的对神的惩戒的体验,上帝以他圣洁的权威,把我与我的家人和族人送到那些憎恶我们的人手上"。这种经历几乎总是被当成一种历练和测试。有些俘虏,比如汉娜·达斯顿,就在荒原上皈依了:"在我承受苦难的时候,上帝的言语安慰了我。"而且,在大多数情况下,得以重返家园也被视为上天的保佑——否则,罗兰森怎么会把她的书命名为《上帝的权威与仁慈,以及上帝承诺的显现》(*The Sovereignty & Goodness of God, together, with Faithfulness of His Promises Displayed*)呢?约翰·威廉斯1707年的作品又怎么会被命名为《被解救的俘虏回到了锡安》(*The Redeemed Captive, Returning to Zion*)呢?

这些作品将完美的叙述和具有教诲性的主题融为一体,引起了公众的强烈共鸣。据某位学者称，1682 年，罗兰森的书一面世，销量就排到了第二位，仅次于圣经。研究美国出版史的杰出历史学家弗兰克·卢瑟·莫特把这本书与 18 世纪威廉斯、乔纳森·狄金森和玛丽·杰米森所著的囚禁叙事作品一起列入了史上最畅销作品名单。另一位历史学家理查德·范·德·贝茨写道："这本书的第一版如今已极为罕见，因为我们可以毫不夸张地说，它们都被翻烂了。"

随着囚禁叙事的发展，作品中呈现的印第安人的形象发生了变化。对清教徒罗兰森来说，那些劫持者的所作所为无论好坏，都是上帝荣光的证明。此后的作品为了开脱罪责和编造民族神话，也往往会把美洲原住民描绘成天性邪恶、行为令人不齿的野蛮人。1823 年一篇文章的标题就会给人这样的感觉：《梅西·哈比森遭受印第安人的野蛮行径，带着一个还在吃奶的婴儿》(*A Narrative of the Sufferings of Massy Harbison from Indian Barbarity ... with an Infant at Her Breast*)。

和原住民待在一起的时间越长，作者遣词造句就会越斟酌、越有同情心。1758 年，15 岁的宾夕法尼亚女孩玛丽·杰米森被原住民抓走。她先后嫁给了两名塞内卡部落的男子：舍尼吉（结婚三年后就去世了）和海俄卡图（杰米森和他生活了五十年）。尽管可以离开，但杰米森选择留在那里，和劫走她的那些人共度漫长余生。杰米森解释说："那儿就是我的家，那儿有我的家人，还有我亲密的朋友。"以上这句话出自《玛丽·杰米森的人生故事》(*A Narrative of the Life of Mrs. Mary Jemison*)——1823 年，白人作家詹姆斯·埃弗雷特·西弗与当时大概80岁的杰米森一起待了三天,然后就写出了这本书。这本书成了19世纪20年代的畅销书,与詹姆斯·菲尼莫尔·库珀的作品平分秋色。毫无疑问,库珀的书也以被印第安人囚禁为亮点。另一个能与之相提并论的故事出自约翰·坦纳。1790年,9岁的坦纳在肯塔基州被肖尼人抓走,后来又被卖给了奥吉布瓦人。久而久之,他丧失了使用英语的能力,娶了印第安人为妻,彻底成了部落中的一员。后来,坦纳又回到了白人社会,与他的母亲和姐妹团圆,成了向导兼翻译,并在1830年出版了《约翰·坦纳(现为苏圣玛丽市的美国翻译)在北美内陆地区被印第安人囚禁的三十年》(*A Narrative of the Captivity of John Tanner [U.S. Interpreter at the Sault Ste. Marie] During Thirty Years Residence Among the Indians in the Interior of North America*)。虽然与杰米森的作品相比,坦纳的这本书卖得没那么好,但它让现代读者非常详细地看到了美洲原住民的生活。坦纳还从人类学角度出发,在书中对美洲原住民的语言、风俗和信仰做了上百页的描述。

囚禁叙事风靡了整个19世纪,而且其影响还在扩大,在大量小说和非裔美国人奴隶叙事中都能找到这种元素。因为奴隶叙事就是由那些被抓走并被迫在另一种文化中生活的人写的。后来,像《搜索者》(*The Searchers*)和《小人物》(*Little Big Man*)这样的西部电影也融入了这种元素。如今,大量被劫持过的美国白人的自传中都有这种元素的显著痕迹:帕蒂·赫斯特描述了自己被城市游击队绑架时的情形,特里·安德森在《红色黑手党》

（*Den of Lions*）中讲述了他20世纪80年代在黎巴嫩被扣作人质的事，贝蒂·麦哈姆迪在扛鼎之作《狂奔天涯》(*Not Without My Daughter*)中讲述了她被伊朗丈夫囚禁并最终逃脱的真实经历。被不明飞行物绑架的故事显然也与之相关，而且这些故事中的外星人通常都有灰色皮肤，这也绝非凑巧（此外，在维基百科的介绍中，外星人"由细细的脖子支撑着圆形的光秃秃的头，还有极大的没有眼睑的眼睛"）。

第三章　属于我们的自传时代

1759年11月24日，周六，塞缪尔·约翰逊在周刊《闲散者》上发表散文，指出"在各种写作形式里，传记是最让人有阅读欲望且最容易表达人生追求的一种"。不过，他也表示传记有一种明显的局限性，它最常与政治家和将军的成败联系在一起，与普通人没有什么关联。他写道："正如不用的金子不能使人富裕，不能运用的知识也不能使人聪明。"

而"作家亲述自己的故事"的作品就好得多，也有价值得多。这些书"不讲某人如何变得伟大，而讲他如何获得快乐；不讲他如何失去了耶稣的恩惠，而讲他如何变得不满足"。自传（约翰逊其实没有用"自传"[autobiography]这个词，因为它在四十多年后才被创造出来）还有另一个好处：准确性和真实性都有保证。当然，如果我们对往后的情况有所了解，这种说法就显得很讽刺了。即使在当时，约翰逊的逻辑也显得牵强，他对人类心理学的认知也有些狭隘。他这样写道："写下自己人生的作者，最起码具有成为历史学家的首要条件——对真相的认知……认知的确凿,让作者不仅免于谬误,还更加可信……被充分认知的真相,不会仅仅因为不愿理解或良心谴责就被扭曲。讲述自己的作者,没有说谎或偏袒的动机,除非出于自爱;每个人都经常被自爱出卖,也都在警惕它的诡计。有的人或为自己的某一行为道歉,或驳斥他人的谴责,或为自己博取青睐,这样往往会被怀疑是为了自己的利益;而有的人平静地坐下,自愿地回顾一生,或警示子孙,或只为自娱,之后并不出版,这样往往会被认为是说了真话,因为谎言不能让自己释然,声名在坟墓之下也毫无用处。"

更令人难以置信的是,几乎在约翰逊发声的同一时期,有一位来自瑞士的哲学家也提出了"什么才是史上最伟大的回忆录"的理念,与约翰逊惊人地不谋而合。让-雅克·卢梭的《忏悔录》是第一部声称"出于某些奇怪的原因"而写出的自传,这是它的诸多特别之处之一。在写到1759年至1760年时,卢梭说"出版商催促了我好一段时间让我写回忆录"。这个要求的奇怪之处在于,卢梭当时并没有太多人生经历。然而,卢梭表示"这样一本书会因为我能够赋予它的坦诚而变得有趣;我决定让它成为一部无比真实的独特之作"。1764年,52岁的卢梭开始写作,花了大约六年,完成了这本书。

卢梭吸取了各种作品中的元素,比如圣奥古斯丁的《忏悔录》,卢梭后来也用了这个书名(很关键的不同点是,卢梭是向民众忏悔,而不是向上帝或某位神父忏悔);《鲁滨孙漂流记》以及其后的法国第一人称小说,比如《吉尔·布拉斯》(*Gil Blas*)、普列沃斯的《克利夫兰》(*Cleveland*)和他的朋友杜克洛的《伯爵的自白》(Confessions of the Count of ***, 1741);他还采纳了18世纪中期比英国回忆录更完善的法国法庭回忆录的传统。但这些还不是卢梭的作品具有开创性和独特性的原因。正如前面提到的,卢梭的回忆录最突出的特点是自我意识。卢梭在初版前言(后来被改成了对自己写《忏悔录》期间变得偏执的反省)中,陈述了一种彻底的理念。他一开篇就表示,人们之所以不能互相理解,是因为他们(错误地)假设别人都跟自己一样。"我决心鼓励我的读者在识人方面更进一步,"他写道,"让他们认识另外一个人——这个人就是我。"

卢梭接着附和了约翰逊的观点:"没有谁能写出某人的一生,除了他自己。"但卢梭反对不实的自我描述:"自传作家总是把自己写成愿意让人看到的那样,一点也不像他本人的实际情况。最坦率的时候也不过是说了真话,但有所保留,其实也相当于在说谎。没有说出来的部分足以颠覆他们假意供认的事实,因此,就算他们说出了一部分真相,也等于什么都没说。"

而卢梭表示自己不会这样:"我要说真话,要毫无保留。我会告诉大家一切,无论好事坏事,什么都说……大家只要读我的作品就会发现,我会遵守自己的诺言。"

的确如此。卢梭花了十几页的篇幅对自己8岁时的往事忏悔,当时他寄宿在一位牧师家,在牧师妻子的抽打下产生了性冲动。他接着写道,从那以后他就有了受虐癖,与之相伴的还有性挫败感:"我原有的童年癖好不但没有消失,反而与另外的快感联系在一起,我怎么也无法从欲望里把它剔除掉;这种怪癖,加上我天生腼腆的性格，使得我很少接近女人，因为我什么都不敢对她们讲……我就这样度过了一生，在最爱的女人身边欲火中烧却不敢吐露心迹。我只能寻求那种能让我想起这种癖好的男女关系。跪在一个傲慢的女人面前，乞求她的宽恕，对我来说就是甜美的愉悦；我激昂的想象力越是让我热血沸腾，我就越像个害羞的情人。"

1771年，卢梭在巴黎的私人聚会上朗读了描述他自慰行为的段落，引起了公愤。（有一位女士听后由于太过震惊，甚至报警来阻止他继续读下去。）不过，卢梭明智地说："最难以启齿的不是那些罪恶的事，而是那些可笑或可耻的事。"《忏悔录》中最著名的段落讲述了卢梭16岁时在都灵一户人家做工时发生的事，这也是卢梭最痛心的愧悔，尽管它比喜欢被人抽打臀部要平淡得多。当时，他莫名地被一条用旧了的小丝带吸引，就偷偷把它拿走了。他还没来得及藏好，就被人发现了，于是他撒谎说丝带是年轻的厨子玛丽安送的。被当众盘问的时候，他坚持这种说法。"那个女孩一言不发，向我看了一眼——这一眼，就连魔鬼也得投降，可我那残酷的心仍在顽抗。"玛丽安坚决否认，卢梭也没有松口，于是他们都被辞退了。"大家的揣测是有利于我的。"卢梭写道。而这种对名声的损害会让这个女孩往后活得非常艰辛。在这件事发生四十多年后，卢梭在书中这样写："这残酷的记忆常常使我苦恼，在我痛苦得睡不着的时候，仿佛能看到那个可怜的姑娘站在我的面前，谴责着我的罪行，好像一切就发生在昨天……我从来没有在和朋友说知心话时把这件事说出来，以减轻我心中的重负……我最多只是承认自己有过应受谴责的残忍行径，但从来没有详细说过到底发生了什么。

于是我的良心一直背负着重担,直到今天也没有丝毫减轻。可以说,我决定写这部忏悔录,正是希望减轻一些负担。"

公开朗读时人们的反应刺痛了卢梭,他决定让这本书在自己去世后出版。1782年,《忏悔录》在法国出版,一年后,首个英文版本面世。不出所料,这本书遭受了抨击,早期评论说它"通篇都充斥着令人难以置信的幼稚、愚蠢和放纵"。最初,英国评论家往往不能理解卢梭那无畏的坦诚。詹姆斯·崔德威尔在《1783年至1834年的自传体写作和英国文学》(*Autobiographical Writing and British Literature 1783—1834*)中,把卢梭称为"矛盾的总和",认为他"拥有极端不协调的性格",集"种种少有的怪癖"于一身,还把《忏悔录》这本书称为"对愚蠢错误的愚蠢忏悔"(这引自埃德蒙·伯克之语),认为它"兴致勃勃地收录了那些永远不需要想起、起码永远不需要写下来的往事"。

但《忏悔录》很快就成了一部经典,更准确地说,它改变了人们对自传的认知。这本书中至少有四条原则在当代的回忆录中也经常有所体现,而这些在当时都是颠覆性的理念:绝对的坦白和诚实;强调内在生命(思想和情感)而不是外在生命(行为);重点关注童年和青少年时期;承认平凡小事(比如偷丝带之后的小小谎言)也可能像一场大战一样带来惊天动地的后果,甚至更严重。正如司汤达所评价的:"荒谬的帝国就此衰落,而这都是让-雅克·卢梭的功劳。"

尽管这本书已经树立了一个卓越的榜样,但一开始人们依然很难模仿。曾与卢梭有过一段众所周知的恩怨纠葛的哲学家——

大卫·休谟在 1776 年只用了短短几页来描写"自己的生活",并解释说:"对一个从不虚荣自夸的人来说,这样做真的很难,所以,我还是少写点吧。"而历史学家爱德华·吉本在 1789 年的作品中的态度就有些摇摆不定了,他在前几页中表示:"我已经展露了我个人的感受,一如既往地毫无顾忌、毫无保留。"但后来他写的内容又变得严肃起来:"第一次有了第六感觉(也就是活着),第一次意识到自己已经成年,都是我们人生中很有趣的时刻,但这些更适合写进人类的自然史,而不是个人的回忆录。"托马斯·杰斐逊尝试去写他所谓的"备忘录和回忆",但写到中途就放弃了。

很快地,启蒙运动的浪潮退去,浪漫主义登上了历史舞台。《忏悔录》在这场运动中至关重要,尤其在德国引起了强烈共鸣。德国哲学家赫尔德把自传称为"灵魂的窗户",还向人们征集"自我忏悔",希望出版文集。接下来,两部文集诞生了:约翰·格奥尔格·穆勒的《名人的自白》(*Confessions of Notable Men*,1791—1810,共六卷)和大卫·克里斯多夫·赛博尔德的《名人自传》(*Self-Biographies of Famous Men*,共两卷,分别出版于 1796 年和 1799 年)。1811 年,浪漫主义代表作家约翰·沃尔夫冈·冯·歌德出版了他的第一本回忆录《我的生平:诗与真》(*Out of My Life: Poetry and Truth*),开创了文学回忆录这一类型;1774 年,他发表了《少年维特之烦恼》(*The Sorrows of Young Werther*),这是第一部自传体小说。早期的另一部关键的文学回忆录是司汤达的《亨利·勃吕拉传》(*The Life of Henry Brulard*,1834),这本书的特别之处在于,它仅仅描述童年生活。时至今日，文学回忆录蓬勃发展，它们通常都像卢梭的《忏悔录》一样，关注童年生活和内在的情感世界。

相比于英吉利海峡的另一边，回忆录在欧洲大陆兴起更早，风头更盛。1800年，斯达尔夫人说："不论是回忆录、忏悔录，还是对自己人生的叙述，英国都压根儿就没有；英国人出于骄傲而彻底地抗拒着这一类型。但英国作家的散文又往往没那么严谨，似乎是真情流露的产物。"

不过英国人迅速赶上了。在斯达尔夫人发表上述言论的一年前，威廉·华兹华斯就依照卢梭《忏悔录》的基本设想和写作方法，开始了有关他自己的认知、情感和精神历程的创作。华兹华斯在这方面至少有两点开创性：第一，以前人们默认只有在成熟冷静的反思后或年老时才能创作自己的回忆录，而华兹华斯29岁时就开始写了，他由此树立了一种观念——年轻时正是记录青春最好的时候；第二，他以诗歌的形式讲述自己的故事，最终写出了一万多行的无韵诗。华兹华斯几乎用了一辈子来完成这部作品，在他1850年去世后，这首长诗才被发表，他的遗孀将其命名为"序曲"。

自传作品流传很广。约翰·福斯特牧师的文章《为自己写回忆录》从1805年至1856年共出版了20个版本，在这篇颇有影响的文章中，福斯特建议每个人都像华兹华斯那样："不要费尽心思去罗列人生中的每个事件，而轻视了思想的连续性，要追寻人格的发展历程。"相比于现代的回忆录疗法，福斯特这句话主要针对的是那些写回忆录只为练笔而不图发表的人。他在文章结尾处坦率地说："有相当多的历史学家在写自己的人生时，会不管不顾地抛出一切,无论是出于他们的自负还是缺陷。"他唯独没有指责卢梭:"如果可以的话……我们应该宽恕他表现出来的率直,因为像他这样非凡的人,就应该公开展示自我。"但他对其他胆敢把"忏悔录"当成书名的人没有丝毫容忍:"人们似乎总会认为,忏悔和耻辱会促使自己公开饱受忧愁和羞愧之苦的境况,但这样的曝光完全是没有必要的。"

19世纪中期,文化水平的提高和印刷技术的进步使各类图书的数量都有所增加,其中遥遥领先、不断涌现的就是回忆录。1822年,《爱丁堡杂志》的一篇评论指出,"公众对阅读各种个人回忆录和信件有一种难以填满的欲望"。威廉·马修斯关于英国自传的权威著作证实了这一评论:1790年至1799年,有48本回忆录出版;1800年至1809年有53本;1810年至1819年有72本;1820年至1829年有171本(十年间数目增加了一倍多)。

然而,在此之后的很多年里,人们都没能为这一类型命名。如福斯特所说,称之为"忏悔录"(Confessions)会有一些问题[1],因此,这些作品除非明显源自法国,大多以"回忆

---

[1] 但这并没能阻止在《一个吸食鸦片者的自白》(*Confessions of an English Opium Eater*)之后,一系列拥有类似书名的作品出现:詹姆斯·霍格的《事出有因的罪人的忏悔》(*Confessions of a Justified Sinner*,1824)、约翰·格林里夫·惠蒂埃的《单身汉的忏悔》(*The Confessions of a Bachelor*,1828)、布莱辛顿伯爵夫人的《一位老太太和一位先生的忏悔》(*Confessions of an Elderly Lady and Gentleman*,1838)以及柯勒律治在其死后出版的关于宗教哲学的作品《一个追根究底的灵魂的忏悔》(*Confessions of an Inquiring Spirit*,1840)。"忏悔"这个词的魅力依然存在,尽管近年来它所蕴含的讽刺意味有所增加。自2004年以来,我们还可以买到《一个经济杀手的忏悔》(*Confessions of An Economic Hitman*)、《一个华尔街分析师的忏悔》(*Confessions of A Wall Street Analyst*)、《一个法国烘焙师的忏悔》(*Confessions of A French Baker*)以及《一位视频女郎的忏悔》(*Confessions of A Video Vixen*)。

录"(Memoir 或 Memoirs)来命名。但"回忆录"暗示着一定程度的主观性,或者说观点上的狭隘性,其实不适合用于那些想要描述人生中真实故事的作品。迪斯雷利在 1796 年的《杂记》(*Miscellanies*)中,首创了一个日耳曼语新词:"自我传记"(self-biography)。(他觉得这个词特别好,尤其适用于那些在作者死后出版的作品:"当一个伟大的人留下了生前的纪念品,将死之时,其言更加可信;这种风度也让他的写作动机变得神圣。")威廉·泰勒在《每月评论》上表示,尽管他很反感这个词,但他也想不出还能用什么词代替:"英语并不常吸收这种半撒克逊语半希腊语的混合词;而'*autobiography*'看起来像在卖弄学问。"这是《牛津英语词典》中"autobiography"的第一条例句,用了不折不扣的斜体,仅此而已。《牛津英语词典》引用的下一个例句与 1809 年罗伯特·骚塞提到的某篇"非常有趣且独特的自传"有关——此时这个混合词在人们眼中似乎已经不再是一种卖弄了。1825 年,《泰晤士报》上刊登了一首匿名诗《文学广告》(*Literary Advertisement*),其中一节是这样的:

> 现如今,自传作家热度最旺,
> 你们可真是一群幸运的精灵,
> 能知道所有优秀人物的过往,
> 却从未透露过自己的生平!

1826 年,出版商约翰·亨特和考登·克拉克出版了一套很受欢迎的丛书《自传：有史以来最有益处、最有趣的人生自叙集》(*Autobiography: A Collection of the Most Instructive and Amusing Lives Ever Published, Written by the Parties Themselves*)。这一系列共有三十四本书，既有新式作品，也有本韦努托·切利尼、约翰·卫斯理和科利·西伯等人创作的传统作品。有趣的是，在书名中直接用了"自传"一词的作品直到1829年才面世，即威廉·布朗的《自传，或一位士兵的自叙》(*The Autobiography, or Narrative of a Soldier*)。[1]

如今，回忆录还衍生出了许多副产品，20世纪90年代初就出现了很值得注意的一种——反对回忆录的文章。这种文章指出回忆录爱出风头、不得体，甚至根本就不该存在。1993年，威廉·加斯在《哈泼氏》杂志上发表了一篇令人印象深刻的文章，尖刻地对名人自传作者发表评论："他们把电影里的妓女和粗鲁的

---

[1] 在"自传"(autobiography)这个词出现的最初几年，由于某种原因，它更常被用于那些仿自传的小说，而非真正的自传，比如苏格兰小说家约翰·高尔特的《成员：一部自传》(*The Member: An Autobiography*, 1832)、匿名作者讽刺美国的书《无效论者中的北方佬：一部自传》(*A Yankee Among the Nullifiers: An Autobiography*)和W.P.斯卡吉尔的《反对国教的神父的自传》(*The Autobiography of a Dissenting Minister*, 1834)。19世纪最广为人知的例子是夏洛蒂·勃朗特在1847年以笔名发表的小说《简·爱：一部自传》(*Jane Eyre: An Autobiography*)："到目前为止，我已细述了自己微不足道的身世。我一生的最初十年，差不多花了十章来描写。但这不是一部正正规规的自传。我不过是要勾起自知会使读者感兴趣的记忆，因此我现在要几乎只字不提跳过八年的生活，只需用几行笔墨来保持连贯性。"两年后，1849年，查尔斯·狄更斯给他最接近自传的连载作品起了一个听起来更老派的名字——《大卫·科波菲尔，或布伦德斯通贫民窟的大卫·科波菲尔之个人历史、历险、经历和观察（他从来没想以任何形式出版）》(*David Copperfield or The Personal History, Adventures, Experience and Observation of David Copperfield the Younger of Blunderstone Rookery [which he never meant to publish on any account]*)。

聒噪者的八卦展示给我们看，供我们取乐，但像鬼魂一样躲在幕后。写这些东西的人没有存在价值。"加斯最看不上的还是自传这一类型本身："有任何一种进取的雄心会不受自负、复仇心理或自证清白的愿望所影响吗？我们是在罪人的头顶加上光环，还是继续放任已经过度膨胀的自我？……写自传这件事本身就已经把你变成一个怪物了……为什么还能那么激动地说大家反正都会知道的事，像什么'我生来……我生来……我生来……'或者'我把屎拉在裤子里了，我被人背叛了，我是个尖子生'？"

1996年，詹姆斯·阿特拉斯继续发扬这种态度："回忆录为什么会吸引人们自我剖析？在某种程度上，它反映了我们文化中的一种普遍现象——人们热衷在偷窥狂的注视下公开忏悔。在奥普拉的节目占统治地位、'12步戒断计划'被当成新口号的时代，也许具有文学性的忏悔理应加入这个行列。在我们生活的这个时代，无论是隐私观，还是在公众视野之外的个人空间，对人们来说都已经是很陌生的概念了。"

两年后，达芙妮·梅金也帮腔说："我们的文化就是沉迷于曝光，自己和别人的事都要展示。"

2006年，角谷美智子也在《纽约时报》上控诉："那些荒谬的、展示自己的长篇大论，总喜欢用'幸存者'（这个词本应用来称呼那些在战争、饥荒或大屠杀中幸存的人）来称呼那些面临体重问题或不良记录的人。"

惊人的是，两个世纪之前，紧随着回忆录的第一次繁荣，就有人发出了几乎一模一样的控诉。1798年，德国哲学家弗里德利希·施勒格尔率先撕破了脸皮:"写自传的人有这么几种:像卢梭一样自我着迷的神经病;像本韦努托·切利尼那样带着强烈艺术感或爱冒险的自恋人士;只把自己当成制作历史艺术品的原材料的天生的历史学家;对后人卖弄风情的女人;想在死前把所有细枝末节都厘清,不愿自己身前无言、身后无名的老学究。"

那些强烈抵制回忆录的文章与回忆录本身一样,略晚才出现在英国,但迅速发展起来。自我主义和写一整本描述自己的书所体现的虚荣心成了最常见的批评对象。许多评论家似乎已经把自传作者与那些有失礼节地不停自吹自擂的宴会客人一概而论了。人们反感说"我",甚至称它是"可恶的代词"。一些作者(比如威廉·贝尔卢和威廉·海利)试图模仿尤利乌斯·恺撒和教皇庇护二世的做法,用第三人称描述自己的生平,以躲过人们的攻击。几乎所有 18 世纪和 19 世纪的自传都有题记,其中会提到有关虚荣心的问题,还会传达某种理念——通常是在贺拉斯式的教导和娱乐的原则之上稍有变化。

艾萨克·迪斯雷利提出了另一条抵制理由。1809 年,他在评论某位诗人的回忆录时,认为他**不配**写回忆录:"如果所有作家成名之后都变得爱发牢骚(尽管不是出于虚荣心),那么人们对自传的怒火会像火山一样爆发。"在接下来的几十年里,有个问题很引人注目——某人到底凭什么把自己的故事讲给所有人听呢?在最初的一个世纪里,人们基本上默认有三类人有资格写回忆录,也期望他们写回忆录:(政治、军事、文学、宗教或社会方面的)名人、信徒和想要讲述刺激非凡又激动人心的故事的人。可到了后来，似乎任何人都可以写回忆录了，他们写作的目的也不尽相同。19世纪20年代，有一大批商人和工匠出版了自己的书，《伦敦杂志》上刊登的一篇文章对此潮流表示烦躁，称"任何一个苹果摊主都可能会抛出自己的'经验之果'"（暗指白银商人约瑟夫·布拉斯布里奇的回忆录），"路口的每一个清洁工都会把琐事公之于众"。《布莱克伍德杂志》上的一篇匿名文章认为，写回忆录的应该是在某个领域中"有崇高声誉的人"或"需要说一些有重要历史意义的事的人"，而不是"靠激发人们潜在兴趣来卖书的平民百姓"。1826年，一位批评家在《评论季刊》上控诉说："恨不得每个说傻话的英国人都要写一本大事记。"

1827年，约翰·洛克哈特在一篇针对十部自传所写的评论中怒火爆发了："真是多亏了所谓的'智慧的进步'……连船舱服务员和鼓手都忙着写自己的论述，我们已经看了不少扒手写的自传了。"他还批评道："这一类型让那些素来卑鄙、只顾自己欲求的人胆敢厚颜无耻地企图得到全人类的关注和同情，而且如今人们已经不认为这是阴暗下流的想法和行为了……对那些没用的忏悔和回忆的狂热……确实令人不快。'读者大众'似乎已经像偷听的侍从那样丑恶贪婪。"

"丑恶贪婪"可不是洛克哈特随便形容的，当时不管是名门贵族还是平民百姓，都在效仿卢梭大谈丑事。1821年，华兹华斯曾经的门徒托马斯·德·昆西被爆出一则丑闻——那篇匿名文章《一个吸食鸦片者的自白》原来是他的作品，他就是那个吸大烟的人。两年后，杰出作家威廉·哈兹里特讲述了自己与一个19岁女服务生的不堪情事,将其命名为《自由爱恋》(*Liber Amoris*),匿名发表,不过大家都知道是他写的(而且对这部作品也没什么兴趣——有人说它是"既愚蠢又恶心的令人难受的东西",还有人说它"不仅肮脏,而且特别可鄙")。

"交际花回忆录"构成了另一个分支。这类回忆录与其说是文学作品,不如说是自我宣传工具。其中最典型的就是哈里特·威尔逊 1825 年的回忆录,开头是:"我不会说我 15 岁的时候为何以及如何成了克雷文伯爵的情妇。"这句话很巧妙,处于将说未说的状态中。威尔逊向她的嫖客们索取 200 英镑,只要付了钱,就不会在她的回忆录中看到自己的名字。大多数人接受了她的条件,唯独威灵顿公爵拒绝了她,并说了一句很有名的话:"发表吧,然后下地狱。"

那个时候,想要控诉自传简直就是白费口舌。言论一经发布就石沉大海,再无回应。这一点可以从托马斯·卡莱尔的《拼凑的裁缝》(*Sartor Resartus*)中看出。这部类别不明的作品在 1833 年至 1834 年断断续续地发表,1836 年完整出版。书中包含了虚构的德国教授托尔夫斯德吕克的具有哲学意味的自传手稿,以及一位同样是虚构的匿名翻译兼编辑对该手稿的评论。书中还出现了来自另一个人的书信,信中解释了教授为什么要说出自己的人生故事,无情地讽刺了当代自传的传统、隐喻和假设。书中的哲学部分会让读者产生一种奇妙的好奇心,这种写作方式可能独一无二,它创造了关于这个人的一切,还让所有人都知晓。托尔夫斯德吕克是否有自己的父母?他是否也曾戴着围兜,只吃流食？他是否也曾满脸泪水，兴奋得紧紧抱住好友？他是否也会若有所思地凝视着埋葬过去的深渊，听着低沉的呻吟般的风声，觉得那仿佛是对自己的含糊回应？他有没有和别人决斗过？——天哪！他坠入爱河时，会怎么表现自己？在书中，托尔夫斯德吕克一开始就为自己的"孩童时代，幸福的岁月"写了一首典型的浪漫主义的华丽赞歌："善良的大自然对所有人来说，都是慷慨的母亲；您的光临使穷人的小屋绽放光辉，为您的孩子带来了爱的轻柔拥抱和无尽的希望。他在这样的环境中成长着，做着最甜蜜的梦！"

在书中，让编辑恼怒的是，托尔夫斯德吕克似乎不会漏掉任何细节，包括他"与牲畜和家禽的友谊"、他玩过的每一种游戏的详细规则和他的第一套黄色斜纹正装。终于，在他准备讲自己上学时的琐事时，编辑失去了耐心，忍不住插话："你这个无赖！用黄色斜纹的短装和养猪人的喇叭就能教育出一个天才吗？当然，谁也不知道他到底是在暗暗嘲笑我们的自传时代，还是真的这么喜欢写自己的荒唐事。"

第四章 与此同时,在大西洋彼岸

史上第二有影响力的自传大概就是本杰明·富兰克林的作品了。1771年,也就是卢梭完成《忏悔录》的同时,富兰克林动笔写这本书。当时66岁的富兰克林是所有殖民地里的翘楚,这本书最初是写给他儿子威廉的一封长信,开头照例是理念的陈述。起初,富兰克林认为威廉会愿意了解一些自己父亲的人生境遇。(然而,在写作期间,富兰克林与威廉之间的关系变得有点疏远,后来他放弃了书信这一主题形式。)很快,富兰克林又找到了别的写作理由。他认为家庭成员以外的其他人也会读到这本书:"我出生于一个贫苦卑微的家庭,但现在生活富裕,又有一定的声誉。迄今为止,我的一生充满了幸福……我的子孙后代可能会想了解这些,我也希望自己的一些成功经验能够让他们借鉴。"富兰克林还说,他之所以要尽力写下自己的人生经历,是因为他希望能够享受其中的乐趣。(就这一点,他与卢梭很像。卢梭曾说:"在描写我的旅行经历时,我仿佛重新回到了路上;我无法接受它已经结束的事实。")最后,富兰克林还表示:"写下这些东西是因为能够极大地满足我的虚荣心。实际上,我经常听到别人介绍自己的作品时,说'我绝不虚夸地讲',但紧随其后的往往是一些空泛的话。通常,虚荣不被人喜欢,但不论何时,我都会为虚荣心留出应有的位置。"这样的坦诚,在回忆录作家中即使不是绝无仅有,也相当罕见。

于是,我们很快就能发现他与卢梭之间有着天壤之别。富兰克林并不完全是 D.H. 劳伦斯在《美国经典文学研究》(*Classic American Literature*)中嘲弄的那种毫无价值的中产阶级老板,他还是一个相信自己会讲超棒故事的人,他的故事往往能提供一些经验教训,或者有一些特殊寓意。富兰克林的书也没涉及任何丑闻,唯一出场的女性角色就是他的妻子"里德小姐",他只是时不时地提及,言语也很得体。

尽管富兰克林也有情绪低沉的时候,但他只有短暂的不安和困扰,而没有精神上的折磨或自我怀疑。在自传前半部分,他描述了1723年10月,17岁的自己刚刚从新泽西坐船抵达费城市场街的码头时的情景。他写道:"我穿着工作服,因为我最好的衣服还在海运过来的路上。我风尘仆仆,行囊里装满了衬衫和袜子。我在这儿没有熟人,也不知道去哪儿投宿。在旅行和划船之后,我缺乏休息,非常疲惫,还非常饿,而我的全部财产只有一枚荷兰硬币和大概值一先令的铜板。"

但这也无妨!在别人的指引下,富兰克林来到一家面包铺。"我要了三便士的面包,随便哪一种。伙计给了我三个大大的面包卷,我很惊讶竟然有这么多,收了下来。因为衣袋里装不下,所以我两个胳膊各夹一个,边走边吃剩下的一个。"后来,他找到了舒适的住所,还找到了工作,成了印刷厂助手。

这本自传的第一部分讲的就是一个年轻人努力改善生活、自我提升的故事。富兰克林再现了他依照十三种美德制定的每周自我表现图表,给读者一种视觉上的辅助。如果换成别人,这种做法似乎让人有点不能容忍,但富兰克林的自嘲、智慧与对身边人和事物的敏锐观察为他加了很多分。

在写了大概50页,讲到1730年的时候,富兰克林搁笔了。他简单地解释说:"革命工作使得叙述中断。"1783年,他准备再次提笔,还在书中完整地附上了这一年友人寄给他的两封信,信中催促他把自传写完,还强调这本书有重大的教育意义。第一封信来自艾贝尔·詹姆斯,他指出:"自传作品对青年的思想影响非常大。在我看来,在我们的公众人物好友(富兰克林)的日记中,这种影响尤为明显。它可以潜移默化地引导青年努力成为一个像作者那样善良且杰出的人。"第二封信来自本杰明·沃恩,他也很支持自传,尤其是像富兰克林这样具有良好道德品质的作者写的自传。他写道:"假如您的自传能鼓励大家写出更多此类作品,并且引导人们好好地为人处世,那么它的价值将不亚于普鲁塔克的全部作品加在一起。"

于是,富兰克林又提起了笔。他断断续续地写,到1790年去世的时候,才写到自己51岁时的事。不久之后,两本美国期刊都刊登了他的部分手稿;次年,一本译成法语的盗版书出现——《本杰明·富兰克林私生活自叙回忆录》(*Memoirs of* the Private Life of Benjamin Franklin, Written by Himself [Memoires de la view privée de Benjamin Franklin, ecrit par lui-même])。又过了两年,从法语版译回英文的两个版本面世,根据20世纪耶鲁大学出版社的编辑的估算,其中一个版本在此之后的七十年里加印了150次。与此同时,1817年,富兰克林的孙子威廉·邓普顿·富兰克林将富兰克林的自传授权出版。考虑到他祖父的名声,威廉进行了约1200处修改,基本上都不如原稿,比如他把"像被毒死的猪一样瞪着"改成了"惊讶地瞪着"。

从此以后,这本书便有了成百上千个版本。1868年,我们如今所知晓的《富兰克林自传》(The Autobiography of Benjamin Franklin)面世了。1827年,未来的银行家、当时14岁的托马斯·梅隆阅读了这本书,他后来说:"阅读富兰克林的自传是我人生的转折点。"在取得巨大成就之后,梅隆把这本书印刷了1000册,分发给向他寻求建议的年轻人。另一方面,对这本书提出批评的人也远不止D.H.劳伦斯。1870年,马克·吐温评论说:"这本书展示了富兰克林只靠吃面包喝清水过活,边吃饭边研究天文——这给上百万的孩子带来了折磨,因为他们的父亲读了这本倒霉自传。"

1783年,本杰明·沃恩在鼓励富兰克林继续写自传的信中,还写了这样的话:"尽管自传这种写作形式现在似乎不那么时髦了,但这本书非常有用,因为它可以与那些社会上的暴徒和阴谋家的传记相比较,也可以与那些荒诞的修道院式苦行者、自负的浪荡文人的传记相比较。""荒诞的修道院式苦行者"明显是在嘲讽卢梭，因为当时卢梭出版了《忏悔录》。而"自负的浪荡文人"指的就是越来越多的追随卢梭的人，不过他们的数量没有"社会上的暴徒和阴谋家"那么多。沃恩很有先见之明，但他也没法知道，为什么美国早期自传中充满了小偷、谋杀犯、乞丐和各种边缘人物。

可以肯定的是，除了富兰克林，当时还有大量杰出的美国公民也写下了自己的人生故事。陆军中校伊桑·艾伦在1779年出版了自传（这本书在南北战争前至少再版了18次），在描述自己被英国人俘虏并虐待的经历时，他运用了一些印第安囚禁叙事中的惯用手法。随后的名人自传还有1806年纳撒尼尔·范宁的《美国海军军官冒险故事》(Narrative of the Adventures of an American Navy Officer)，1808年安妮·格兰特的《美国女人回忆录》(Memoirs of an American Lady)，以及1811年宾夕法尼亚州联邦党人、革命元老亚历山大·格雷顿的自传。

18世纪上半叶，在所有种类的书里，最畅销的大概就是康涅狄格州商船船长詹姆斯·莱利的个人故事了。1815年，他的商船"贸易"号在非洲的海岸线附近失事。莱利和船上另外十一个幸存者被一群流浪的阿拉伯人俘虏并奴役。惨遭虐待之后，莱利最终联系上了一位英国领事，领事出钱帮他赎回了自由身。1817年，莱利描述自己经历的《美国商船失事的真实叙述》(An Authentic Narrative of the Loss of the American Brig Commerce，通常被称为《莱利船长的叙述》[Captain Riley's Narrative])在大西洋两岸火爆起来。

这本书不仅讲述了一个令人兴奋的故事，还描述了莱利被奴役时受到的痛苦和侮辱，为萌芽中的美国废奴运动提供了武器。短短两年里，这本书有了至少 7 个版本，从 1820 年到 1859 年，又在美国有了至少 16 个版本。《美国传记大辞典》的统计称："1851 年，据说有 100 万美国人读过这本书，包括亚伯拉罕·林肯，他甚至把这本书列为自己最喜欢的作品。"小理查德·亨利·达纳的《七海豪侠》（*Two Years Before the Mast*，1840）也很受欢迎，不过这个故事没有那么悲惨。达纳的父亲是马萨诸塞州的杰出诗人和作家。达纳描述了自己的真实故事——当时他还是一名普通船员，经过 5 个月的航行，绕过合恩角，来到了加利福尼亚。

值得注意的是，如此多的在社会底层挣扎的人写出了自己的人生故事。尤其是罪犯的故事，曾经在大西洋彼岸的英国经久不衰。早在 17 世纪末，各种恶棍就在英国的期刊上发表自己的故事。其中很独特的是在泰伯恩监狱被处决的囚犯的忏悔录，当时有人评价，"不管是《旁观者》和《卫报》，还是《漫谈者》，销量都不及其十分之一"。

在殖民地，两个关于谋杀犯的著名故事分别于 1762 年和 1773 年出版，即《约翰·路易斯的一生及其最后一次演讲、忏悔和庄严宣言》（*A Narrative of the Life Together with the Last Speech, Confession and Solemn Declaration of John Lewis*）和《弗朗西斯·伯德特·佩索内尔对自己生平的真实而详细的叙述》（*An Authentic and Particular Account of the Life of Francis Burdett Personel, written by Himself*）。这两本书都

属于皈依叙事,叙述者均表达了自己的悔过之心。而在此之后,读者越来越热衷于阅读暴力血腥的内容了。

《死刑犯巴内特·达文波特的人生和忏悔,关于国内外史无前例的最可怕的谋杀案》(*A Brief Narrative of the Life and Confession on Barnett Davenport Under Sentence of Death, for a series of the most horrid Murders, ever perpetrated in this Country, or perhaps any other*)在1780年出版,企图证明巴内特·达文波特的行为实属正当。这本书极其详细地描述了19岁的大陆军逃兵达文波特的所作所为,他打死了他的房东、房东太太和他们的一个孙子,然后放火烧了房子,并烧死了他们的另外两个孙子。达文波特似乎对自己的罪行扬扬得意,描述了"他们尖叫哀号"的场面,还特别提及某个受害者"满脸瘀青、血流不止"的样子。

进入19世纪,这种使用第一人称的犯罪故事越来越受欢迎。戴安·比约克伦在她的《自我解读》(*Interpreting the Self*)一书中,比较了两本主流的美国自传索引,她发现,从1800年(这是索引中统计的起始时间)到1849年,在全部自传作者中,人数排第二的职业类别是"罪犯/失足者"——在这一时期的225个出版了自传的人里,有56个是行为不端的人,这个比例高达24.9%。(排第一的是"圣职人员/宗教人士",排第三的是"军人"。)[1]

---

[1] 自传作者的职业分布一直在变动。比约克伦最后列出的是20世纪70年代的数据,那时自传作者中最常见的职业是演艺人员。在这一时期的1175个自传作者中,有152个是演艺人员,占12.9%,紧随其后的依次是圣职人员、作家、运动员和政治家。

最受热捧的就是那些被判处死刑的罪犯的忏悔。这类作品通常既有令人恐惧的细节叙述，又有作者假模假式的忏悔，简直战无敌手。犯下谋杀罪的印刷工查尔斯·博伊顿 1835 年写道："公众应该能预料到我会有一些公开陈述。值得赞赏的是，我叙述那些事，不是为了满足公众的好奇心，而是因为我深深觉得要对远方的亲戚、朋友和自己的记忆负责。"

在南北战争前，公开处决都会引来众人围观。死囚的故事流行起来，也反映了公众令人毛骨悚然的趣味。雇佣文人还会争夺抄写囚犯故事的工作。历史学家安·法比安在她引人入胜的作品《不加修饰的真相：19 世纪美国个人叙述》(*The Unvarnished Truth: Personal Narratives in Nineteenth-Century America*)中，讲述了宾夕法尼亚人约翰·莱克勒的故事。1822 年，莱克勒把他的妻子玛丽和他的朋友、邻居伯恩哈特·哈格捉奸在床。哈格设法逃走了，但当他赤身裸体地蜷缩在地下室时，莱克勒勒死了自己的妻子。接着，莱克勒拿起枪，追到了哈格家，想从门外把他打死，却误杀了哈格夫人。在被绞死之前，莱克勒写了**两本书**，并在其中一本的开头解释了自己写作的原因："我亲密的老友塞缪尔·卡彭特答应聆听我的忏悔，将其出版，把扣除印刷费用后余下的一点点收入存起来，供我可怜的孩子们读书。我可以用我残存的生命发誓，书里有全部的真相。我向好多人说过，有个狱卒经常跟我说，我必须为他写一本忏悔录，因为他给了我很好的食物——我被他看押，最终**不得不**在囚禁中给他写了一份生平叙述，他拿去也是为了出版。"

这一类型的作品逐渐成熟，也形成了一些约定俗成的套路：罪犯的忏悔，针对忏悔的真实性的声明，对没受过教育的囚犯的证言的解释（或许无法用恰当的语言解释），以及更常见的出版商从罪犯手中获得作品的过程。在1834年被处决的臭名昭著的谋杀犯杰西·斯唐的忏悔录中，就以第三人称描述了他当时在绞刑架上说的话——"他手上拿着一本小册子，说：'这里面有我的全部忏悔，因为这些事，我即将赴死。我所了解和坚信的是，这里面的每一个字都是真实的。如果有半句不真实，那也只可能是笔误，绝非我有意所为。'"随后，他把这个小册子交给一位牧师，让他代为出版。

19世纪早期，美国文坛的畅销巨著之一就是《史蒂芬·巴勒斯回忆录》(*Memoirs of Stephen Burroughs*)。巴勒斯是新罕布什尔州的一位牧师的儿子，他自认是个流氓。他承认自己曾冒充牧师，"我们保证对彼此诚实，而我违背了自己的承诺"；承认通奸；坦白与造假者结交的细节，因此坐了三年牢。他还说自己当过学校的流动教师，曾因强奸罪被起诉，还涉嫌土地诈骗，等等。1798年，他作品的第一卷出版时销量极高；1804年，第二卷出版。1811年起，这部两卷本回忆录还出了很多个版本。

自传的涵盖面很广，不论是印第安人，还是俘虏他们的外来移民，均有自传发表。1832年，索克族的领袖和勇士"黑鹰"带领手下试图收回伊利诺伊州的土地，他声称把土地割让给美国的那份条约是非法的。美国联邦政府和伊利诺伊州政府派出军队镇压，最终印第安人投降，他们共有300余人被杀（包括女人和儿童），黑鹰和其他一大群人被俘。黑鹰在囚禁中把自己的人生故事讲给了一名翻译，由此有了畅销书《马克泰莫斯特齐亚亚克（"黑鹰"）的人生，包括他的民族传统、他参与的战争、1832年黑鹰战争的起因和过程、他的投降以及穿越美国的旅程》（*Life of Ma-Ka-Tai-Me-She-Kia-Kiak, or Black Hawk, Embracing the Traditions of his Nation, Various Wars In Which He Has Been Engaged, and His Account of the Cause and General History of the Black Hawk War of 1832, His Surrender, and Travels Through the United States*）。从书中的遣词造句来看，这本书很像是出自白人编辑之手，但近期的学术研究表明，大多数内容是由黑鹰自述的，而且字里行间的确满溢着一种威严的愤怒。以下是他关于那份把印第安人的土地割让给白人的条约的描述。

"这是我第一次拿起鹅毛笔在条约上写字，然而我并不知道，这意味着把我的村庄拱手让人。如果有人跟我解释这么做的后果的话，我绝不会同意，也永远不会签下他们的条约。我最近的举动可以清楚地证明我的话。

"我们对这些白人的法律和习俗知道些什么？他们可能会买我们的尸体去解剖，而我们拿起鹅毛笔签字的时候，根本就不知道自己在做什么。这就是像我这样第一次拿起鹅毛笔的人的处境……

"我的理性告诉我——**不能把地卖出去**。造物主把土地赐给他的子民，让他们生活、耕种，提供他们生存所必需的一切。只要他们还住在这片土地上,还在上面耕作,就拥有这片土地的所有权——但如果他们自愿地离开这里,那么别人就可以来这里居住。土地的所有权不能被出售,但能被带走。"

生活在边缘的女人们也讲述了很多自己的人生故事。1809年,某个署名"K. 怀特"的人出版了描述自己的"人生过往、大小事件、起起落落和当下处境"的作品。这本书开头还是常见的被印第安人囚禁的主题,但寥寥几页之后,她就逃出险境,继续自己的其他奇遇了。她的未婚夫自杀身亡,于是她嫁给了"S. 怀特"。S 在勾引了他们的女仆之后,抛弃了已经怀有身孕的 K,还让她背上了一身债务。因为这笔债务,K. 怀特逃离了原来的城市,有时候需要女扮男装以免被认出来,还坐了一段时间的牢。另一个女子伊丽莎白·门罗·费雪则被卷入了一场与她同父异母的兄弟关于继承土地的争夺战。她不仅没能赢得遗产,还因伪造罪被关押了六年。重获自由之后,她开始写自己的回忆录,并于1810年将它出版。四年后,露西·布鲁尔出版了《路易莎·贝克的一生》(*The Life of Louisa Baker*,后来再版改名为《女子海军士兵》[*The Female Marine*]),讲述了她当妓女以及在1812年的战争中伪装成水手的经历。《阿比盖尔·贝利太太回忆录》(*Memoirs of Mrs. Abigail Bailey*)出版于1815年,这本书讲述了作者的悲惨故事:她暴力的丈夫性侵了他们的女儿,而她最终逃离了这段婚姻。

各行各业的流动人员都在兜售自己的故事——这着实是明智之举,因为除此之外他们什么都没有。最有趣的作品之一出自摩西·史密斯,他是布鲁克林区的一个箍桶匠,他被骗(至少他声称是这样)加入了弗朗西斯科·德·米兰达解放南美的西班牙殖民地的计划,这个计划以失败告终。他在西班牙服刑18个月后,登上一艘前往马里兰的船,然后通过给人们讲述自己的故事来挣钱,凑足了回家的费用。但这种挣钱手段并不总是奏效,据他叙述,"很多人对此持厌恶或鄙视的态度……我窘迫、屈辱且痛苦地发现,有时一个人会被这么冷漠、怀疑且轻蔑地对待"。史密斯在路上遇见的一位酿酒师帮他在巴尔的摩的报纸上发表了一段对他冒险经历的叙述,这为他在1812年发表《摩西·史密斯五年来的冒险史和苦难史》(History of the Adventurers and Sufferings of Moses Smith, During Five Years of His Life)埋下了种子(前面引用的正是这本书的内容)。

正如小说《鲁滨孙漂流记》在18世纪初开启了自传写作的篇章一样,这些五花八门的第一人称的人生故事对美国小说的发展有非常深远的影响。詹姆斯·菲尼莫尔·库珀利用被印第安人囚禁的故事狠狠赚了一笔,而梅尔维尔最初的六本小说,从《泰比》(Typee,1846)到《白鲸》(Moby-Dick,1851),都是在第一人称的航海历险故事的基础上写成的。梅尔维尔1856年出版的小说《伊斯雷尔·波特:五十年流亡录》(Israel Potter: His Fifty Years of Exile)与自传的联系更为明显。1824年,有人出版了《伊斯雷尔·波特的生活和卓越冒险》(The Life and Remarkable Adventures of Israel Potter)一书,梅尔维尔在此基础上进行创作。波特是一名参加过邦克山战役的穷困潦倒的老兵，他向美国国会申请抚恤金被拒，愤怒地开始写作。他写道："只因为**抚恤金法案通过时我不在国内**，他们就**拒绝**了我的申请！！！怎么会有这种规定？"在这本售价28美分的书中，波特描述了自己与乔治三世和本杰明·富兰克林会面的情形。而梅尔维尔虚构了他与伊桑·艾伦和约翰·保罗·琼斯的相会。

大体来说，多亏了这些作品，第一人称单数视角逐渐为美国文学界所知，最终成了主流的写作方式。19世纪40年代至50年代，爱默生的散文中有隐晦的自传元素，而梭罗的《瓦尔登湖》和其他纪实作品中的自传元素就更加明显。惠特曼的《草叶集》（*Leaves of Grass*）好比诗歌形式的自传；一个世纪后，洛威尔的《生活研究》（*Life Studies*）同样如此。至于小说，从《哈克贝利·费恩历险记》（*Adventures of Huckleberry Finn*），到《了不起的盖茨比》（*The Great Gatsby*）、《太阳照常升起》（*The Sun Also Rises*）和《麦田里的守望者》（*The Catcher in the Rye*），再到《阿奇正传》（*The Adventures of Augie March*）和菲利普·罗斯的三部曲，美国小说的代表作中几乎没有**不含**回忆录元素的作品。

最新颖、最出众的美国自传类型诞生于19世纪上半叶，吸收了皈依叙事、忏悔叙事、囚禁叙事和冒险叙事的元素。它的产生得益于美国下层民众讲述自己故事时使用单一视角的传统。确实，这类自传的作者聚集在社会底层。第一部非裔美国人的作品《黑人布里敦·哈蒙的故事：最不寻常的磨难与解救》（*NARRATIVE Of the UNCOMMON SUFFERINGS, AND Surprizing*

DELIVERANCE OF Briton Hammon, A Negro Man…）于 1760 年在波士顿出版，这本 14 页的小册子实际上是相当典型的囚禁叙事：黑奴哈蒙在海上被加勒比人抓走，被俘十三年。（在当代人看来）充满讽刺性的"圆满"结局是，哈蒙最终与他的美国主人重聚了。

1865 年之前，大约有 100 部以书或小册子形式出版的美国奴隶叙事。到了大萧条时期，在非裔美国人的作品中，奴隶叙事作品在数量上已经超过了包括小说在内的任何一种作品。第一部广为流传的作品出自奥拉达·艾奎亚诺，他与此前和此后的许多自传作者一样，在开头就对自己的作品进行了反思："作为一个无名小卒，像这样乞求公众带有宽容地关注自己的作品是很冒险的行为。况且，我在这里描述的并不是圣人、英雄或暴君的过往。"艾奎亚诺也曾被囚禁过，他 11 岁时被奴隶贩子绑走，卖给了海军舰长迈克尔·亨利·帕斯卡尔。1766 年，他为自己赎了身，定居英国，成了一名活跃的废奴主义者。他的书于 1789 年出版，到 1850 年，已经在欧美再版了 50 多次。与后来的大多数奴隶叙事作品一样，他的书以推进废奴运动为目标。书里有很多令人难忘的片段，比如艾奎亚诺第一次看到即将把他带到新世界的贩奴船时的场景。他描述道："一大批黑人被锁链绑在一起，每个人的脸上都是沮丧和悲伤。我也不再猜测我的命运将会如何，我无比害怕、痛苦，一动不动地倒在甲板上，昏了过去。我稍稍恢复意识之后，发现身边围了一圈黑人……我问他们，那些外表凶恶、满脸通红、头发散乱的白人是否会把我们吃掉。"

和艾奎亚诺的叙事不同，早期在美国出版的曾是奴隶的人的作品大多在形式上与灵性自传类似，其余的则是罪犯的忏悔录。这些作品有时与白人的作品很相似，有时又大相径庭。最声名狼藉的作者叫奈特·特纳，这个弗吉尼亚州的奴隶自称上帝选中了他，让他去领导一场伟大的起义："我听见天堂传来一声巨响，圣灵突然出现在我面前，并对我说，巨蛇已被释放，基督也已卸下他因世人罪恶而承受的枷锁。"他认为自己应该注视天堂，等待讯号，随后"应该站出来……用敌人的武器将其杀死"。1831年的夏天，他收到了那个讯号——他和他的支持者在起义中杀死了五十余个白人。他们均被捕，最终被处决（几十个只是正巧待在附近的黑人也不幸被牵连）。在被绞死之前，特纳接受了白人律师托马斯·R.格雷的采访，格雷根据他的证言写出了《奈特·特纳的自白》(*The Confessions of Nat Turner*)，此书在巴尔的摩出版并被广泛传阅。这本书出自一位对特纳并不同情的编辑，非同寻常的是，他既叙述了特纳和其同谋者的残暴行为，也准确公允地传达了特纳的言语，而不有意贬低。那场起义始于特纳的主人——特拉维斯先生的家中："我走进主人的房间，屋里一片漆黑。我没能一击致命，短柄斧悬在他的头上，他从床上惊起，叫他的妻子，那就是他的遗言。威尔一斧子砍死了他，特拉维斯夫人也在床上被杀。杀死这一家五口没费什么时间，他们在睡梦中就死去了。有个小婴儿睡在摇篮里，我们一开始没注意到，后来我们离开他家已经有一段距离了，亨利和威尔又折回去把那个婴儿杀了。"

在南北战争前，还有一种非常特别的奴隶叙事出现并发展起来。在这一时期，这类作品不断涌现，有很大反响。这类作品出现时机巧妙、戏剧化且打动人心，更重要的是，它们借鉴了从精神束缚走向精神解放的一大批作品，并且在此基础上更加写实。这类作品的理念和目标与废奴主义高度一致，形成了某种特定的惯例，这种惯例频繁出现在作品中，几乎成了仪式一般的存在。用学者小亨利·路易斯·盖茨的话来说，这些书成了"一种公共的言语、集体的故事"。它们的序言往往会刻画某个令人印象深刻的形象，有作者的署名，还会有几个白人废奴主义者或白人编辑的评论，证明这部作品的内容完全属实，作者确实当过奴隶，而且，如果非得说这部作品与现实情况有什么不同的话，那就是它还没有完全表现出奴隶制的可怕。这类作品开头的固定句式是"我生于……"，学者威廉·安德鲁斯对其特点有这样的描述："通常，美国南北战争前的奴隶叙述者会把奴隶制描述为一种对身体、智力、情感和精神的极度剥削，简直就是人间地狱。促使叙述者下定决心出逃的是某种个人危机，比如自己所爱的人被卖掉，或者在某个深夜，灵魂深处的希望和绝望进行了斗争。对上帝的信仰、获得自由的决心和生而为人的自尊（奴隶叙事中经常强调这几点）推动着他，就如同美国国父的信念一样。这些奴隶艰难地追求自由，整个过程在他们抵达北方之后达到高潮。在许多战前的故事中，获得自由的标志并不仅仅是来到自由的土地，还包括给自己重新取名，然后投身于反对奴隶制的运动中。"

几乎所有的奴隶叙事中都有奴隶主殴打或虐待女性奴隶的情景，还会有骨肉分离的痛苦情景，其中的那个女奴隶通常是叙述者的母亲。哈里特·比彻·斯托承认自己在《汤姆叔叔的小屋》(*Uncle Tom's Cabin*, 1852) 中，参考了五部奴隶叙事作品中的内容，而且她显然借用了极具情感张力的素材。19 世纪 50 年代，一位自称"汉娜·克罗夫茨"的作家创作了一本奴隶叙事式的小说，名为《女奴隶的叙述》(*The Bondwoman's Narrative*)。在此后的一百四十余年里，这部作品一直没有出版，鲜为人知。直到 2002 年，亨利·路易斯·盖茨在一场拍卖中买下了原稿，宣称它是第一部由非裔美国女性创作的小说，并将它编辑出版。（最近几十年来，"新奴隶叙事"成了一种很高产的类型。最早是 1966 年玛格丽特·沃克的《朱比利》[*Jubilee*]，继而又有了伊斯梅尔·里德的《逃往加拿大》[*Escape to Canada*]、威廉·斯泰伦的《奈特·特纳的自白》[*The Confessions of Nat Turner*]、埃内斯特·J. 盖恩斯的《珍瑰曼小姐自传》[*The Autobiography of Miss Jane Pittman*]、雪莉·安妮·威廉姆斯的《德萨玫瑰》[*Dessa Rose*]、托妮·莫里森的《宠儿》[*Beloved*]、查尔斯·约翰逊的《中途航道》[*Middle Passage*] 和爱德华·P. 琼斯的《已知的世界》[*The Known World*] 等一系列作品。）

在既有的框架下，奴隶叙事的作者通常在文字中展现强大的精神力量。威廉·格里姆斯在其 1825 年出版的作品的末尾宣称："我现在身无分文；我不知道去哪里，也不知道怎么活下去；我不知道自己会何时死去，也不知道会怎样死去，但我希望到那时我已经做好了离开人世的准备。要不是我在当奴隶时被抽打，后背上留下了伤痕，我肯定会在遗嘱里把我的皮献给政府，希望他们能剥下它，做成羊皮纸，然后装订成象征光荣、幸福和**自由**的美国宪法。就把一个美国奴隶的皮，装订成美国自由的宪章吧。"文中到底有几分讽刺、几分真诚已经无法弄清，而这一点更令人震惊。

除此之外，奴隶叙事的情节也有诸多变化。在传奇式的流浪冒险中，有很多奴隶以五花八门的方式逃脱，还常常会被狗追。1849年，亨利·布朗记述了他花86美元把自己藏在一个长3英尺、宽2英尺的箱子里，装船运给费城废奴主义者的经历。（次年，《逃亡奴隶法案》通过，布朗不得不逃往英国。此时他已经得到了"箱子"这个外号。他开始在英国巡演，再现自己当初逃脱的情景，包括利用箱子的出名环节。）威廉·克罗夫特和艾伦·克罗夫特夫妇在《逃离自由》(*Running from Freedom*, 1860) 中讲述了他们非同寻常的逃亡故事：艾伦假扮成了威廉的主人，也就是说，她假扮成了一个白人男性。

奴隶叙事的经典作品之一就是哈丽特·雅各布斯于1861年匿名发表的《一个女奴的生平纪事：本人亲作》(*Incidents in the Life of a Slave Girl: Written by Herself*)。1813年，雅各布斯出生于北卡罗来纳州。在书中，她以当时少有的坦率写道，她16岁时认为躲避自己主人性暗示的唯一方式就是与隔壁的年轻白人私通。几年之后，她的主人又骚扰她，于是她逃走了。雅各布斯在祖母家一处小小的地方藏了差不多有七年，偶尔能听到自己的两个孩子说话。1842年6月,她逃到了费城,并最终和她的孩子们在北方团圆。1850年,她有机会为自己赎回自由,但她拒绝了。她说:"我受到的教导越多,就越无法把自己当成一件财产,付钱给那些压迫我、让我极度痛苦的人,让他们从我的苦难中获得胜利般的荣耀。"

自由和尊严、苦难和荣耀并不是奴隶叙事中仅有的深刻主题。在威廉·韦尔斯·布朗1847年的《叙事》(Narrative)中,大部分内容是关于真实与谎言的思考。布朗说,奴隶制"让受害者满口谎言、无比刻薄"。他描述了跟这个制度有关的各种谎言,比如他在一个奴隶贩子手下干活时,会把要卖掉的奴隶"黑化",也就是把他们的头发染黑,让他们显得年轻些。他还写道,他曾说服监察员,说他们准备抓来当奴隶的那个人只是个不巧路过的有自由之身的黑人,并因此逃过了一顿鞭打。和卢梭一样,布朗说他"因为欺骗了这个可怜人而感到深深的愧疚"。从1845年到1881年,弗雷德里克·道格拉斯发表的三部自传被公认为此类型中的杰作,他直截了当地指出了真实性的问题,尽管这个问题极为复杂微妙。他说:"奴隶由于自身处境,会习惯性地隐瞒真相,不去承担说实话的后果,以此来证明自己是家里的主人。他们说到自己的主人,也多是赞美之词,在面对不了解情况的人时更是如此。我之前当奴隶时,经常被别人问我的主人是否好心,而在我的印象中,我从不曾否认;那时我也从没觉得自己说错了,因为我一直在以身边那些奴隶主所认定的好心的标准来衡量我的主人。"

道格拉斯出生于……算了，最好还是让他自己来讲吧。他的第一本书《弗雷德里克·道格拉斯的生平叙事》(Narrative of the Life of Frederick Douglass)的开头很好地展现了他威严、独特且充满暗示的写作风格："我出生于马里兰州托伯郡的塔卡霍，那儿临近希尔斯堡，距伊斯顿大约12英里。我不知道自己确切的年纪，也从来没见过任何关于我出生年月的可信记录。目前的大部分奴隶不清楚自己的年纪，就像马儿不知道自己的年龄一样。而且，据我所知，大多数奴隶主希望自己的奴隶永远这么无知。印象中，我从未遇到过能说出自己生日的奴隶。他们最多只能给出一个模糊的时间，比如当时正处于种植季、收获季、樱桃成熟的时节、春天或秋天等。我对此感到不快，想对自己有更多的了解，尽管我当时还很年幼。白人小孩都能说出自己的年龄，我不明白为什么我就得被夺走这种权利，不能和他们一样。我不能向我的主人打听这件事，因为我的主人认为所有这些疑问对一个奴隶来说都属于不当且无礼的表现，说明他的灵魂不安分。"

1838年，大概20岁的道格拉斯逃到了马萨诸塞州新贝德福德。三年后，他受邀在一场反奴隶制的大会上演讲。演讲极为成功，于是他与许多曾是奴隶的人一样，在马萨诸塞州反奴隶制协会的帮助下开始了巡回演讲。他的演讲很有吸引力和说服力，但讽刺的是，这也导致了一些问题。他在第二本自传《我被束缚的人生》(My Life of Bondage)中写道："观众说，我说话不像个奴隶，外表不像个奴隶，行为举止也不像个奴隶。他们甚至觉得我从没到过梅森—迪克森线[1]的另一边。""废奴主义赞助人也对我说：'最好带上点种植园奴隶式的讲话风格，你看起来太有文化了，这不太好。'"显然，在讲某人的故事时，生动的叙述能直接地传达感受和情感，这是一种优势，道格拉斯的自我改进反倒成了缺点。他发现的另一个缺点就是陈旧性："我不可能把同样的内容连续讲了一个月之后还能保持情绪高昂。确实，那些事对别人来说还很新鲜，但对我来说已经非常陈旧了。这样日复一日地演讲，着实是一件繁复的任务。"

撰写并出版自己的故事，无疑能让更多人了解这段过往。正如道格拉斯所想，写作这件事有着深刻的含义。自由对19世纪的美国黑人有重要意义，或许也对任何时期的任何人都至关重要，而自由又与文化教育紧密相连。道格拉斯引用了自己的主人奥尔德先生的话："学习会让这世上最好的黑鬼变坏。如果你教会那个黑鬼怎么阅读，那你就留不住他了，从此以后他就不再适合当奴隶了。"道格拉斯在1845年第一本自传的前言部分强调说，这本书除他自己以外没有经过任何合著者、写手或编辑之手。

出版这样的一本书本身就是非常勇敢的行为。与之前写书的奴隶不同，道格拉斯没有隐藏自己和之前主人的姓名，对自己的经历没有丝毫隐瞒。为此，他面临被抓捕或再次成为奴隶的风险。好在这并没有发生，而且他的作品（在美国北部和英国）受到了

---

[1] 美国宾夕法尼亚州与马里兰州之间的分界线，美国南北战争期间为自由州与蓄奴州的分界线。——译者注

一致好评。《纽约论坛报》的评论很有代表性:"这是我们读过的最简洁、真实、条理清晰且真挚、温暖人心的叙事作品。"到了1859年,道格拉斯的作品销量达 30,000 册,他成了文学和精神上的领袖。道格拉斯的朋友詹姆斯·麦卡恩·史密斯称他"体会了我们国家的各个阶层,身体和灵魂都经受了身为美国人所需经受的一切"。

第五章 真实、回忆与自传

我的记忆说:"是我做的。"但我的自尊不肯屈服:"我不可能会那么做。"最终——记忆妥协了。

——弗里德里希·尼采

不论是大量增加的词汇、想法和情感,还是认知外界的过程,还是孩提时代在脑海中对社会产生的连续印象,我们其实几乎记不清什么。因此,就算作者十分真挚,记述童年往事的自传也大多千篇一律,毫无真实性可言。

——安德烈·莫洛亚

在约翰·格林里夫·惠蒂埃19世纪40年代的短篇小说《美国吉卜赛人》(*The Yankee Gypsy*)里,有个乞讨者带着一本写完的海难故事四处游走,他称自己在那场灾难中失去了所有家当。然而,书中的叙述者最终发现,这个乞讨者是骗子,而且"书稿是他从纽约某个写手那儿买来的,写手会根据客户的需求,以每份 1 美元的低价编造地震、火灾、海难等经历,为客户提供乞讨的依据"。这样的情节无疑触动了读者的神经——他们发现,原来很多自己曾经信以为真的回忆录都是盲目夸大或完全伪造的。

1816 年,一本名为《美国水手罗伯特·亚当斯 1810 年在非洲西海岸遇海难,在大漠中被阿拉伯人奴役三年,并在通布图居住数月的故事》(*The narrative of Robert Adams, an American sailor who was wrecked on the Western coast of Africa, in the year 1810; was detained three years in slavery by the Arabs of the great desert, and resided several months in the City of Tombuctoo*)的书在欧洲的四个城市和美国的波士顿出版。据这本书的英文编辑西蒙·科克称,1815 年,他看见一个美国混血水手(也就是亚当斯)在伦敦路边给乞讨者讲述自己的故事,后来,他把这个水手讲的故事转录成书。科克在他的编辑手记里全力反击人们对故事真实性的怀疑,坚称有"五十位先生"都问询了亚当斯,"他们都被亚当斯的淳朴和善意打动了,也都认为亚当斯将自己亲眼所见和所记得、所相信的一切联系了起来"。然而,这本书还是遭到人们的普遍质疑,在大西洋西岸的美国尤其如此。《北美评论》的一位记者在调查后报道,暂且不管别的,光是书里写的那个水手的家乡——纽约州的某个小镇,就根本没有姓亚当斯的人家。这位记者的结论是:"该书卑劣地滥用了公众的信任。显然,如果不是在英国有那么多人对它感兴趣并深信不疑,这本书根本不值得任何认真的推敲。"

大约六年后,一个自称约翰·邓恩·亨特的人发表了《被北美印第安人俘虏的回忆录》(*Memoirs of a Captivity Among the Indians of North America*),讲述了他在两三岁时被印第安人抓走,此后在奥色治部落和堪萨斯部落生活了十二年的故事。与其他的囚禁叙事不同,这本书内容详细,从人类学角度出发,不失礼貌地描述了印第安人和他们的文化。与亚当斯的故事一样,这部作品在英国很受欢迎。亨特在英国待了一年,英国人把他称为"时尚社会的**名流**"。但在美国就不一样了,密歇根州州长刘易斯·卡斯将军(后担任安德鲁·杰克逊的战争部长,1848年成为民主党总统候选人)亲自指出(也是通过在《北美评论》上发表文章)亨特是个骗子,他的书是"一文不值的假货"。

也有人在维护亨特,而且在当代学者中这样的人不断增加。虽然他的叙述确实有谬误,但时至今日,我们已无可考证。重要的其实是关于这本书的争论。这本书在政治争论中被当成具有说教性的开场白,至少人们读它时是这样认为的。这本书写出了美洲原住民的人性和尊严,而它所处的背景是,美国军方在彻底打败美洲原住民后,以种族低劣性为假设或论据,证明自己所作所为的合理性。(此外,和罗伯特·亚当斯的故事所遭受的质疑一样,这种争论也裹挟着美国人对英国人的敌意,因为这两位作者都在英国备受好评。)在政治辩论中,"真实的"证词永远是最强大的武器,结局往往是,至少有一方会忍不住夸大其词或胡编乱造,然后另一方就会全力揭穿谎言,予以回击。

在当时美国的重大辩论中,总是少不了这样的针锋相对。1836年,《白人奴隶阿尔奇·摩尔,或逃犯回忆录》(*Archy*

Moore, the White Slave: Or, Memoirs of a Fugitive）面世，当时奴隶叙事还未成为一种独立类别。这本书开头有个署名"编辑"的人写了一篇"公告"："用猎奇的叙述来吸引读者是没有必要的，但我得到的这份回忆录书稿就是这么非比寻常。这么说就够了：在我收到这份书稿的时候，它是被禁的，而且在我看来，那不是什么能随便违抗的禁令。"但是，这真的是一本回忆录吗？会不会所谓的"编辑"根本不存在，奴隶阿尔奇·摩尔也是虚构出来的？虽然书中的浮夸辞藻让它看起来的确像是编的，但人们无法妄下定论，更何况那是在19世纪30年代，还无法从图书馆索引号、书店分类、畅销榜分类或作者采访中找到线索。废奴主义者试图巧妙地解决这个问题，有位评论家在《基督徒察验者》上匿名称："我们可能会因为那一系列事件没有真正发生过，就说阿尔奇·摩尔是虚构出来的，但从更重要的意义上来看，这是真实的。因为凡是奴隶制存在之处，每天都有类似的事件发生，而且说不定比书里写的更恐怖。"但是，这种观点根本无人理会，因为与废奴问题一样，它涉及了利害关系和强烈情绪。奴隶制的支持者持续地攻击和毁谤这本书，最终，在南方生活过一些年的废奴主义者、历史学家理查德·希尔德里斯主动站了出来，承认这本书是他写的。

次年，又发生了一件尴尬的事。约翰·格林里夫·惠蒂埃加入了美国反奴隶制协会，预备出版逃亡奴隶詹姆斯·威廉姆斯的人生故事。惠蒂埃是新英格兰的诗人，也是废奴主义者，后来写了《美国吉卜赛人》。他准备出版的这本书从威廉姆斯的第一人称视角出发，讲述了他在亚拉巴马州种植园里遭受的严酷对待，以及他所目睹的其他奴隶承受的折磨。甫一面世，这本书的真实性就受到了亚拉巴马州的一名报刊编辑的质疑，他称这本书是"对我们国家的丑恶诽谤"，还发表了一封信，宣称威廉姆斯真名为沙特拉·威尔金斯，他在逃亡前不仅仅是奴隶，还被指控谋杀未遂。反奴隶制协会起初坚决否认这些说辞，废奴主义期刊《解放者报》刊登文章称"这本书的真实性无须争辩，它极具价值，因为它强有力地为一些已出版的事实提供了证据"。但指控和不满并没有就此沉寂下去，最终协会指派了两名成员展开调查。调查员不甘心地得出结论："这部所谓的纪实叙事中许多内容都是不实的。"几周后，协会撤下了这本书，詹姆斯·威廉姆斯也从此无处可寻了。

对往后的奴隶叙事作者和资助他们的废奴主义者而言，阿尔奇·摩尔事件和詹姆斯·威廉姆斯事件是既痛苦又珍贵的教训。他们明白了，自己的作品会像呈堂证供一样受到严格的审查。因此，此后的作品都有一系列旨在确立其真实性的特征：由杰出人物（通常是白人）写的前言或证词，平版印刷的作者像，以及作者签名。而且，几乎所有曾是奴隶的作者都开始巡回演讲。在公众面前现身，就能解答他们关于人生的疑问，给他们看自己身上因被奴役而留下的伤疤。总而言之，就是让人们为故事的真实性做证。

这一时期，另一本不可信的自传出自一个非裔美国人之手，他声称自己是个白人，在书里描写了自己数年来假扮美洲原住民的经历。这本书就是《登山者、童子军、拓荒者以及克劳族印第安人首领詹姆斯·P. 贝克沃思的人生和冒险》(*The Life and Adventures of James P. Beckwourth, Moutaineer, Scout and Pioneer, and Chief of the Crow Nation of Indians*)。这是一个流浪汉故事,1856年一经出版就极为畅销。与劳拉·布德的《狡猾人物:种族仿冒者和美国身份》(*Slippery Characters: Ethnic Impersonators and American Identities*)相似,贝克沃思在书中写道,自己还是个小男孩时,"我的父亲"搬到了圣路易斯,"带着家里所有人,包括二十二个黑奴",但他没说他的父亲同时也是他的主人,他自己就是那二十二个黑奴之一。这本书写得很生动(伯尔纳德·德·渥托后来称它为"我国文学中最精彩的谎言"),但几乎没有人被贝克沃思骗住。德·渥托说他在读他手里的这本书时,在空白处看到了历史学家弗朗西斯·帕克曼的笔记,帕克曼把贝克沃思评价为"恶劣的家伙,流淌着黑人与白人混合的血液,但两者都不是"。[1]

美国的自传发展至此,显然在书封上的"自传""回忆录""个人叙事"等字眼已经与书中内容的真实性没什么关联了。确实,被人冒名顶替出版自传的情况也并非罕见。市面上除大卫·克罗克特本人于1834年出版的回忆录之外,至少还有三本声称是他所写的书——当然,他在自己亲笔所写的作品中也不能说没有半点虚言。

---

[1] 讽刺的是,尽管贝克沃思试图掩盖自己的血统,而且在书中对黑人和美洲原住民持种族主义态度,但近几十年来,人们把他当成非裔美国人历史上的重要人物,在"成就不凡的非裔美国人"书系中,也有他的少年传记。

接连出现的虚假回忆录也反映出，在更宽泛的文化范畴中，"真实"具有不确定性和可变性。正如历史学家格伦·黑尔蒂尼在《骗子与荡妇》（*Confidence Men and Painted Women*）中所说，19世纪的美国人面对真实与虚假、冒牌货与真品尤为困惑。梅尔维尔在他令人难忘的小说《骗子》（*The Confidence Man*）中就讲述了一个不断改变外貌、说着不同经历的神秘人的故事。在《哈克贝利·费恩历险记》中，哈克有好几次假扮成别人，他最显著的特点似乎就是想要说谎和"胡扯"的冲动。P.T. 巴纳姆令人难以置信的成就也建立在欺骗的边缘。巴纳姆成名于1835年，当时他把乔伊斯·希思推向了公众的视野。据说，希思已经161岁高龄，曾是"亲爱的小乔治·华盛顿"的保姆，华盛顿1732年出生时她就在场。一年后，希思去世，验尸报告显示她只有80岁左右。1841年，巴纳姆几乎毫不掩饰地以笔名"巴纳比·迪德勒姆"在报纸上发表了一系列极其古怪的第一人称视角的专栏文章。其中一篇讲述了他如何买下黑人老妇"乔伊斯阿姨"，并且为了让她看起来更老一些，拔掉了她的牙齿。这些故事在巴纳姆的自传中也出现了，他的自传出版于1854年，在他1890年去世之前，每年都会再版。巴纳姆的其他故事显然都是异想天开，但那时的读者根本无法分辨真伪。

法国也出现了有损自传真实性的作品。评论家菲利普·勒热纳说："帝国覆灭后，公众对有关旧制度的回忆录趋之若鹜，出版商试图利用这一点，让生活在那个时代的人或匿名作者去编造虚假的回忆录。"勒热纳引用了1829年的一篇为"杜撰的回忆录"

辩护的报刊文章,这篇文章将这样的回忆录定义为介于小说和回忆录之间的"第三类型":"我们承认,当我们知道那些话并非出自忏悔者本人时,其原创性就损失了很大一部分。但我们不能要求这类作品既有教导作用又有娱乐效果。其实这类作品甚至可以拥有非凡的文学价值。"

这倒可能是真的。然而,相对于其他类型的作品,自传更需要真实度和可信度。如果回忆录缺少了这些特质,人们怎么会信以为真,甚至为什么还要读它呢?不过,为了呈现良好效果、为了讲个好故事或为了证明某个观点而夸大其词,这种诱惑一直是存在的。考虑到这一点,以及大量虚假作品的存在,我们也就不应该奇怪,为什么有那么多美国自传作者在作品开头向读者保证自己绝对没有歪曲事实了。以下就是几个例子。

- 1804 年,斯蒂芬·伯勒斯写道:"先生,这些对简单事实的描述对您来说太浓墨重彩了吗?不,先生,这的确是真的,我看到这些场景时所感受到的力量就是那样的。"
- 1822 年,罗伯特·贝利写道:"我以军人、政府官员和绅士的名誉许诺,我会把每一个举动和每一件事都如实记录下来。"他还向读者保证:"我对过往的记忆可以保证,关于我自己的一切都没有被遗忘。我现在可以几乎分毫不差地复述一遍布道的内容,或任何一段不超过一小时的叙述。"
- 1830 年,约瑟夫·马丁写道:"我希望能给读者留下较好的印象……我不认为读者会希望我夸大事实,写一些我从未见过的奇观或我从未做过的事给他们看。"

- 1854年,约翰·宾斯指出晚年才写自传的好处是:"这样或许能保证讲出来的事实比先前更全面、更坦率。几乎所有我要提到的人在书里都提到了,而且他们都已经静静地躺在坟墓里了。"
- 1870年,拉尔夫·基勒写道:"我不得不坦承一个事实:有不少人在生命的黄金时期就知晓了余生将会有的主要情节。"
- 1902年,乔治·特兰写道:"我早期接受过卫理公会的培训,所以我从未有意说谎;我现在同样不会说谎。"[1]

与之前(吉本、卢梭)和之后(约翰·阿丁顿·西蒙兹、亨利·亚当斯)的自传作家一样,马克·吐温选择在死后出版自己的回忆录,他在前言中解释,这是保证真实的唯一可能的方式:"我之所以选择在死后公开这些话,而不是在世时就对大家说,是有正当理由的——这样我就可以畅所欲言。如果某人尚在人世时就把自己的私人生活给大家看,那么不管他多么努力地直言不讳,最后都很难如愿。他终将意识到,这是一个人活着时无法做到的事。"

回忆录中的虚假还远不止刻意的谎言和虚伪的删减。卢梭在《忏悔录》中写道:"几乎没有一件曾打动我心弦的事是我能清晰

---

[1] 这几个例子除最后一个之外,均引自黛安娜·布乔尔伦德的《自我解读》(*Interpreting the Self*)。

地回忆起来的。经历了那么多接二连三的事之后，很难避免把时间或地点张冠李戴的情况。我是完全凭记忆来写的，既没有赖以佐证的日记或文件，也没有能帮助我回忆的其他材料。我一生所经历的事情，有些像刚刚发生那样，在记忆中十分清晰，但也有遗漏或空白，我只能用与我的记忆一样模糊的叙述来填补。所以，有的地方我有可能写错了，尤其是那些无关紧要的小事。在我自己没有找到确切的材料之前，我可能还会出错。但对于真正重要的事情，我深信我的叙述是准确且忠实的。今后我仍将努力做到这一点，大家尽可放心。"后来，卢梭还反复提到，虽然某些叙述可能存在谬误，但这无关紧要："凡是我曾感受到的，我都不会记错，我的感情驱使我所做的，我也不会记错，我在这里写下的主要就是这些……我许诺交出我心灵的历史，而为了忠实地写出这部历史，我不需要其他的任何记录，我只需要像我迄今为止所做的那样，遵循内心就够了。"

卢梭一如既往地很有先见之明。如他所承认的，也如一个世纪里心理学研究所证明的，人类的记忆远远不能被当成值得彻底信任的机制。传统认知把记忆当成检索系统，就像能回放的录像带，或是能调取记录的电脑。在这种模式下，记忆的能力受限于大脑的容量：当某条信息被更新的或更紧迫的信息挤出去之后，它就会被遗忘。只有在患有精神疾病等特殊情况下，才会出现扭曲或虚假的记忆。

弗洛伊德提出了许多具有革命性的深刻见解，其中最为经久不衰的观点就是记忆是反复无常的。他探讨了我们是如何被波动的情绪捉弄的,以及我们的精神防御系统是如何(在他所谓的压抑中)除去痛苦经历的。经过无数次的实验和持续的研究,后来的心理学家取得了更大的进展,他们发现记忆本来就不可信赖:记忆不仅会因缺漏而变质,还不可避免地会被曲解和捏造。记忆本身就是个有创造力的作家,它将"真实"的记忆、对世界的认知、从各处收集来的线索以及对过往记忆的回忆拼凑在一起,看似有凭有据地想象可能发生的事情,然后妙笔一挥,把内心的设想粉饰成了真实的场景。正如心理学家 F.C. 巴特莱特 1932 年在开创性的著作《记忆》(*Remembering*)中所说:"记忆显然更接近重建,而非单纯的复制。"

而且,重建的过程受制于各种因素。随着时间的推移,损失的部分越来越多。精神病学家丹尼尔·奥弗曾向一群高中生提出了一系列关于他们生活的问题,三十四年后,他又让这群人去回想他们的早年生活并回答同样的问题。两次实验得到的结果相去甚远。这群人中只有四分之一在成年后回忆说宗教在他们青少年时期很重要,而在他们青少年时,有近 70% 的人这样回答;大约三分之一的人记得曾受过体罚,而在他们青少年时,有近 90% 的人回答"是"。

导致曲解和谬误的还不仅仅是时间。事件发生后,如果我们试图记住得到的提示或建议,甚至是不易察觉的暗示,记忆就会迅速滋长。心理学家伊丽莎白·洛塔斯在这一领域开展了很多开创性研究。她和几十名年轻人多次面谈,并要求他们回忆"在购物中心迷路的经历"。他们当中没有一个人曾在商场里迷路过,但面谈结束后，大约四分之一的人都表示"想起来"自己曾经有过这样的经历。在另一项实验中，研究人员向被测试者播放了一名男子进入一家百货商店的监控录像，并告诉他们，不久后，这名男子杀害了一名保安。接着，研究人员向被测试者展示了一组照片，要求他们从照片中辨认出歹徒——其实这些照片里的人都不是。在一些被测试者（错误地）选择了其中一张照片后，研究人员就告知他们选对了。心理学家丹尼尔·施克特在调查之后写道，这些被测试者"声称他们对自己的记忆更有自信了，对歹徒的印象更清晰了，对他的面部细节也记得更清楚了"。施克特指出，如果这些人出庭做证，他们对自己记忆的信心"对陪审团来说将是极具说服力的"。

这种对自己记忆的信心对自传的读者来说也一样极具说服力。除了警察和检察官（或心理学家）的诱导性提问之外，暗示还可能以多种形式出现。回忆录这种东西本身就与不带任何主观倾向的记忆截然不同。在每一个事件、情节或人物的背后，是对某个人的一生的诠释。其中隐含的信念是，人的一生可以被写在纸上，而且在某种程度上可以是个好故事。最终展现出来的则是各种来自内心的暗示。即使有精确的记忆这种东西存在，在这般压力下它又如何不动摇呢？

心理学家 C.R. 巴克莱在总结了一系列研究成果后认为，大多数自传中的记忆是"为了维护自身和过往的完整性而进行的重建"，在很大程度上"是真实但不准确的……人们通过这些看似可信的重建来传达生活的意义"。另一位围绕记忆进行了实验并有大量著述的心理学家乌利齐·奈瑟尔是这样说的:"我们可能记得一整件事,也许印象清晰得足以推断出一些更具体的特征,但我们不记得那些特征本身。这就是记忆容易被不经意地曲解的原因,也是虚假的东西也常常看似'正确'的原因。我们永远无法充分地评判'历史真相',因为真正发生过的事情太过丰富,任何人的记忆都无法完全保存。但以一种相对准确的方式记住一些总体特征,就相对容易。这样的回忆有一定程度的可信性,尽管其中一些细节并不准确。"

1973年,前白宫顾问约翰·迪安在参议院水门事件委员会做证。他向委员会做了长达245页的开庭陈述,描述了他与尼克松总统还有其他助手的会面情况。由于他讲的内容非常详尽,参议员丹尼尔·井上问他:"你平时也一直都能回忆起几个月前的谈话细节吗?"迪安表示这种会面的性质激发了他的记忆力:"会见美国总统是一件非常重大的事,和总统对话的时候,我会去记他说了什么……因此,也许我记不住某些关键词,但我肯定能记住谈话的大意和要点。"

最终,迪安的记忆受到了客观检验。他在委员会露面后不久,人们发现尼克松偷偷地把总统办公室里的所有谈话都录了音;第二年,许多录音副本被公开。乌利齐·奈瑟尔将某两场会议的录音与迪安的叙述进行了比较——当然,迪安在叙述前是宣过誓的。奈瑟尔得出的结论是,很多时候,尽管不是大部分时候,迪安回忆的谈话大意和要点是完全错误的。

比如,以下是迪安关于1972年9月15日会面情况的部分证词。

"我走进总统办公室后,看见了霍尔德曼(助理罗伯特·霍尔德曼)和总统先生。总统先生让我坐下……然后,他说鲍勃(指霍尔德曼)一直在向他通报我处理水门事件的情况。总统说我做得很好,他知道这项任务多么艰巨,他很高兴这个案子到戈登·利迪为止,没有牵连到更多人。我回答说,自己不敢居功,因为其他人做的事情比我做的困难得多。总统谈论当前局势时,我告诉他,我能做的只是控制事态,不让白宫受到牵连。"

对此,奈瑟尔指出:"跟录音副本一对比,就能发现迪安说的简直没有一句是实情。尼克松没让迪安坐下,没说霍尔德曼一直在向他通报,没说迪安做得很好(起码在这部分对话中没有提到),也没有提到利迪或案子的事。迪安自己也没有说他后来称自己说过的话:他不敢居功,事态可能会出现危机,等等。(实际上,他说的话恰恰相反:'不会出什么大问题的。')"

奈瑟尔指出,另一次会面的录音副本也与迪安的叙述存在类似差异。值得注意的是,虽然迪安对特定对话内容的描述并不准确,但他口中的尼克松所说的大多数话,尼克松在**其他**场合确实说过,尽管不一定是对迪安说的。迪安的证词在某种意义上的确戳中了要害。正如奈瑟尔总结的那样,"迪安记得自己的感受,自己想要什么,以及整体事件的情况;但他不记得别人到底说的是什么。他的证词包含了不少实情,但还不算说到了'要点'——在更深的意义上,的确如此。尼克松就是迪安描述的那种人,他的确如迪安所说知道那些事,他的确有所遮掩。迪安记得所有这些,但他不记得谈话的真实内容了。"

关于记忆的缺陷,著作最多的是心理学家丹尼尔·施克特。自传和对过去的回忆都被他称为"偏见"的谬误——我们的记忆总是不经意地曲解过去。他在《记忆的七宗罪》(*The Seven Sins of Memory*)中列出了记忆被曲解的五种类型,它们都是经过多项研究后总结出来的(需要着重强调这一点):"**一贯型和善变型**指的是人们根据自己的意愿和观念,重新塑造或美化自己过去的经历。**事后聪明型**指的是人们用现在的知识去分析过去的事情。**唯我型**是说在对现实的感知和对记忆的精心编排上,自我扮演着重要角色。**模板型**指的是记忆在人们世界观形成的过程中起到了重要作用,尽管人们对这种影响未必很清楚。"

以上几种类型的共同点在于,它们会让记忆变得更引人入胜或更戏剧化,与充满随意性的现实生活相反。在一项研究中,一群研究生被要求在参加某次重要考试前把他们的焦虑程度记录下来。一个月后,再让他们描述自己当时的心理状态,这时他们都夸大了自己的焦虑。这种夸大在那些通过测验的人身上最为显著。显然,"我真的很焦虑,但我通过测验了"这样的故事值得写进回忆录,而"我没怎么担心,就通过测验了"的"事实"就没什么好写的了。

即使在最戏剧化的事件中,这种情况依然存在。几十年前,精神病学家创造了一个术语——无论是个人事件(如父母去世、孩子出生)还是公众事件(如总统遇刺),人们对重大事件的回忆都被称为"闪光灯式记忆"。最初,人们或多或少会假设,这些记忆持久且鲜明，应该是准确的。但事实证明并非如此。为了举例说明这一点，奈瑟尔和一名同事在"**挑战者**"号航天飞机坠毁后二十四小时内采访了一群大学生，不仅询问了坠毁事件本身，还询问了他们听说此事时的情景。两年半后，他们再次采访了这群大学生。尽管他们可以非常生动地回忆坠毁事件，并对自己记忆的准确性相当自信，但总体来说，他们的记忆很糟糕。总共七个问题，大部分人只答对了不到一半，且这四十四名学生里有十一名回答全部错误。更让人吃惊的或许是，即使把他们自己当时的回答给他们看，他们也想不起来。对此，奈瑟尔写道："最初的记忆似乎已经完全消失了。"

记忆就像瑞士奶酪般漏洞百出，人们却对其准确性自信满满，这样的矛盾似乎是人类共有的特征。显然，大多数自传作者（卢梭的谦逊是个例外）反映了这一点，他们甚至不会承认自己的记录并非百分之百准确，哪怕其中包括对半个世纪前对话的逐字复述。实际上，记忆与叙述之间本来就存在一种无法解决的冲突，叙述讲究细节，而记忆在细节上着实不尽如人意。让我们再以一项心理学研究为例。奈瑟尔在实验中问一群大学生："你们去年夏天做了什么？"他们在描述具体事件时比概括总体情况时能力差了不止一点半点。不仅如此，在被要求叙述具体细节时，他们"似乎感到了困扰"。奈瑟尔写道："记忆不会特意关注独立事件，而记住持续状况或典型模式则很自然。为什么不呢？反正长远看来，后者重要得多。"

然而，自 1907 年埃德蒙·戈斯的《父与子》(*Father and*

Son）出版以来，大量非政治家、非世界名流的回忆录喷涌而出。这些作品主要是由"独立事件"而非"持续状况或典型模式"组成的。（政治家和名流的回忆录另当别论。）而且，这些独立事件并不只是作为插曲存在，它们出现在一页又一页无穷尽的对话中。这是可以理解的，因为对话比大段阐释更易读，更有力。然而，确切的词语比具体事件更难记住。我不能准确地复述我妻子今天早上吃早餐时对我说的话，半个世纪前我的一年级老师说过什么就更不用谈了。罗伯特·德·罗克布吕纳是少见的认识到这种局限性的回忆录作者，他在《我童年的遗嘱》(Testament do mon enfance，1958）中写道，他只能在脑海中准确地重现童年时听过的几个单词，比如他母亲曾坚决地说："**是明天！**"（然而，他不记得这个"是明天"说的是什么事了。）可以说陡然间，科学依据、法庭证词和《纽约客》所要求的那种完全的准确性，在自传中不复存在了。

自我暗示也是个问题，它的影响不亚于警察或检察官提出关键问题时所施加的压力。写自传这件事，与回忆这种无主观倾向性的行为完全不同。在对各个事件、情节和人物进行描述的表面下，是对自己一生的诠释。隐含更深的是，作者希望证明把自己的人生写出来这件事具有合理性，自己在某种程度上讲了个有价值的好故事。此外还有评论家乔治·古斯多夫所说的自传作者的"原罪"：当人们已经知道了某段过往经历所产生的结果，就难免会对那段记忆产生曲解。哪怕精确的记忆的确存在，在这般压力下它又如何能不被动摇呢？

因此,事实是,一旦你开始写自己人生中真实发生过的故事,还想把它写成别人可能感兴趣的样子,你就会开始降低真相的标准。19世纪,卢梭的后继者中思想更成熟的一些人认识到了这一悖论,其中包括司汤达,他说:"我没有说我在书写历史,我只是记下我的记忆,以便别人猜测我可能是一个什么样的人。"路易斯·古斯塔夫·瓦珀罗在1876年的《通用词典》中,界定了记忆与真相之间的差异,还针对三种类别(自传、回忆录、忏悔录)提出了新奇的分类法:"自传留有大量的想象空间,回忆录精确地陈述事实,忏悔录完整地说出真相。"英国评论家、弗吉尼亚·伍尔夫的父亲、在19世纪后期热衷于倡导生平写作的莱斯利·斯蒂芬走得更远,他预测说往后的评论家会庆幸记忆和确切事实之间存在差异:"与其他类型作品不同的是,自传可能会因其中的失实陈述而变得更有价值。"

到了20世纪初,自传已经濒临崩溃。它承受了来自社会阶层的差异、公共与私人的对立、坦率的限度等多方面的巨大压力——这些会在接下来的章节中探讨。问题的关键还是易犯错误的记忆,以及"真相"的混乱本质。思忖至此,一个认真的作家怎样才能书写自己的人生呢?20世纪初,马塞尔·普鲁斯特做了一个极佳的选择,那就是让自传在想象的加温下慢慢升腾,最终被塑造成小说。另一种选择是承认目前的困境,然后往前看。亨利·亚当斯在自传中以特有的第三人称视角来讲述自己,率直、无畏且超前,像是美国版的卢梭。他写道:"这就是他记忆中的旅程。实际情况可能有很大不同,但实际的经历没有教育意义,记忆才是最重要的。"

亚当斯在 1905 年写下了这句话。几乎同时，马克·吐温也在写自传，他同样承认并接受了回忆的局限性："我时常想起，我弟弟亨利刚刚一周大时，闯进了门外一堆柴火里，那真是一件了不起的事情。三十年过去了，我一直坚信这种幻觉，认为这件事确实发生过，这就更了不起了——因为这件事根本是不可能的，他当时还那么小，连路都不会走……多年来，我一直记得我自己六周大的时候，曾伺候祖父喝威士忌，但现在我已经很少提起这些了；我老了，记性也不像年轻时那么好了。年轻的时候，发生了什么事，是不是真的发生过这件事，我都记得一清二楚；但现在我的机能正在一天天衰退，可能过不了多久，我就什么都不记得了，而我以为自己记得的也许反倒都是从未发生过的事。"

第六章 杰出的维多利亚时代自传

19世纪20年代,回忆录在英国兴起。约三十年后,美国也迎来了类似的风潮。路易斯·卡普兰在权威著作《美国自传索引》(*Bibliography of American Autobiography*)中列举了1850年至1859年出版的198部作品,比起三十年前增长了四倍。这个数字还在持续增长,到了19世纪90年代,已达到448本。[1] 自传作者大多数是男性,但也不绝对。有三部女性创作的作品尤为突出,它们既有优秀的文学质量,又为后来的自传类型引领了方向。这三部作品中最晚出版的是诗人罗西·拉卡姆的回忆录《新英格兰少女时代》(*A New England Girlhood*, 1889),这本书描述了她大致还算是愉快的童年。百年之后,拉塞尔·贝克、安

---

[1] 与此同时,英国自传数量的增幅相当稳定。威廉·马修斯在《英国自传:1951年前撰写或出版的英国自传索引》(*British Autobiographies: An Annotated Bibliography of British Autobiographies Published or Written Before 1951*)中记载,英国19世纪20年代有171本自传出版,40年代有194本自传出版。19世纪60年代,美国出版自传的数量首次超过了英国,但差距不大,美国是236本,英国是234本。到了19世纪90年代,英国以489本的出版量再次超过了美国。

妮·迪拉德和比尔·布莱森的作品也是如此。拉卡姆可以说是一个没有经受过地狱般的磨难、不曾经历闹剧、也没有道德光环的人,那时的读者对这种普通人写的回忆录可没有什么兴趣。为此,拉卡姆在前言中给出了令人印象相当深刻的很多条写作理由:这本书是在朋友的敦促下写成的;写出这本书之后,她就再也不会因为被要求谈谈"个人情况、传记内容"而心烦了;这本书清楚地展现出已经消逝的时光和场所;写作中"最令人愉快的东西"就是作者和读者之间的"共同的友谊",而自传就像是朋友之间的相互信任的分享;"姑且不论好坏,隐秘地遁入自己的内心,要比坦率地展示自己的人生故事更为自负";考虑到她晚年的泛神论思想,真正的自传实际上是"一个小小的生命的意识所拍下的内心和外在宇宙的照片"。她还解释说:"如果一朵苹果花或一个成熟的苹果能讲述一个故事,这个故事不会仅仅关于它们自己。它们会说起微笑着洒落的阳光,耳畔低吟的风,身边歌唱的鸟儿,曾逗留过的暴风雨,还有像慈母般支撑、哺育它们,让花瓣绽放、果实长成的大树。"

1824年,拉卡姆出生于马萨诸塞州贝弗利,后来成了约翰·格林里夫·惠蒂埃的门生,最终取得巨大的成功,被《波士顿环球报》评价为"美国最优秀的小众诗人"。拉卡姆7岁时,当船长的父亲去世,她舒适而安全的童年戛然而止。她的母亲把家搬到了罗厄耳,开始接纳寄宿者,她则从11岁开始工作了整整十年,成了纺织厂里有名的"纱厂女工"。拉卡姆对这段经历的描述对后来的历史学家来说有很大价值,不过她的作品不仅是对这种制度的抗议,她还刻画了年轻工人所承受的剥削和苦难。这样的书在 19 世纪的英国很常见,但未在美国发展起来。更确切地说,这本书重点写的是在工厂做工的时光如何使她成人,并最终成为一个诗人。拉卡姆"喜欢安静",她后来逐渐屏蔽掉了那日夜不休的喧嚣。她这样写道:"身处噪声之中,我竟能习以为常,甚至把这当成了一种寂静。我反抗这些奴役我的机器。只要我的思想能冲破一切,飞向天际,无休止的嘈杂就无法淹没我脑海中的乐曲。对一个天生喜欢磨蹭和幻想、反抗控制、珍爱个人自由的人来说,长时间的工作、早起以及被叮当叮当的钟敦促出来的规律作息,都是很好的训练。"

基于真实人生的传奇故事也是一种常见的当代回忆录类型,讲述的通常是痛苦的往事,至少也得是富有戏剧性的经历。19 世纪这一类型的先驱之作是《我在维克斯堡的洞穴生活》(*My Cave Life in Vicksburg*,书名就有种现代小报的感觉)。该书作者在扉页上署名"一位女士",真名是玛丽·韦伯斯特·拉夫伯勒,是南方联盟军一名少校的妻子。这本书讲述了 1863 年春季和夏季的几个月里,她和两岁的女儿以及许多维克斯堡平民住在临时山洞里,躲避北方联邦军日夜不休的炮火袭击的故事。这本书叙述生动、充满人性,纽约阿普尔顿出版社在次年就将它出版,那时内战仍未平息。拉夫伯勒描述了面对战争时人们的普遍情绪,每个人的心灵都受到了伤害:"我永远不会忘记深夜里深入骨髓的恐惧,也不会忘记天亮后直入心底的绝望。我们一直蜷缩在洞中,惊恐万分,炮火还在接连不断地轰炸。我不断地祈祷,随时准备迎接死神的到来。我几乎确信自己无法逃过这一劫了。听着枪声和炮弹飞来时那令人恐惧的轰鸣声,我的心都停止了跳动。炮火震耳欲聋,空气中满是冲击的声响;我的太阳穴一阵剧痛,耳朵里一片嘈杂,炮弹炸开的声音像电流击中了我的大脑,周围瞬间寂静下来,只剩恐惧。那是我能想到的最痛苦的情景,我蜷缩在角落里,把孩子紧紧抱在怀中。我只能感觉到心脏在压抑地颤动,我几乎就要窒息了。"

伊丽莎白·霍布斯·凯克利的《幕后故事,或三十年为奴和四年的白宫生活》(*Behind the Scenes; or, Thirty Years a Slave, and Four Years in the White House*)出版于1868年,是一部引人入胜的混合型作品。开头是经典的奴隶叙事(弗雷德里克·道格拉斯是凯克利的朋友,无疑也是她的灵感来源),但与传统奴隶叙事的关键不同在于,这本书写于奴隶制被废除之后,也就是说凯克利并不是在写那些尚未纠正的错误多么可怖,而是在回忆那个已经消失了的世界。她的重点并不是废除奴隶制,而是讲一个好故事(同时确保这种制度的罪恶不被遗忘)。这也许就是她以"我一生饱经沧桑"为开头,第二段才模式化地说"我出生于……"的原因。书中也描述了悲痛的经历,凯克利被鞭打(她5岁起就受此折磨),家人四散,还怀上了一个白人的孩子(她说自己是被"迫害"的一方)。在第三章里,她到了圣路易斯,虽然仍是奴隶,但开始专职为名媛做衣服。客户借给了她1200美元,足以赎回她的自由,于是她在1855年就摆脱了奴隶的身份。1860年,凯克利搬到华盛顿,成立了一家服装公司。她很快就取得了成功,并得到机会为史蒂芬·道格拉斯的夫人、杰斐逊·戴维斯的夫人和丈夫刚刚就任总统的玛丽·托德·林肯制作礼服。凯克利不仅当上了第一夫人的专属裁缝,还被她视若知己,并最终成了她"世上最好的朋友"——这是凯克利引用的林肯夫人在一封信中的原话。凯克利的这部作品成了所有的玛丽·林肯传记的资料来源,也是了解林肯时代白宫生活的重要参考。

凯克利对林肯遇刺第二天的这一家人的描述(凯克利特别提出,自己是"在林肯夫人极度悲伤的日子里,除孩子们之外,唯一陪伴着她的人")也至关重要。要说有什么不足的话,就是她在描述那家人的痛苦时太过直白:"我回到林肯夫人的房间,发现她又陷入了悲伤之中。罗伯特俯下身,温柔地抚慰着他的母亲,小塔德蜷缩在床脚边,稚嫩的脸上写满了痛苦。我永远也不会忘记这一幕——她的心已经破碎,她号啕大哭,发出骇人的尖叫,抽搐着,从灵魂深处迸发出疯狂且剧烈的悲伤。我用冷水浸湿林肯夫人的头部,尽我所能地安抚她爆发的情绪。塔德的悲痛和他母亲一样强烈,但他被母亲激烈的反应吓到不敢出声。有时他会搂住林肯夫人的脖子,抽噎着,断断续续地喊:'别哭了,妈妈!不要哭,否则我也要哭了!那样会伤透我的心的。'林肯夫人不忍听到塔德的哭泣,当他恳求她不要伤了他的心时,她就拼命让自己平静下来,把他紧紧抱入怀里。"

尽管"全盘揭秘的书"是最近才有的概念(这个说法最早是 1980 年《纽约时报》在谈及 G. 戈登·里迪的回忆录《将要》[*Will*] 时用到的),但《幕后故事》可以算是这一类型的开山之作。这本书毫不犹豫地叙述了如上的很私人的情况，而且凯克利写这本书本来就是为了把这些事情和盘托出。总统去世后，1867年，林肯夫人搬到了芝加哥，还背负着在白宫生活期间欠下的约7万美元的债务。她想了个办法，去纽约售卖自己的衣服和珠宝来筹钱，但报纸猛烈抨击了她的这一做法，认为这有损前第一夫人的尊严。姑且不论是否有失脸面，反正她连一分钱都没筹到。林肯夫人请凯克利来纽约帮忙，凯克利不得不在那里待了几个月"为她奔忙"。凯克利对此也不太高兴，她写道："林肯夫人的处境太过糟糕，她无法支付我的报酬，所以我不得不去做针线活来养活自己。"

显然，凯克利对自己的遭遇感到愤怒，也是可以理解的。但在1868年，还从没有过哪个曾是奴隶的人对总统的遗孀表达不满。凯克利在书中摘录了几十封林肯夫人写给她的信（按现在的著作权法，如未得到当事人的许可，即使是出版仅仅粗略涉及个人隐私的作品，也是违法的）。凯克利在书中收录的都是私人信件，在人们还惯用信件交流的时代，信件都是很私密的。有些信件的内容太过敏感，比如她在出版前几个月才收到的这一封："我承受着巨大的精神折磨，一夜无眠，早晨怀着一颗破碎的心给你写这封信。R.（指她的儿子罗伯特）昨晚像个疯子一样出现了，他快活不下去了，看着像个死人，因为昨天的报纸刊登了消息（指她售卖衣服来筹钱的计划）。我看到他那么痛苦，自己也止不住流泪……今早我祷告早点离开人世，但我的宝贝塔德又让我打消了这个念头。"

关于出版这些信件的正当性，凯克利的申辩相当矛盾。她声称自己"动机单纯",还用了典型的句式:"尽管林肯夫人可能行事有些轻率,但她的出发点是好的,人们应当更宽容地评价她。"她还写道:"如果我发表的东西泄露了什么秘密,那也是为了让世人更好地认识林肯夫人……我没有写任何会让她处境更糟的内容,因为她已经身处谷底了。因此,我公布的秘密往事也不会对她有什么损害……这些信件最初被写下来并不是为了出版,这让它们更有价值,因为它们是真情的流露,是冲动的抒发,绝对诚心诚意。"

凯克利的出版商不走寻常路,把这本书宣传成了"凯克利夫人的惊天曝光"。那些几个月前还在猛烈抨击林肯夫人的报纸,此时都将枪口转向了凯克利。某位评论家说:"难道美国公众的文学品位如此之差,都能容忍黑人女仆在背后议论是非,而没人提出抗议吗?"《纽约时报》闭口不谈种族问题,但态度同样轻蔑:"我们不得不把这本书披露的许多信息视为对信任的严重侵犯。林肯夫人显然完全信任这位作者,而这无疑是不明智的,她背叛了林肯夫人的信任。"玛丽·林肯确实因为秘密被泄露而气愤,从此不再与凯克利交流。罗伯特·林肯同样气愤,凯克利推测他试图压制这本书。不管怎样,这本书卖得很差。凯克利回到了华盛顿,继续她的裁缝生意。1892年,74岁的凯克利在俄亥俄州威尔伯福斯大学就职为缝纫和家政艺术系的系主任。后来,她由于身体状况欠佳不得不再次回到了华盛顿,最终于1907年去世。她去世时一贫如洗,人们已经忘记了她的存在。她房间的墙上还挂着一张玛丽·林肯的照片。

以上所说的这些书尽管很超前,也很有趣,但在当时影响甚微。如果说那个时期的美国自传有一张面孔的话,那么这张脸上就兼具三位非常有名的白人男子的特征:P.T. 巴纳姆、尤利西斯·S. 格兰特和马克·吐温。这三人之间有着千丝万缕的联系,他们的出现也象征着写自传的人群发生了翻天覆地的变化。19 世纪上半叶,被书志学家路易斯·卡普兰归类为"圣职人员/宗教人士"和"罪犯/失足者"的人创作了 57% 的自传,后来,品德端正的中层人士也开始写自传了。到了 20 世纪的前十年,"圣职人员/宗教人士"仍然占比最高,他们所写的自传占自传总量的 22.7%,"罪犯/失足者"的占比则下降到了 4.4%,而其他类别表现出了强劲势头,以上所说的这三位作者就可以被视为代表——格兰特代表军人(占 13.2%)和政治家(占 7.2%),巴纳姆代表商业人士(占 6.3%),吐温代表作家(占 5.6%)和边界人士(占 7.9%)。[1]

《P.T. 巴纳姆的人生自叙》(*The Life of P.T. Barnum, Written by Himself*)出版于 1854 年,巴纳姆当时 44 岁,他详细描述了他广为人知的谎言——著名的乔伊斯·希思骗局,以及美国巴纳姆博物馆中最受欢迎的展品"斐济美人鱼"(他在书中把它描述为"一个丑陋、干瘪、黑黝黝的小标本")。"斐济美人鱼"很可能是把鱼尾和猴子的上半身(躯干和头部)缝在一起做成的。人们对这本书的反应大多集中在巴纳姆的坦率上,他毫无歉意,

---

[1] 20 世纪 70 年代是卡普兰的后继者玛丽·露易丝·布里斯科所统计的最后十年,在此期间共有 1175 部自传出版,占比最高的几个作者类别是:演艺人员(占 12.9%)、圣职人员/宗教人士(占 9.2%)、作家(占 8.5%)、运动员(占 9.8%)和政治家(占 6.3%)。

甚至有时态度近乎挑衅。一些评论家对此表示赞赏,但也有另一些人很反感,比如《纽约时报》的一位评论家,他对此感到震惊,因为巴纳姆竟然如此情愿地承认"他在有规划、熟练且坚持不懈地用**虚假的谎言从公众那里骗取钱财**"。与此同时,《哈佛杂志》的一位评论家谴责巴纳姆扯掉了"掩盖私生活的秘密面纱",他说:"过分坦率本是一种不太必要去控诉的缺点,但巴纳姆先生已经超出限度太多了。这本书正是因为他的坦诚才会如此糟糕。"

和前前后后的其他许多例子一样,差评并不能阻止公众购买这本书,它的销量达到了惊人的 16 万册。巴纳姆有着无与伦比的商业天性和丝毫不会羞耻的个性,而且这本书出版时他还算年轻,因此他后来又出版了第二部自传也就不足为奇了。1869 年,《奋斗和胜利,或 P.T. 巴纳姆的四十年回想》(*Struggles and Triumphs, or, Forty Year's Recollections of P.T. Barnum*)出版,或者应该说是**首次**出版。那时,巴纳姆主要在忙马戏团和动物展览,他每年演出时都会出版自传的新版本,把自己的故事接着讲下去,直到 1891 年去世。巴纳姆的传记作者 A.H. 撒克逊厌倦地说:"巴纳姆这本不断更新的书从此成了书志学家的噩梦,而且这位马戏团老板在 19 世纪 80 年代大言不惭地说任何人只要愿意都可以自由出版这本书,这就把情况弄得更加复杂了。"

在这本书后期的某个版本中,巴纳姆说 1880 年他和尤利西斯·S. 格兰特共进晚餐时,这位前总统提起,他在最近的一次环球旅行中发现,"很多不知道我是谁的人都听过巴纳姆的大名"。几年后,身体状况不佳的格兰特需要钱(他曾是一家银行的合伙人,后来这家银行倒闭,他也受到了牵连),他知道自己可以通过写作,用自己的名声换钱——尽管可能比不上巴纳姆,但也会相当可观。他开始为《世纪杂志》撰写关于内战的系列文章,每篇收取 500 美元。事实证明此举可行,于是格兰特也开始写回忆录了。如今我们已经习惯了总统们在卸任后的日子里,会把会见外国领导人之类的事情写出来,以这种独特的方式赚钱,仅吉米·卡特一人出版回忆录的数量就有两位数。但在格兰特之前只有一部这样的作品,作者是美国第八任总统马丁·范布伦。范布伦从 1854 年开始写回忆录,一直写到 1862 年去世——大部分时间都在写作,因为他也没什么别的事要做。范布伦儿子的遗孀将他的 1247 页手稿交给了美国国会图书馆,这部回忆录最终于 1920 年出版。这是一部冗长而又有些奇特的作品:范布伦对自己的妻子只字未提,他任国务卿两年,任副总统四年,可他花了更多的笔墨来描述去往英国的一次短暂派遣(文稿中断于他 1840 年就任总统之前)。这部作品有它自身的魅力,它显示了范布伦诚恳谦逊的品格,比如他曾顽固抗拒学术研究,即使是面临重要的诉讼案件或政治辩论时也是如此,后来他表示自己很是后悔:"我现在很诧异,我有着这么严重的缺点,竟然也能在这些竞争中取胜,大概我命中注定不会碰到什么挫折。"

格兰特着手写回忆录时,《世纪杂志》向他提供了一份合同,表示会付给他 10% 的版税——根据这本书的预期销售额,他将能拿到 2 万到 3 万美元。格兰特显然准备接受这些条件,但后来,萨缪尔·克莱门(他的笔名是"马克·吐温")介入了此事。马克·吐温在某次拜访格兰特时,得知了合同内容,他告诉格兰特《世纪杂志》开出的条件根本不值得考虑,自己正通过查尔斯·L.韦伯斯特出版公司出版《哈克贝利·费恩历险记》,他们公司会付净利润的70%。格兰特最终接受了马克·吐温的提议,动笔写作。

在写作过程中,格兰特曾对外表示很想知道马克·吐温对自己作品的看法。马克·吐温在死后出版的自传中这样写道:"一次偶然的机会下,我把将军的回忆录与恺撒的'战记'进行比较,以便能给出恰当的意见。可以说,这两者都有明显的优点——表述清晰,行文直率,语言朴素,不矫揉造作,直面真相,对敌人和朋友一视同仁,而且不堆砌华丽辞藻。我认为两者的水平都非常高,不相上下。至今我都这样认为。"

在此要澄清的是,并非像谣言说的那样,马克·吐温赞扬格兰特的作品是因为该作品是由他代笔写成的。最出众的格兰特传记作者威廉·麦克菲利和其他历史学家都认为这个说法是假的,实际上整本书都是格兰特写的。无论如何,吐温的赞美很公正。这本书几乎没有半点自负的成分,读者会自然而然地相信其中的人物刻画和陈述;在文字方面,其简洁明了的措辞和句式,至今仍是平实写作风格的典范。这样的作品在自传中即使不说独一无二,也是相当少有的(格特鲁德·斯坦也是格兰特的自传的仰慕者)。我们从格兰特所写的与罗伯特·李在阿波马托克斯会面的场景中,就可以看出以上特征。

"那天早上离开营地的时候,我没想到这么快就会有结果,所以我并没有穿戴整齐,也没带佩剑。平时在战场上骑马时我都不带佩剑,我套一件士兵衬衫,只有肩章能证明我的身份。进了屋,我看到了李将军。我们相互问候、握手,然后各自就座。我带了参谋过来,整个会见过程中,他们大多数在场。

"李将军心情如何,我不得而知。他为人威严,面无表情,很难说他此时内心的感受,不知他是在为战争终于结束而喜悦,还是在为这结果而悲哀。他气宇轩昂,很有男子气概,从不流露出一点情感。我看不出他心情如何,但我自己感到悲哀和忧郁,刚收到信时的那种欢愉已经无影无踪。我一点都没有因为敌人的失败而欣喜。为了事业,他曾长期英勇作战,付出了巨大的代价——尽管我认为这项事业是人们为之奋斗的事业中最邪恶、最不可理喻的。"

在写这本书的过程中,格兰特被诊断出喉癌。即使身体每况愈下,他也依然无畏地坚持写作。1885 年 6 月 18 日,他将第二卷书稿交给了出版商,五天后,他与世长辞。这部书是 19 世纪的畅销作品,两卷回忆录上架后,销量超过了 30 万部。格兰特的遗孀朱莉亚赚了大约 45 万美元的版税。[1]

---

[1] 格兰特去世两年后,朱莉亚·格兰特也开始撰写自己的回忆录。她开篇就表示,自己曾在采访中说过:"此举更多是为了满足孩子们的愿望,而不是为了我自己,但很快我就成了一个对写作上瘾的蹩脚作家。不管是吃东西、开车还是去见朋友,都比不上写作在我心中的地位。孩子们都说我终于也有所热爱了。我并非一时冲动,这对我而言是一种乐趣。在想象力和笔的帮助下,我又活过来了,生活在我眼里又变得甜蜜了。"1892 年,回忆录完成,但她从未将其出版,原因未明。她曾在书信中责备某些"评论家"匿名发表意见:"他们说我的书在公众面前过分曝光了将军的私生活,而我觉得这就是他们所喜闻乐见的。"这份书稿在格兰特家族中保存了下来,1975 年终于出版。而最早出版的第一夫人回忆录出自威廉·霍华德·塔夫脱的妻子海伦·赫伦·塔夫脱,她的《多年回忆》(*Recollections of Full Years*)出版于 1914 年。

19世纪末自传三剑客中的第三位是马克·吐温本人,他是巴纳姆18世纪70年代在康涅狄格州的邻居和朋友。[1] 巴纳姆和格兰特的作品都是名人自传的早期典范,这类书在很大程度上或完全(尤其在未来的许多时候)由于作者的名气才得以存在。与此相反,吐温是一个**通过**回忆录成名的作者。在马克·吐温死后出版的《自传》(*Autobiography*)是他晚年才写的,实际上这本书在他的所有作品中显得逊色,其中有太多冗长的题外话、古怪的旁白、秋后算账式的文字以及琐碎的版税和图书销售记录。而他的早期作品则新鲜、具有开创性,倒是可以被当成分期出版的回忆录。他创作的前七本书中的四本,以及后来那些将他推入公众视野的书,都是他探索自己过往经历的纪实作品。

马克·吐温这类作品中的第一部是《傻子出国记》(*The Innocents Abroad*),出版于1869年,当时他34岁,刚刚结束了八年的新闻记者生涯。此前,他只出版过一本书——幽默故事集《卡拉韦拉斯县驰名的跳蛙》(*The Celebrated Jumping Frog of Calaveras County*)。不过在那几年里,他在全国各地演讲,逐渐赢得了幽默大师的名声。《傻子出国记》大量发行,以预售

---

1 多年来,巴纳姆不断收到别人的自荐信,想让他展出他们自己或他们拥有的物品。巴纳姆把那些最奇怪、最大胆的信转寄给吐温,因为吐温计划把这些东西写成一部喜剧作品。在某次航行后,吐温致信巴纳姆,感谢他提供了"那么多内容极佳的信","无头老鼠、四条腿的母鸡、长了人手的圣牛、'职业'吉卜赛人、长相相似的'萨卡西亚人'、渴望利用自己可怖之处的畸形人、不会拼写的学校教师——这真的是一场奇特而完美的文学盛宴"。令巴纳姆沮丧的是,吐温最终并没有以这些信为素材写点什么。

的形式卖出,而且插图丰富(很多插图中都有这位知名作家的画像)。这本书记录了美国人前往欧洲和圣地的旅程,取得了巨大成功,在吐温生前就卖出了约50万册。《傻子出国记》和它最终的续作《浪迹海外》(A Tramp Abroad, 1880)一样,与其说是回忆录,不如说是喜剧游记,但绝对是根据吐温的个人性格和特质写成的。

马克·吐温是一位彻头彻尾的自传艺术家。这个评价在今天很常见,但在当时并没有人知道。他之所以能巡回演讲,并出现在报纸头版,进入公众的视野中,都是因为他能让人明显感觉到,这是一个真实的人在讲述自己真实的故事(只有少许的自由发挥)。吐温的作品逐渐地向自传的形式靠近。(《哈克贝利·费恩历险记》与《大卫·科波菲尔》[David Copperfield]和《简·爱》[Jane Eyre]一样,是小说形式的回忆录。)在构思《傻子出国记》的续作时,吐温想出了一个奇特的幽默故事,他将其称为"马克·吐温的(滑稽)自传"。这个作品大概是对回忆录的某种特征的夸张戏仿,大约95%的部分都在讲述一个虚构的"吐温家族"的滑稽故事,比如:"奥古斯塔斯·吐温好像在1160年前后曾名噪一时。他总是尽情地给自己找乐子,常常揣上他那把打磨得很锋利的老军刀,在夜里找个合适的地方,刺穿路人的身体,只为看他们跳起来的样子。他的幽默是与生俱来的。"马克·吐温把这个故事与另一个同样硬充滑稽的故事相搭配,于1870年把它们以小册子的形式出版。后来,他又把所有印版都买了下来,全部销毁掉了。[1]

　　吐温的下一本书不像《傻子出国记》那样成功，但更具有自传性质——在《苦行记》(Roughing It，1872)中，他讲述了自己从1861年起在西部的生活经历。当时，26岁的马克·吐温是一名在职已超过一年的轮船领航员，南北战争爆发后，密西西比河上的交通受阻，吐温因此空闲着。此前，他结束了在联邦军中的短暂服役（他会在十年后的《失败战役的私密历史》[A Private History of a Campaign That Failed]中讲述那段故事）。"我的哥哥，"他在开头写道，说的是比他年长十岁的奥利安·克莱门，"刚被任命为内华达的州务秘书。这个职位集权力和荣耀于一身——不仅是财政部长、审计员、州秘书，在州长缺席时还是代理州长。1800美元的年薪和'秘书先生'的头衔给这个职位增添了至高无上的尊荣。我当时年轻，没有阅历，十分羡慕他。我垂涎他的显赫和富有，更向往他即将踏上的漫长而神秘的旅行，还有他要去探索的奇妙新天地。"于是，吐温跟随着奥利安出发了。这本书讲述了那段旅程中的故事——吐温在内华达和加利福尼亚做自由撰稿人和新闻记者，见到了形形色色的有趣人物和场所，并以他1866年的夏威夷（当时还被称作三明治群岛）之旅为结束。当然，内容上的细节远没有马克·吐温那美妙且极具影响力的文字重要，他引领着后来的众多喜剧回忆录作家，从詹姆

---

[1] 吐温原本还打算根据他不负责任的哥哥奥利安的生平写一部仿制回忆录，但在写到100页左右的时候放弃了。

斯·瑟伯到大卫·赛德瑞斯，向人们展示了善于自嘲的叙述者如何在机敏的观察下，通过夸张的句法表现出强大的力量。

后来，吐温的自传式作品越来越多地回顾早年生活，滑稽成分渐少。《密西西比河上的生活》(Life on the Mississippi，1883) 是他在写《汤姆·索亚历险记》和《哈克贝利·费恩历险记》期间创作的。这本书追溯了他在密苏里的汉尼拔镇度过的童年，以及他在密西西比河上当学徒船员和领航员的时光。这本书太长了——它也是预售的，为了达到要求的 600 页篇幅，吐温在书稿中穿插了许多题外话、大段的描述、各种各样的思索，还像梅尔维尔在《白鲸》中刻画鲸鱼那样细致地描写密西西比河。但关于他少年时代和青年时代的内容才是主要的。以下这段文字很有特色地讲述了他在比克斯比船长的指导下，第一天做领航员的经历。

比克斯比先生时不时地提醒我注意某些事情。他说："到 6 英里点了。"我应和着他。这是很有趣的指示，但我不明白有什么意义，我感觉不到这与我有什么相干。接着他说："到 9 英里点了。"后来他又说："到 12 英里点了。"这几处地方在我看来差不多一模一样，景色也单调极了。我希望比克斯比先生能换换话题，但他没有。他恋恋不舍地贴着河岸，绕过河岸突出的地方，然后说："憩流就到那丛楝树的地方为止；现在我们到对岸去。"于是他就把船开到对岸去了。他让我掌了一两次舵，但我很不走运。我不是差点撞上甘蔗种植园的边缘,就是开得离河岸太远了。为此我又很倒霉地挨了一顿骂。

终于值完了班,但大概只睡了几分钟,他就又被叫回了驾驶室。"这可是件新鲜事——在深更半夜还要起来干活。领航员的工作还真是超乎我的想象。我知道轮船连夜运转,但我从未想过竟然还会有人要从温暖的床上爬起来开船。"过了几分钟,比克斯比先生向他提问了。

"新奥尔良上游的第一个岬角叫什么名字?"
我很庆幸这个问题我能够马上回答。于是我就开口了,我说我不知道。
"不知道?"
他的态度打击到我了,我立马又垂头丧气了。但我还是只能给出和刚才一样的答案。
"嗯,你倒是挺机灵的,"比克斯比先生说,"那下一个岬角叫什么名字?"
我还是不知道。
"嗯,这真是太妙了。你随便说个名字吧,只要是我告诉过你的岬角或者别的什么地方的名字就行。"
我想了一会儿,还是只能说我说不出来……
"听着!你觉得我为什么要把那些岬角的名字告诉你?"
我战战兢兢地想了一会儿,然后,邪恶的魔鬼引诱着我说:"嗯,为……为了……我觉得是为了好玩吧。"

这简直是火上浇油。他气得火冒三丈(当时他正控制着船渡河),我猜他眼睛都气瞎了,因为他竟然冲一艘平底货船的橹上冲了过去。可想而知,那些做买卖的人像放排枪似的,一起破口大骂了好一阵子。这下比克斯比先生可高兴极了——因为他正憋了一肚子的气,现在刚好有人可以和他对骂。他推开舷窗,伸出头去,像火山爆发似的一阵乱骂,我以前从未见过这种场面。货船上那些人的咒骂声越来越小,而比克斯比先生的嗓门越来越高,用词也越来越有分量。等到他关上窗的时候,他肚子里也空了。你就算拿大渔网在他肚子里捞,也找不到几句骂人的话了——剩下的那点骂人话连惹你母亲生气都不够用。最终,他用最温和的语气对我说:"孩子啊,你得准备一个小记事本,每次我告诉你什么事,就马上记下来。要想当领航员,只有一个方法,那就是把这条河全部记在心里。你得像熟悉字母表一样熟悉它才行。"

只要回顾一下 1854 年,就可以了解 19 世纪的英国自传和美国自传的大致区别。这一年,P.T. 巴纳姆的自传在美国出版,他可能是有史以来最好的自我推销者;在大西洋彼岸的英国,约翰·斯图亚特·密尔开始写他的回忆录,但和许多著名的维多利亚时代的自传作者(比如哈丽特·马蒂诺、查尔斯·达尔文、安东尼·特罗洛普、约翰·阿丁顿·西蒙兹和赫伯特·斯宾塞)一样,密尔决定死后再出版自己的回忆录(他的回忆录最终出版于 1873 年)。即便知道这本书出版时自己已经长眠于地下,密尔依然为向公众展示自己的人生故事这一看似自负的行为而局促不安。"我从不觉得我写到的任何与我自己有关的内容能让公众觉得有趣,"他在第一章中写道,"但是……把一些不同寻常、引人注目的教育方式记录下来,或许会有些用处。"

"不同寻常"和"引人注目"这两个形容词是密尔偏爱英式低调陈述的表现。他的父亲——历史学家、哲学家和经济学家詹姆斯·密尔,在年轻的约翰身上试验了自己的教育理论,并对他的朋友兼同事杰里米·边沁说,他正在把儿子培养成"我们合格的接班人"。(詹姆斯·密尔是一家之主;约翰在自传中从未提到过自己的母亲。)约翰 3 岁学习希腊语,7 岁学习拉丁语,12 岁学习逻辑学,13 岁学习政治经济学。这一切看上去似乎很不错,却让约翰远离了朋友、乐趣和感情。约翰这样说他的父亲:"对所有激动的情绪与带有兴奋色彩的言论和文字,他都表现出极大的蔑视。他觉得那是疯狂的行为。"20 岁时,约翰经历了精神和情感上的双重打击,他害怕自己将永远感受不到快乐——在自传中的相关章节是"我心理史上的一场危机"。在读了让-弗朗索瓦·马蒙泰尔的《回忆录》(*Memoires*)中的一段抒情文字而感动落泪之后,他才走出了阴霾:"我不再绝望;我既不是牲畜,也不是石头。"

在当今的回忆录作者看来,一个古怪得很有卖点的父亲对自己施加精神虐待,这种素材简直价值连城。但密尔即使已经安稳地躲进了坟墓，也依然坚定地选择淡化一切家庭内部冲突，磨钝自己痛苦情绪的锋刃。在早期的文稿中，密尔表示："我必须说……我们这些孩子都不爱我父亲，其他任何人也不会爱他。"他在终稿里去掉了这句话。此外，他在文稿中暴露自己内心和谈及密尔夫人的部分也都被删去了。在出版的版本中，他这样写他的父亲："他小心地让我避开常见的、男孩子之间相互施加的坏影响，还急切地让我避开粗俗的思考方式和感情的恶劣影响。为此，他情愿让我付出代价——在所有国家的男学生都具备的能力上，我比别人差。"而他只在原稿中才详细描述了自己付出的代价到底有多大："我从小就对生活中的日常事务不甚了解，学会自己穿衣服也比一般孩子要晚得多。我过了好些年才学会打领带。我的发音很不好，我快16岁才发对字母r的音。直到现在，我的动手能力还是很差，哪怕是最简单的我也不会做……我不断沾染上令人讨厌的小恶习，花了很长时间也没能彻底改掉。此外，我还特别粗心。就像父亲常说的那样，我像是没有感觉器官的人——我的眼睛和耳朵似乎都只是摆设，那些就在我面前的东西，我很少能听到或者看到，就算听到了、看到了，我也很少能关注它、记住它……我父亲不能容忍任何形式的愚蠢行为或软弱松懈，而我则不断以此类举动激起他的愤怒。从我记事起，他就总是不经意地责备我，因为他觉得我的判断和表现让我看上去像是一个缺乏常识的人。他说，这样下去，我长大后会变成一个怪人，人人都瞧不起我，任何生活方式都不适合我。"

不论是死后还是生前（像约翰·罗斯金和纽曼枢机主教那样）

出版回忆录，几乎所有维多利亚时代的自传作者都很慎重，有时慎重得过分。我们可以参考以下的这些表述。

- 小说家安东尼·特罗洛普这样说自己不肯在夫妻关系上多花笔墨的原因："我的婚姻和其他人的婚姻一样，除了我们两人之外，别人不会觉得有什么特别的趣味。"
- 哲学家赫伯特·斯宾塞说："把私事对外宣扬，把公众当成自己的朋友，这是很粗俗的行为。"
- 政治家塞缪尔·史密斯说："我几乎不谈论私事，只在必要时才大致提及。"
- 法官埃德蒙·帕里爵士说："我不打算在此写我母亲的事，因为我无法置身事外地评价她给我留下的美好的回忆，而且这模糊的回忆是我自己的事。"

诗人兼画家威廉·贝尔·斯科特在他的《自述》(Autobiographical Notes，这本书在作者逝世后于 1892 年出版) 中，多了些思考，也少了些防备，他指出："记叙一个人的精神史太困难，也太可怕。"他说，这种尝试"像赤裸着走在街上，只可能吓到我们的邻居"。评论家韦恩·舒马克说，在 19 世纪的回忆录中，人们很少能体会到"真实生活的味道，即时的感受，或面对紧迫问题时的对峙氛围"。

令人惊奇的是，在这种缄默的氛围中，自传在维多利亚时代竟如此受欢迎。哈丽特·马蒂诺并不像她在作品开头表现的那样多愁善感："从年少时起，我就觉得写自传是我人生中的一项使命。"一个非常不起眼的作家——奥古斯都·哈尔在 1896 年至

1900 年间惊人地写了六卷回忆录，用一位批评家的话来说，其中包含了"大段的啰唆和数不清的无聊琐事"（科克沙特《自传的艺术》[The Art of Autobiography]）。爱尔兰小说家乔治·摩尔在 1888 年至 1933 年间也出版了六部回忆录。（他 36 岁时出版了第一部回忆录《一个年轻人的自白》[Confessions of a Young Man]，把一种一百年后才算常见的做法引入了公众视野——用评论家安·斯威特的话说，"在他之前，没有人想过在 50 岁之前写自传"。）

对叙述内容的严格限制束缚了人们讲述自己人生的欲望，这让自传几近消亡。在这种情况下，自传改头换面，以求存续。威廉·黑尔·怀特和塞缪尔·巴特勒认为只有小说才能公正客观地阐述自己艰难的人生，于是分别出版了《马克·拉瑟福德自传》（ The Autobiography of Mark Rutherford，1881）和《众生之路》（ The Way of All Flesh，在作者去世后于 1903 年出版）。

出于种种原因，《我的隐秘生活》（ My Secret Life ）一书非常特别。大概从 1888 年起，这本书以十一卷本的私藏版出现，共 4200 页左右，超过 100 万字。（这本书直至 1966 年才首次公开出版。）书中以第一人称视角记录了作者（自称"沃尔特"）的性经历，其细节之丰富令人惊叹。他宣称自己大胆的行为是一种有公德心的信息共享，他还说自己很纳闷："是不是所有男人都和我一样，早些年面对奇怪的色欲会觉得恶心，晚些年却对此着迷？我可能永远也得不到答案，但如果我把自己的经历发表出去，或许别人能对照着想出我想不出的东西。"沃尔特从一开始就坚持内容的真实性，他说："我决心根据我所做或所目睹的淫荡行为，写下全部事实；因此，这本书完全属实，也完全不顾及世人所谓的体面。"然而，《我的隐秘生活》是自传还是小说，还是介于两者之间，始终没有定论；沃尔特的身份也无人知晓。伊恩·吉布森在他2001年出版的《色情狂：亨利·斯宾塞·阿什比的隐秘生活》(*The Erotomaniac: The Secret Life of Henry Spencer Ashbee*) 中，提出了一种说法，虽然没有百分百的证据，但很有说服力——吉布森认为这本书是虚构的，作者是亨利·阿什比（1834—1900），一个痴迷色情的收藏家和书志学家。

在维多利亚时期，人们更难以接受的是约翰·阿丁顿·西蒙兹（1840—1893）的隐秘生活。西蒙兹是诗人、评论家、传记作家、翻译家和研究文艺复兴的学者，在20岁左右，他就确认了自己的同性恋取向。大约过了三十年，在卡洛·戈齐伯爵和本韦努托·切利尼两人坦诚的回忆录的鼓励下，西蒙兹开始创作自己的自传，其中一个重要主题（也许是唯一的重要主题）就是他的性感受和性生活。"这是一件愚蠢的事情，"他在给朋友亨利·格雷厄姆·达金斯的信中写道，"因为我觉得这些事永远不适合发表。"（尽管西蒙兹的预估并无其他依据，但他清楚地知道，在当时犯鸡奸罪的人通常会被判两年苦役。）在这封信中，与沃尔特类似，他还解释说这是一项关于他自身发展的研究："我会尽我所能，坦率且准确地去写，我确信这会引起心理学家的兴趣，而不是在做无用功。世上还没有内容相似的作品，而且我敢肯定，1000个人里有999个都不相信有我这样的人存在。"

西蒙兹的自传中的部分内容至今仍吸引着读者——这部分内容与其说是书中描述的事件，不如说是书中所包含的持续而从未解决的内在矛盾。西蒙兹所处的文化认为他的性行为是非自然的、堕落的。他内心的一部分接受了这一点，另一部分却明白，这种生活方式尽管给自己带来了相当大的不幸，但也让他产生了巨大的快乐和满足，所以，社会的标准肯定是有问题的。在这本书的结尾处，有一小段文字包含了这两种立场。西蒙兹写道："我体内携带着一种我自知无法治愈的疾病的种子——那是根深蒂固的性本能的扭曲（无法控制、无法根除、近乎偏执），这种扭曲与我的天性有关，也是这本回忆录所讲述的主题。这是一部奇异的人生史，不过，它也可能比我想象的普通。"在整理终稿的时候，他在"想象"这个词后面插入了一个脚注，写着："我在写以上这些的时候，还没有读过……"他接着列出了几部德国学者的作品，这些作品都在向反对同性恋的法律提出抗议，并指出同性恋比人们认为的更普遍。他总结道："我最近读了这些，才意识到我的经历并没有那么特殊。"西蒙兹先前给达金斯写信时认为没什么人会相信"有我这样的人"，而他此时发觉像自己这样的人还是有一些的。这是一个显著的认知上的变化，西蒙兹在完成回忆录之后，又出版了一本小册子（尽管是私藏版，只有 50 册）——《现代伦理学中的一个问题》（*A Problem in Modern Ethics*）。《英国传记大辞典》称这本书"是第一部从心理学和社会学角度分析同性恋的英语作品，以恰到好处的讽刺、科学和常识揭露了粗俗的错误"。[1]

西蒙兹的朋友埃德蒙·戈斯也收到了一本小册子。戈斯是一位杰出且高产的诗人、评论家和传记作家。(戈斯是典型的维多利亚时代作家。1928年,在他去世后不久,T.S.艾略特这样评论他:"埃德蒙·戈斯爵士在伦敦的文学和社会生活领域所填补的空白没人能再次填满,因为那是……这么说吧,因为那如同一间已被废弃的办公室。")戈斯给西蒙兹回了信,有些评论家认为(尽管尚有争议),戈斯在这封信中也是在承认他自己的"倒错":"我知晓你所说的一切——孤独、反抗和绝望。然而我是快乐的;我希望你也是快乐的,我希望你不要失望或厌恶希望。不管怎样,我完全地、深深地同情你。多年前,我就想写信告诉你这一切,却由于怯懦而作罢。"不管戈斯私下承认了什么,在公众面前,他曾经是也一直是异性恋的中坚人物。1893年西蒙兹去世后,戈斯在《星期六评论》上发表了一篇没有署名的讣告,明褒暗贬地说西蒙兹"追求最高的目标,但做得有点不够"。几十年后,戈斯帮忙烧掉了大量有损西蒙兹名声的文件;据说后来西蒙兹的孙女对戈斯

---

[1] 1892年,西蒙兹向哈维洛克·艾利斯提议,想写一本关于同性恋的书,他认为"同性恋遭到了病理学家和精神病学家的错误对待,他们对同性恋的本质一无所知,这很可怕"(《英国传记大辞典》)。他们决定合作著书,但西蒙兹在这项计划完成前就去世了。艾利斯在1897年出版了《性倒错》(Sexual Inversion),书中被描述为"英国文学的引领者之一"的匿名的"实例17"就是西蒙兹。1893年,西蒙兹去世后,他的自传文稿归他的遗稿保管人何瑞修·布朗所有。布朗逝世于1926年,他生前把这部自传赠给了伦敦图书馆,并规定五十年内不得出版。直到1949年,这份装在绿布盒中的文稿才在西蒙兹女儿的请求下初次被人阅读。五年后,图书馆决定把这份文稿向"真正的学者"开放。但由于时间过去了太久,甚至没有学者注意到这份文稿的存在。直到20世纪80年代,评论家菲利斯·格罗斯克斯偶然发现了它,于1984年将其编辑出版。

讲述这件事时的"自以为是、沾沾自喜"感到厌恶。

尽管戈斯的行为有点消极且咄咄逼人,但讽刺的是,他还从西蒙兹那里得到了一份珍贵的文学礼物。1890 年,戈斯为他的父亲菲利普写了一本传记。作品出版后,西蒙兹给他写信表示称赞,但补充说:"我希望你更多地写出你父亲的**生活**中关于**你**的事情。只要你愿意,你能写出一本引人入胜的自传;我希望你能这么做。"过了大约十五年,戈斯才按他的建议动笔,但他终究是写了。由此诞生的《父与子:信仰与偏见》(*Father and Son: A Study of Conflicting Temperaments*,1907)成了戈斯的大约 85 部作品中唯一至今仍在刊印的。它理应有此待遇,因为它不仅打破了维多利亚时代自传的僵局,还是现代回忆录的鼻祖。

与西蒙兹不同,戈斯愿意让自传在自己还在世时就面世;与巴特勒和怀特不同,他愿意把它作为非虚构作品(如他在前言所说)来呈现,不加任何小说元素的掩饰。不过他采取了一种相当荒谬的做法,在这本书初版时隐匿了作者的姓名。之所以说荒谬,是因为当时凡是受过教育的人都能认出书中的"我的父亲"就是菲利普·戈斯。老戈斯是一个了不起的人,在狄更斯的小说里就有像他这样的形象。他很早就作为博物学家而闻名遐迩,但达尔文的早期著作、新兴的地质学以及化石证据表明,这个世界比圣经所阐释的要古老得多,因此他遇到了一个重大障碍。菲利普·戈斯一生所面临的核心挑战就是找到他的宗教信仰和他作为科学家的价值观之间的平衡。

《父与子》中最精彩的段落,描述了菲利普·戈斯是如何用他早先那一套智慧设计论的谬误说辞去应对这种挑战的。他在 1857 年的《肚脐：解开地质学难题的一次尝试》(*Omphalos: An Attempt To Untie the Geological Knot*) 中表示，正如亚当被创造出来的时候长着多余的肚脐一样，上帝创造地球的时候，布置了些古旧的化石和岩石做装饰。这些石头其实是新的，尽管它们看起来有几百万年的历史。戈斯认为他的这个假设可以让科学和宗教握手言和。他的儿子写道："他热情洋溢地把书赠给无神论者和基督徒，称这本书是万能的灵药，是一种能治愈当下一切顽疾的智慧疗法。但是，无神论者和基督徒只把书拿起来看了一眼，就哈哈笑着把它扔了。"

《父与子》的诸多方面都很有预见性。最引人注目的或许是，它和《安琪拉的灰烬》(*Angela's Ashes*)、《拿着剪刀奔跑》、《玻璃城堡》以及每年新增的数十本此类作品一样，提前为叙述自己饱受批评、处处受限、屡遭虐待、多灾多难的童年做好了铺垫。埃德蒙是家中的独子，他 7 岁时，母亲因癌症去世。从那以后，他的父亲对宗教狂热得过了头，并试图独自把这个男孩塑造成一个小圣人。他不让埃德蒙读任何世俗的东西，不让他和其他孩子接触，也几乎不让他与教会之外的任何人接触。这种情况直到埃德蒙 10 岁或 11 岁的时候才有所改变。这本书还预见了后来的回忆录的形式。在此之前，无论是世俗自传还是灵性自传，作者都最终与社会或上帝达成了和解。但在《父与子》的结尾，埃德蒙与父亲菲利普·戈斯和教会都一刀两断了。

同样有先见之明但更为精妙的是这本书中的文学特质。埃德蒙·戈斯的两种形象鲜明地印刻在了我们的脑海中：一个是 58 岁的作家（从上文引用的句子中可以清晰地看到他的存在），另一个是经历了这一切的男孩（他的形象通过成年埃德蒙的回忆、归纳和想象呈现出来）。在整本书中，戈斯以旁观者的角度，看着曾经的自己经历各种陌生事件的发生。这种双重视角既加深了悲伤的情绪，也加深了读者的认知。他写到了在家里关于肚脐的争论，"随着希望和自信在失望的云雾里消散，悲观情绪日复一日地浓重起来"。菲利普不再大笑，变得更加郁郁寡欢，他认为自己的书之所以失败，是因为自己冒犯了上帝："他绕着花园，一边踱步，一边沉思。他的灵魂在苦苦哀求，他在良心的每个角落搜寻着自己曾经的疏忽或罪过：每一场欢愉、每一次创作、每一件琐事，都被他从过往经历的尘埃中挖掘出来，放大成严重的罪过。他认为，哪怕是最微不足道的轻率之举或对人性本能的屈从，都会引诱较不坚定的人犯下罪过。"

这本自传还突破性地使用了小说中常见的场景描写。以前也有少数的自传这么做，但只是蜻蜓点水，无甚出彩之处。戈斯在《父与子》中描绘的一个场景就是他无比痛心地见证了父亲最后一点"轻率"的绝迹。菲利普有时会哼唱他年轻时在多塞特郡学会的歌曲，某天，一个工人听到了他的歌声，对此表示了称赞。戈斯这样写道："父亲原本轻轻地握着我的手，听到这话，手上的力度陡然加大了；我抬头看他，发现他的脸色阴沉下来。从此，他一生中再没有唱过任何世俗歌曲。"

戈斯只用寥寥数语，就从某个定格瞬间起纵观了接下来的漫漫几十年,这着实令人兴奋。其实退一步说,这种写作方式是有风险的——叙述氛围可能会遭到破坏,语句也可能会显得乏善可陈。然而,戈斯用他的妙笔,不仅让叙述变得更有价值,还为后来的回忆录作者开辟出一大片沃土。

第七章 百分百美国人

1999年，现代图书馆编委会整理了20世纪最佳非虚构类英语图书的名单，列出了一百本图书。前二十名里有七本都是回忆录或自传：布克·T. 华盛顿的《超越奴役》(Up from Slavery)、詹姆斯·沃森的《双螺旋》(The Double Helix)、弗拉基米尔·纳博科夫的《说吧，记忆》(Speak, Memory)、理查德·赖特的《黑孩子》(Black Boy)、詹姆斯·鲍德温的《土生子札记》(Notes of a Native Son)、格特鲁德·斯坦的《艾丽丝·托克拉斯自传》(The Autobiography of Alice B. Toklas)，以及高居榜首的《亨利·亚当斯的教育》(The Education of Henry Adams)。(进入前一百名的回忆录还有 W.B. 叶芝的自传体文集、《马克·吐温自传》、罗伯特·格雷夫斯的《向一切告别》[Goodbye to All That]、伊萨克·迪内森的《走出非洲》[Out of Africa]、迪安·艾奇逊的《参与创造世界》[Present at the Creation]、柏瑞尔·马卡姆的《夜航西飞》[West with the Night]、托拜厄斯·沃尔夫的《这个男孩的一生》、乔治·奥威尔的《向加泰罗尼亚致敬》[Homage to Catalonia]、威廉·斯泰伦的《看得见的黑暗》[Darkness Visible]、《马尔科姆·X自传》以及安妮·拉摩特的《操作说明》[Operating Instructions]。)《亨利·亚当斯的教育》的作者亨利·亚当斯是美国总统约翰·亚当斯的曾孙、约翰·昆西·亚当斯的孙子，参议员查尔斯·弗朗西斯·亚当斯的儿子，也是记者、历史学家和小说家，他从1905年开始写这本书，当时他67岁，打算在自己死后再出版它。他对亨利·詹姆斯说，这本书将成为"坟墓里的护盾"。亚当斯去世后不久，1918年，《亨利·亚当斯的教育》出版。第二年，它就获得了普利策传记奖，并迅速成为一部经典作品。

这本书最引人注目的一点是，像先前的恺撒和教皇庇护二世，以及后来的格特鲁德·斯坦和诺曼·梅勒一样，亚当斯以第三人称视角讲述自己的故事。这是个明智的决定，既适合发挥他引经据典的风格，也符合他自己所说的他那种茫然的怯懦——他出生在如同18世纪一般的氛围里，一直活到了20世纪；他的先辈们的成就太过光辉伟大，以至于后代不管有多么成功，都还是会让人感到失望；他毕生追求"教育"，却似乎总是落于人后。在写自己最早的记忆时，他使用了自传作者最喜欢的写法："他发现自己坐在厨房的洒满阳光的地板上，这地板本身就是黄色的。他在接受这种关于颜色的早期教育时只有3岁，随后是关于味觉的教育。1841年12月3日，他得了猩红热，连着几天都十分虚弱，多亏有家人的悉心照料，才得以康复。大概在1842年1月1日，他稍稍恢复了元气，当时饥饿的感觉一定盖过了一切喜悦与痛苦——他已经把那场大病忘干净了,但当时姑妈端着一个烤苹果走进病房的情景深深地印在了他的脑海里。"

亚当斯获得普利策奖两年后,该奖颁给了另一部类似的在书名中使用第三人称的自传——《爱德华·博克的美国化》(The Americanization of Edward Bok)。作者博克出生于荷兰,是《妇女家庭杂志》的资深编辑。他在这本书的开头就阐释了自己的理念:"我一直觉得,为了找到更好的角度,写自传时最有效的方法就是采用第三人称视角,把作者和他的写作内容在精神上分开。"然而,人们读完这本书后很容易就能发现,博克之所以这样做,是因为如果他自称"我",就会暴露他那令人难以忍受的自命不凡和傲慢。看看他写到《妇女家庭杂志》发行量达到135万份时的吹嘘,再想想看,如果把每处"博克""博克的"都换成"我""我的",会是什么样子:"各方都不禁要问:'这是怎么做到的?怎么能有这么高的发行量呢?'博克总是回答说,他为每一个层次的读者都提供了最佳的阅读材料,这些材料能引起读者的兴趣,因此他不用花费精力或财力去刻意追求发行量。某次,威廉·迪安·豪威尔斯先生问他如何划分读者的层次,博克回答说:'我们向聪慧的美国女人咨询,而不是那些专家。'他尽其所能,为美国女人提供最好的东西。博克了解到美国女人热衷看私人故事,就连载了简·亚当斯的《赫尔大厦十五年》(My Fifteen Years at Hull House),还有海伦·凯勒的《我的人生故事》(The Story of My Life);他邀请从未去过圣地的亨利·凡·戴克去朝拜圣地并露营,然后请他写一系列小品文,结集成《圣地的户外生活》(*Out of Doors in the Holy Land*);他请莱曼·阿博特讲述《我的五十年牧师生活》(*My Fifty Years as a Minister*),让吉恩·斯特拉顿·波特在连载中讲述与鸟有关的经历,结集成《我与鸟的故事》(*What I Have Done with Birds*)……他还让凯特·道格拉斯·维珍在《老皮博迪座位》(*The Old Peabody Pew*)中讲述了自己在乡村教堂时的经历。"

我引用上面这段话不仅是为了说明博克有多么自我,还因为它为20世纪初的自传提供了一些启示。博克对自己的高度评价在某种程度上是合理的。他敏锐地意识到,读者对杰出人士(当时"名人"一词还未被广泛使用)自述的生平故事很感兴趣,于是他就为《妇女家庭杂志》去搜集这样的故事。在很多情况下,在杂志上刊登的作品都还有新的发展——上面提到的所有文章或系列作品都最终出版成了书。如果说凡·戴克(牧师兼作家)、阿博特(也是牧师)、波特(流行小说作家)和维珍(也是小说作家,最出名的作品是《太阳溪农场的丽贝卡》[*Rebecca of Sunnybrook Farm*])的回忆录在当下还有一些人在读,或许夸大了它们的流行程度,不过亚当斯和凯勒的作品的确成了美国自传的经典之作。

凯勒的《我的人生故事》(1902)很有现代作品的感觉,理由有三。第一是她出书时只有22岁,非常年轻。第二是她作为公众人物的身份。1880年,凯勒出生在亚拉巴马州,19个月大的时候,她因病失去了听力和视力,因此也不会说话。7岁时,亚历山大·格雷厄姆·贝尔把她介绍给了波士顿帕金斯盲人学校的校长迈克尔·安那诺斯，安那诺斯委派了年轻的安妮·苏利文老师和凯勒一起生活。早在爱德华·伯尼斯和艾维·李提出"公共关系"理论体系的几十年前，安那诺斯已然是把凯勒的名字和她的非凡故事推向公众视野的大师了。1889 年，凯勒来到帕金斯盲人学校，在那儿住了四年。那一年，《纽约时报》刊登了一篇关于她的文章，标题是《又聋又瞎又哑的女孩》。从那时起到她自传出版的十三年间，《纽约时报》总共刊登了三十多篇关于她的文章，讲述了她受教育的进展，她拜访亚历山大·格雷厄姆·贝尔和格罗弗·克利夫兰总统的情况，以及她从帕金斯盲人学校毕业，在校期间背下了朗费罗的《花》中的三十六行的事。报纸对她的报道令人起鸡皮疙瘩，说她"身材高挑、仪态高贵，婀娜多姿，对一个 13 岁的女孩来说，这样的外表太成熟了"。她的照片经常出现在全国性杂志上，在照片中她最喜欢做的是抚摩她的狗或者阅读盲文的莎士比亚作品。到了 1900 年 5 月，《纽约时报》的一位作者开始思索"关于海伦·凯勒小姐的文章是否写得太多了"。第二年，《纽约时报》摘录了一篇源自《基督徒奋进协会》的文章，响亮地否定道："谁会厌倦阅读关于海伦·凯勒的文章？这个了不起的姑娘……大概是全国最有名、最受人喜爱的年轻女子了。"

我们说凯勒的作品具有现代作品特点的第三个理由是，它预见了现代的残疾人回忆录的大批涌现。和我们习惯看到的充满矛盾（最多就是这样）的结局不同，这种回忆录的结尾要振奋人心得多，比如《我的左脚》(My Left Foot)、《潜水钟与蝴蝶》、《脸的岁月》(Autobiography of a Face)、《我的脑叶切断术》(My

Lobotomy)、《模范生》(Poster Child)等。如今，公众已经准备好也确实期待着这样的叙述，但在凯勒的时代，如果不是因为她的名气，她的故事肯定不会被出版。凯勒的成功还与公众往往本能地接纳某些特定的残疾有关，在路易斯·卡普兰1945年出版的《美国自传索引》中，绝大多数被归到"身体残疾"或"疾病"分类的回忆录作者，要么是失明，要么是患有肺结核。至于其中的原因，还有待进一步的研究。

在这样的情况下，《自觉之心》(A Mind That Found Itself)能1908年在全国书店上架，就显得更加不可思议了。作者克利福德·W. 比尔斯1900年从耶鲁大学毕业，三年后精神崩溃（后来的评论者说这是一种带有妄想症状的躁狂抑郁症），还试图从家中的一扇高高的窗户跳出去自杀。他随后被送进一家又一家治疗机构。比尔斯在书中表示，自己在其中一家机构里"找回了状态"，并恢复了理性，他此时才意识到，那个声称是他哥哥的人并非在说谎。他的情绪仍有巨大的波动，但他已经清醒到足以对自己的遭遇感到愤怒了。1887年，记者娜丽·布莱出版了《疯人院十日》(Ten Days in a Mad-house)，这本搞噱头的书是她假装精神失常并被送进纽约的一家精神病院之后写的。比尔斯虽然没有提到布莱，但做了一些调查记者会做的事。某次，他故意违反规定，被转移到一间监管更严苛的病房，体验了医院里最糟糕的处境。结果没有让他失望——他被强迫进食，被关在很冷的小房间里，没有可以盖的东西，还穿了大约三百个小时的紧身衣。

比尔斯在躁狂发作时的一个特点是，他会爆发性地创造东西，尤其是在写作方面。从精神病院出来后，他开始兴致勃勃地写书。（他向速记员口述初稿，一个小时接一个小时不停地说——这是总裁和领导人写回忆录时喜欢的一种方法，而比尔斯就是首批实际使用这种方法的人之一。）他生动地讲述了自己的经历，还找了个大学时的朋友帮忙编辑。伟大的心理学家威廉·詹姆斯在给他的一封信中写道："本书看似小说，又并非小说。我强调这一点，是因为我知道，不知情的人会很容易怀疑对异常心理的描述的真实性。"这封信成了《自觉之心》的引言。比尔斯最终得以康复，似乎就是因为他决定写下自己苦难的经历，并希望让治疗机构中的精神疾病护理和治疗手段得到改善。他预料得到，就像《汤姆叔叔的小屋》对废除奴隶制意义重大一样，他的书也将在精神疾病领域有巨大的贡献。詹姆斯劝他匿名出版，但他拒绝了，他在书的第一章中写道："我讲述自己的人生故事，不只是为了写出一本书。我觉得我有责任这样做。死里逃生，从致命的疾病中奇迹般地恢复健康，这足以让人扪心自问：我得救后活下去的意义是什么？我问过自己这个问题，这本书在一定程度上就回答了这个问题。"

值得注意的是，这段话虽然看似有些妄自尊大，但并不是痴心妄想。在这本书出版后的第二年（在接下来的三十年里，这本书再版了几十次），比尔斯创立了全国心理卫生委员会（"心理卫生"是他自创的术语），最终在53个国家建立了分部。他是第一个提议设立过渡住所的人，有好转的病人出院后可以在那里继续接受监督。1943年，比尔斯去世，《纽约时报》的一篇评论称他为"史上最成功的精神病斗士"。[1]

在那个时代,自传更多地被用于达到社会目的,而不是被用于个人表达,因此,自传被视为一种进步也是有原因的。女权活动家伊丽莎白·卡迪·斯坦顿和安娜·霍华德·肖、社会改革家雅各布·里斯和简·亚当斯都曾用回忆录来推动自己的事业。塔斯克基学院的创办者布克·T. 华盛顿(1886—1915)在1900年出版了自传《我的生活和工作》(*The Story of My Life and Work*),1901年出版了另一本自传《超越奴役》。这两本书似乎都受到了奴隶叙事传统、本杰明·富兰克林的自传和霍雷肖·阿尔杰的小说的影响,华盛顿明确主张要勤劳工作、自力更生,并主张实行工业教育,更微妙的是,他毛遂自荐,想接过弗雷德里克·道格拉斯的大旗,担任美国黑人的领袖。

亚历山大·贝克曼的《一个无政府主义者的狱中回忆》(*Prison Memoirs of an Anarchist*,1912)在这类作品中也许最引人注目。1892年,贝克曼抗议对霍姆斯特德罢工者的处理结果,并试图谋杀工业家亨利·弗里克。这本书开篇描述了他的激进、对弗里克的攻击以及受到的审判,还有超过四分之三的内容在用现在时描述他的狱中岁月。这是一部引人注目的作品,扣人心弦,毫无畏惧,不放过一丝细节,这在描写囚犯之间的性关系时尤为明显。正如哈钦斯·哈普古德在初版序言中所说:"这是我所知道的唯一一本深入探讨犯人的腐化堕落心理的书。它用一个个场景、

---

[1] 比尔斯因抑郁症和妄想症复发,主动进入罗德岛医院治疗,四年后在那里逝世。

一段段描述展示了监狱中明晃晃的野蛮、愚蠢和丑陋，除此之外，感人至深的是，它还展示了人类有善良的品质和天性，堕落着、消沉着，无助地挣扎着求生。"

那个时代的进步还体现在自传的写作范围拓宽了。1909年，威廉·迪安·豪威尔斯在《哈泼氏》的编辑专栏中称赞自传是"读起来最令人愉悦的作品类型"，而这主要是因为它们构成了"文学界最民主的领域"。他断言"自传不会受限于年龄、性别、信仰、阶级或肤色"，他还呼吁出版"一些毫无名气的人"的回忆录。实际上，局面已经朝着这个方向发展了。上文提到的哈钦斯·哈普古德是一位具有改革意识的美国记者，他在1903年出了一本书——《一个小偷的自传》(*The Autobiography of a Thief*)。他对一个改过自新的恶棍（被称为吉姆）进行了4个月的采访，然后写出了这本书。纽约《独立报》的编辑哈密尔顿·哈尔特几乎在同一时间发表了他所谓的"人生集册"，收录了各行各业的人所写的自传体短篇幽默故事。1906年，其中的十六篇故事被选出来出版成文集《平凡美国人的人生故事自述》(*The Life Stories of Undistinguished Americans as Told by Themselves*)。哈尔特还在前言中说明，书中包括了"屠夫、受剥削的工厂工人、擦鞋匠、推车小贩、伐木工人、裁缝、年轻女护士、厨师、采棉人、猎头、训练有素的护士、牧师、管家和洗衣工的故事"。

这些人不仅职业各异，还来自天南海北，比如立陶宛、波兰、瑞典、爱尔兰、法国、德国、意大利、希腊、叙利亚、中国和日本等地。当时的美国处于最汹涌的移民浪潮中，还处于后来被称为"美国世纪"的时期的开端，"身为美国人的意义"成为当时主要的自传主题，又有什么奇怪的呢？

即使是那些百分百的美国原住民写的书也是这样。关于"美国化"的最矛盾的故事当数一个印第安苏族人的作品。1858年，奥希耶萨出生于明尼苏达州，后来他的父亲皈依基督教并改名为雅各布·伊士曼，他也被改名为查尔斯。查尔斯·伊士曼获得了达特茅斯学院的学士学位和波士顿大学的医学学位，之后从事美洲原住民的政府服务及宣传等工作。他写了两本自传——《印第安少年》（*Indian Boyhood*，1902）和《从深林到文明》（*From the Deep Woods to Civilization*，1916），这两本书记述了伊士曼在部落中度过童年之后彻底融入美国社会的过程，正好和传统囚禁叙事相反。不过，在这两本书中，他始终都记着童年的美好经历和"文明"的缺陷。他谈到"美国化"的弊端时，反思道："这个表面上由'基督教'信徒构成的国家的罪恶行径……在我们光辉的物质文明与精神文明背后，原始的野蛮和欲望支配着一切，未曾衰减，而且似乎根本没人注意到这一点。我当初摒弃自己简单原始的自然宗教时，为的是拥有更崇高、更令人满意的理性。天啊！可这理性令人更困惑、更矛盾……然而，上帝的光芒连幽深的丛林也能穿透。站在我族人民面前，我依然是文明的拥护者。为什么？首先，我们已经无法再像从前一样简单地生活了；其次，我发现，不应该让白人的宗教信仰为他们犯的错买单……我是印第安人；尽管文明社会教会了我很多东西，我也对此心存感激，但我从未丢失作为印第安人对公理与正义的概念。我主张沿着社会和精神的道路寻求发展和进步,而非为了扩大贸易、宣扬国家主义或提高物质利用率才这么做。无论如何,只要我活着,我就是一个美国人。"

刚刚来到这个国家的人在短时间内会很乐观,事实也的确令人乐观。雅各布·里斯描述了自己从丹麦移民到达纽约时的情形,他感觉仿佛从此拥有了无限的可能:"那是一个春天的早晨,风景优美。我的视线越过栏杆,看到了延绵数英里的街道、布鲁克林草木青葱的高地和河面上晃动的渡船和游艇。我满怀希望,觉得这里会有我的一席之地,虽然我自己也不清楚我到底会得到什么。我会尽力让自己得偿所愿……我很有力气,脾气也倔,能做两个人的活儿;而且我坚定地相信,在这样一个自由的国度,一个不受习俗、种姓和性别支配的国度,所有事情都会有好结果的。只要有人加入这场游戏,他就会找到属于他的地方。我想我已经加入了,也许需要找很多次才能找到属于我的地方,但这正是我想要的。"

里斯 1870 年到达纽约,当时移民热潮尚未到来。同年,爱德华·博克也从荷兰来到了这里。1890 年至 1920 年,超过 1800 万人来到美国,其中很大一部分来自丹麦南部和荷兰东部。首位移民自传作者是莫什克·安廷,她 1881 年出生于俄国的波洛茨克。1891 年,她的父亲移民到波士顿;三年后,她的母亲带着四个孩子也来了。没过多久,莫什克就改名成了玛丽。起初她被送去上一年级,但不到半年,她就升入了五年级。高中时,她结识了爱德华·埃弗里特·黑尔和城里的其他文人,他们鼓励她把寄给叔叔的描述美国之旅的信(用意第绪语写成)翻译成英文。她把那些信编成了一本薄薄的书,1899 年以《从波洛茨克到波士顿》(*From Plotzk to Boston*)为书名将其出版,著名的英国犹太作家伊斯雷尔·赞格威尔为她作序(1908 年,赞格威尔的戏剧《熔炉》[*The Melting-Pot*]让"熔炉"一词流行起来,成了 20 世纪支持移民的最强势的标语)。《波士顿报》的短评认为,安廷的经历看起来依然无比新奇:"她用自己的语言——意第绪语来写作……我们不知道她为什么这样做,但这本书显然是她这个年纪的女孩在体验过最激动人心的事之后,以全部的热情写出来的东西。"

到了 1912 年,安廷出版她的下一本书时,已经没有必要再说明意第绪语是什么了。这本书名为《应许之地》(*The Promised Land*,书名并没有讽刺之意),讲述的是安廷从童年迈入青少年时期的故事,但暗线其实是美国的故事:对像她这样的移民来说,美国现在代表什么,将会代表什么,移民的存在如何改变了这个国家的性质。书中充满了这样的内容,安廷在导言中强调说这些问题正是她才 30 岁就出版自传的原因。她承认:"我没有任何成就,也没有任何发现,像哥伦布偶然发现美洲新大陆那样的事也没有碰到过。我的经历不同寻常,但又有一定的普遍性,这正是问题的关键。我了解自己的过去,从更广的角度来看,它确实比较有代表性,所以我觉得有必要把它写下来……注定活在现代历史篇章上的人远远不止我一个。我们是连起旧世界与新世界的一条条纽带。就像把我们从欧洲带到美国的船只那样，我们的生命跨越了种族差异和误解的苦海。在我们抵达之前，新世界的人对旧世界一无所知，但从我们到来的那一天起，新世界就与旧世界连在了一起，两个世界正学着并肩前行，以寻求共同的命运。"

安廷声称，在成为美国人的过程中，从前的自己已经消失了："我就像死过了一样，和之前的那个我完全不同，我只是要把那个我的故事说出来……我的生命还在继续，但在我开始新生的时候，那个我的生命已经结束了。"

《应许之地》取得了巨大的成功，不仅由于她作为社会同化拥护者的乐观，也由于这本书不可否认的文学品质。《纽约时报》狂热地褒评说："在她感人、生动、有趣的自传中，玛丽·安廷讲述了拥有美国公民身份的俄国犹太人的处境，这是前所未有的。她为我们的现代文学和现代历史做出了独特的贡献。"《出版人周刊》将其评为年度最畅销的非虚构类图书。在安廷的一生中（她去世于1949年），《应许之地》印刷了34次，售出约85,000册。

《应许之地》标志着移民乐观主义到达高潮，接下来，本土主义者对数百万下层民众的憎恶与日俱增。1916年极其畅销的《伟大种族的消逝》（The Passing of the Great Race）提出的"北欧人种优越性"理论、三K党的死灰复燃以及D.W. 格里菲斯1915年的电影《一个国家的诞生》（The Birth of a Nation）的成功，都是这种嫌恶态度的体现。不出意料地，新美国人和其他边缘人士之间的关系发生了变化。雅各布·里斯、布克·T. 华盛顿和玛丽·安廷的乐观主义再也行不通了。以自己的话语和身份来创作自传,这本身就需要一定程度的自信,而这种自信变得越发少见。身份失去了说服力,文化的根基开始摇晃。1912 年,《曾经的有色人种的自传》(*The Autobiography of an Ex-Colored Man*)出版,这本书讲述了一个浅肤色黑人的故事。书中没有提及此人的名字,只是说他在目睹了一切后,决定以白人的身份度过余生。封面上也没有作者的名字,不过,也没有任何迹象能够证明这本书不是自传。实际上,这是一部由非裔美国作曲家詹姆斯·韦尔登·约翰逊创作的小说。约翰逊给一位朋友写信说,自己决定以这种方式出版该书的理由是"如果表明作者的身份,而作者又不是书里的主人公,那这本书就会变得平平无奇了"。评论家和公众也被他骗住了。1933 年,在成为杰出的活动家和全国有色人种协进会官员之后,约翰逊出版了真正的自传《走这条路》(*Along This Way*)。约翰逊在这本书里提到,"有个人隐晦地向在场的人表示,他是那本书的作者,别人介绍我俩认识,我还和他谈了话"。

犹太移民的第一人称作品有很多不同的立场,但相同的是它们的立场大多不坚定。与笛福那时一样,读者通常很难或根本无法判断一份书面证词是出自书中的"我"之手,还是匿名的伪造者之手。亚伯拉罕·卡恩于 1917 年出版的《大卫·列文斯基的发迹》(*The Rise of David Levinsky*)就是一部虚构的自传。这部作品的第一段与安廷的作品形成了鲜明对比,叙述者列文斯基讲述了自己来到新世界之后发生的奇迹般的角色转换,但这其实并不现实:"我在最贫困的条件下出生、长大。1885 年,我来到了美国，口袋里只有4美分。现在，我的身家已经超过200万美元，是美国服装行业公认的领军人物之一。然而，我审视自己的内在，发现这三四十年来自己一点也没有改变。"

1923年出版的作者不详的作品是《腰、腹和面颊：制造职业犹太人》(*Haunch, Paunch, and Jowl: The Making of a Professional Jew*)。扉页上没有署名，据出版商说，这是五年前去世的一位自称"迈耶·赫希"的法官的"匿名自传"。这一次，评论者们对真实性的判断出现了分歧。《纽约时报》含糊其词地说："它可能有一半虚构的成分。"实际上，这本书百分百是虚构的——作者塞缪尔·奥尼茨编造了赫希的故事，他塑造的赫希是个彻头彻尾的堕落人物，吹嘘着自己"职业犹太人"的身份：为了自己的利益，他利用甚至捏造反犹太主义对自己的威胁，"一次次谎称自己受到了冤屈、侮辱和打扰，以激起骚乱、惊慌和愤怒"。奥尼茨本身就是个犹太人，但这本书被有些人利用了——那些人认为，新移民不能算是百分百的美国人。（20世纪20年代末，奥尼茨进入好莱坞，成为一名成功的编剧。1947年，他被非美活动调查委员会传唤，和其他拒绝做证的人被称为"好莱坞十君子"，被关押了9个月。）

1916年10月，爱德华·博克的《妇女家庭杂志》上刊登了一篇匿名文章《我的母亲和我：我如何成为美国女性》(*My Mother and I: The Story of How I Became an American Woman*)，还附着博克的朋友——前总统西奥多·罗斯福亲笔写的褒奖函。罗斯福写道："这是一个极其感人的、真正的好故事。

这个小女孩从孩童长成了年轻女性，从文化和人性的角度来看，她的美国化历程比她的祖先在数千年的时间里走过的路途重要太多了。"第二年，这篇文章被扩写成了一本书——《我的母亲和我》(*My Mother and I*)，扉页上还添上了作者的名字：E.G. 斯特恩。这本书与《应许之地》有很多相似之处，但它们的出发点是不一致的。在这本书里，叙述者从未提过自己的名字，她在孩童时期就从原来的国家来到了美国，但她在开篇处表示，自己已经摆脱了贫民窟的成长环境给自己留下的所有痕迹："我是一名上过大学的女性。我丈夫从事着一项光荣的职业。我们的家虽不奢华，但很美观。我们的房子坐落在美国城市充满魅力的旧市郊处，迷人的现代住宅与豪华的殖民时期建筑相依而立，仿佛象征着旧美国与年轻的新美国紧密相连。"在书的末尾，她的母亲第一次来她家拜访，困惑于孙子说的英语、女儿端上来的非犹太食物（"她的餐盘几乎没有动过"）以及"只用于做饭的白色厨房"。最终，这位叙述者发现，她踏上美国化的路途并获得幸福的代价是，她必须和自己的传统一刀两断。

  这本书的封面和正文都让人无法判断斯特恩到底是不是在讲述自己的故事。斯特恩是费城的一名记者，还曾是一名社会工作者，全名为伊丽莎白·格特鲁德·斯特恩。美国国会图书馆把这本书归类为自传（现在依然如此），认为她的故事是真的。评论家们则再次出现了分歧。《纽约时报》评论说，这个故事"叙述生动，而且表达得非常好，不太像是一部真正的自传，更像是小说"。这是很有洞察力的评论。这本书讲的是斯特恩自己成长中的故事，但她其实是在宾夕法尼亚州匹兹堡长大的,是指挥家艾伦·克莱恩·莱文和妻子莎拉·莱文的女儿。

1927 年,斯特恩以"利亚·莫顿"之名出版了另一本书《我是女人——也是个犹太人》(*I Am a Woman — and a Jew*)。美国国会图书馆把这本书也归类为自传,而评论家们再一次产生了困惑。《纽约时报》说它"应该是、看起来也像是一位真实女性的真实经历",但没有确切地说它到底是真是假。《波士顿报》则认为,这本书的确含有"莫顿"自己的故事,但它又像是"把所有在美国的犹太人的故事融合在一起写成的"。真相扑朔迷离。1986 年,学者埃伦·乌曼斯基在该书的新版序言中,表示这个故事大致是真实的,但在内容上有所润色和修改。然而,新版本刚发行不久,乌曼斯基就收到了斯特恩长子——托马斯·诺尔·斯特恩寄来的信。托马斯退休前是历史学教授,他在信中表示,伊丽莎白·斯特恩并不像她一直对外所说的那样出生于东普鲁士,艾伦·莱文和莎拉·莱文也不是她的亲生父母。事实是,伊丽莎白 1889 年出生于匹兹堡,是德国路德教教徒克里斯蒂安·林伯格和威尔士浸信会教徒伊丽莎白·摩根的私生女。据托马斯说,"母亲幼时被寄养在不同的家庭里,居无定所,后来被送到了匹兹堡附近的艾伦·莱文和莎拉·莱文的家中抚养"。1988 年,托马斯·斯特恩出版了自己的回忆录《神秘家庭》(*Secret Family*)。在这本回忆录中,他还披露了一些别的事情,其中最令人愕然的是,他说母亲 7 岁时就被艾伦·莱文性侵,14 岁时因此怀孕,还非法堕了胎。乌曼斯基根据他的说法展开了调查,却找不到伊丽莎白·斯特恩的出生证明，这可能是因为（据托马斯·斯特恩所说）她故意销毁了所有与自己真实身份有关的档案。乌曼斯基最终只好说："这样一来，也就无法确定伊丽莎白·斯特恩的真实出身了。"斯特恩给自己起的中间名是"格特鲁德"，她用过的名字还有贝茜·莱文（这是艾伦·莱文在遗嘱里对她的称呼）、E.G. 斯特恩、利亚·莫顿和埃莉诺·莫顿（她大多数作品的署名都是埃莉诺·莫顿，1954年《纽约时报》刊登她的讣告时用的也是这个名字）。毋庸置疑，她是20世纪早期通过自传对自己的身份提出疑问的美国人的典型代表。

斯特恩在书中讲述的故事其实还是有可信之处的，而接下来这个自称"长矛"的人就完全不足信了。1928年，该人出版了自传《长矛》（*Long Lance*）。人类学家保罗·拉丁在《纽约先驱论坛报》上称赞了这部作品，说它是对作者年少时在大平原印第安族中的成长经历的"非比寻常的忠实叙述"。小说家欧文·S. 科布给这本书作序，他写道："我断定，这本书里讲的都是真事和真理。最重要的是，作者竭尽所能，跳出了他原有的母语思维，用英语描述了自己的想法、天性和身边发生的事。"但他们都错了。正如历史学家唐纳德·B. 史密斯在1982年的著作《长矛：一个骗子的真实故事》（*Long Lance: The True Story of an Imposter*）中所揭露的那样，长矛的母语其实就是英语。他出生在北卡罗来纳州，本名叫西尔维斯特·朗，是奴隶的后代，有着黑人、白人和印第安人三种血统。1903年，13岁的朗离家出走，参加了一场狂野西部秀。他以印第安人的身份现身，表演了印第安风格的节目。六年后,他夸大了自己的切罗基族血统,以"西尔维斯特·长矛"之名,成功被宾夕法尼亚州的卡莱尔印第安人学校录取,与伟大的运动员吉姆·索普同班毕业。后来,他又去纽约读了大学,一战时还加入了加拿大军队。退伍后,他在卡尔加里和温尼伯当记者。他自称"大平原之子长矛",套上了纯正黑脚族人的身份,在自己很具代表性的经历中完成了最后一步。

1925年,长矛在纽约巡回演讲时遇到了《大都会》杂志的编辑雷·朗,应邀创作一篇自传文章。长矛在文章中说自己在布莱克伍德度过了童年,在西部的养牛场工作过一段时间,还在"水牛比尔"的狂野西部演出团(比他实际参加的演出团名气大得多)表演过,并讲述了自己在卡莱尔的经历。这篇文章广受好评,于是,当时也在威廉·鲁道夫·赫斯特图书出版公司当编辑的雷·朗让他把文章扩写成一本完整的自传,长矛照做了。这部自传是长矛综合了实际调查、黑脚族朋友的童年经历和自己的想象之后写成的。他在开头写道:"我最早的记忆就是,在蒙大拿州北部时,印第安人某次战斗结束后那激动人心的场面。"接下来他就开始讲述在大平原上猎捕水牛的事,但读者可不能当真,因为早在他出生之前人们就不再猎捕水牛了。长矛对美洲原住民逝去的过往确实很是怀念,与此同时,他写作和装腔作势的技巧都炉火纯青——这两方面结合在一起,根本就没人会对他的作品的真实性产生怀疑。这本书的初版销售一空,还出了英国版、荷兰语版和德语版。长矛声名大振,成了社交圈子里的常客。向美国民众报道纽约时事的专栏作家O.O. 麦金太尔评价道:"他有着令人惊奇的矛盾感。他是日益少见的北美印第安人，却像牛津人一样说话、争执，还戴单片眼镜。"他的作品把真实性与虚构性混杂得非常巧妙，《纽约先驱论坛报》1930年刊登了一篇文章《百分百美国人》，并非故意但略带嘲讽地评论道："一个以其他种族的方式生活的人，总是会很传奇。"同年，一位好莱坞制片人聘请长矛出演人类学纪录片《静默的敌人》(The Silent Enemy)。这部纪录片延续了《北方的纳努克》(Nanook of the North)的风格，描述了在欧洲人到来之前加拿大北部印第安人的生活场景。人们对长矛的表现称赞有加，《综艺》杂志上就有评论说："长矛与我心目中印第安人的形象完全一致，因为他就是本色出演。"不过，长矛的漫长生涯由此走向了终点。与他合演的酋长"黄长袍琼西"是酋长"坐牛"的侄孙，一个实打实的美洲原住民。他向电影制片人表示，长矛的身份很可疑，他通过与长矛对质，得出了真相。这件事没有被公开，因为一旦长矛的伪装被揭露，《静默的敌人》所宣称的真实性就会受损。但是，长矛明白自己的谎言很快就会被揭穿。1931年，他饮弹自尽，没有留下一句遗言。

20世纪20年代末是自传骗局的黄金时代。在战后和大萧条前，关于机遇的浮夸宣传随处可见，人们的想象力失去了控制。1925年的一天，一个名叫阿尔弗雷德·阿洛伊修斯·史密斯的老摊贩来到了埃塞尔雷达·刘易斯的门前，刘易斯是一位居住在南非的英国小说家。这个摊贩对刘易斯说，他从前住在美国犹他州的时候，曾协助镇压过印第安犹特族人的起义；他当过伦敦一家报社的记者和伦敦警务处的警探；在非洲的时候，他当过猎人、探险者和矿工，某次鳄鱼攻击塞西尔·罗兹的时候，他还出手救了罗兹。刘易斯说服他跟自己合作完成一部关于他的自传。一年后，该自传在英国出版，同时被美国文学协会列为精选作品。当时成立了三年的西蒙与舒斯特出版公司推出了它的普及版。这家公司声誉良好，靠出版纵横字谜书大赚了一笔，但在这本《摊贩阿尔弗雷德·阿洛伊修斯·霍恩：一位"老访客"，73岁亲作，记录了他充满阅历的人生，由埃塞尔雷达·刘易斯编辑》之前，他们在出版传统图书方面毫无建树。或许这本书那18世纪风格的书名就能让人感觉到，其内容并不完全属实。一些评论家持怀疑态度，《泰晤士报文学增刊》评论道："真挚的言语和可恶的假话有时不易辨别，那些骗子对美国图书市场的风潮了如指掌。当然，奇迹的确有可能发生，我们并不是在愤世嫉俗地猜疑这本书的真实性。只是在我们看来，霍恩先生有时过于完美了。"近代学者蒂姆·卡森斯用数年时间核实了摊贩霍恩的故事，并在他1992年出版的《流浪王》(*Tramp Royal*)中给出了结论——这些内容或多或少是真实的。这本书卖了17万册，读者似乎并不太在意它的真实性。它还被《出版人周刊》列入了非虚构类畅销榜，在1927年和1928年分别位列第四和第三。西蒙与舒斯特出版公司决定把史密斯（也就是已经众所周知的"摊贩霍恩"）带到纽约做宣传，以带动销售。和长矛出版自传后做的一样，史密斯四处交际，接受了很多记者的采访，包括《纽约客》的E.B.怀特。怀特这样写道："他老人家在宣传时的那种质朴非常可爱。从来没有人像他那样四处航行，他太棒了，几乎让人觉得不真实，像是古代的水手。我们在美国文学协会举办的生日聚会上见到了他。他挤在佐纳·盖尔和埃莉诺·怀利之间，相机在咔嚓作响，餐饮承办者在为他服务。图书的发行量在不断增加，而他依然很享受这种生活。他在食人族和动物之间度过了漫长的岁月，这使他能够忍受假装聪明的民众和摄影师。他享受着自己的独特，也不会冒犯别人。"

史密斯于 1931 年去世，在此之前他还出版了另外两部自传。同年，美国米高梅电影公司推出了电影《大探险》(*Trader Horn*)，选取了他的一部分冒险故事，由哈利·凯里领衔主演。影片中有一些经典的对白，比如，霍恩的好友秘鲁问他："食人族存在吗？"霍恩回答说："存在。他们其实很敬畏神灵，只不过像你说的，在饮食方面有些特殊而已。"这部电影获得了奥斯卡最佳影片奖提名，不过没能获奖，输给了《壮志千秋》(*Cimarron*)。

《摊贩霍恩》恰好处于第一人称冒险回忆录的浪潮中。T.E. 劳伦斯（被称为"阿拉伯的劳伦斯"）、彼得·弗莱明、理查德·哈里伯顿、内格利·法森和理查德·E. 伯德都有至少一部作品进入了《出版人周刊》年度畅销榜的前十名。弗里德里克·O. 布莱恩于 1920 年出版的《南海白影》(*White Shadows in the South Seas*) 是这一类型作品的先驱，或许也是最成功的一部。1920 年至 1921 年，这本书在《出版人周刊》畅销榜上的时间累计达 44 周。年轻的乔治·帕特南当时刚刚接管了 G.P. 帕特南之子出版公司，他注意到了《南海白影》的成功，便让他的朋友乔治·S. 查普尔写了一部关于南部海域的滑稽剧。这就是《河川巡游》(The Cruise of the Kawa)，作者署名为沃尔特·E. 特拉普洛克和 F.R.S.S.E.U.（意为"皇家南海探险者联盟成员"），书里还有海伍德·布朗、弗兰克·克劳宁希尔德、洛克威尔·肯特和拉尔夫·巴顿等曼哈顿名人的照片。这本书卖了差不多 10 万册，还出了两部续作:《北方探险记》(My Northern Exposure) 和《撒哈拉以南》(South of the Sahara)。

与帕特南相似，甚至有过之而无不及的是西蒙与舒斯特出版公司的创始人和所有者——理查德·西蒙与 M. 林肯·舒斯特。众所周知，他们在推广自己公司的图书和作者时相当生猛，和那些传统的办公风格文雅的美国出版商形成了鲜明对比。因此，他们能发现琼·罗威尔的潜力也就不足为奇了。琼·罗威尔是一名小众电影演员，曾就自己的航海经历发表演讲。1929 年年初的一天，她来到了西蒙与舒斯特出版公司的办公室。杰弗里·埃尔曼在 1939 年的《纽约客》上这样描述当时的情景:"罗威尔小姐给舒斯特留下了深刻的印象，她身材健美，双眼乌黑闪亮，手臂结实。"舒斯特带她去见自己的搭档。"西蒙甚至更钦佩她。他们让她把自己 17 岁前的经历写成一本书。根据她的说法，她的父亲是黑山的一个地主的儿子，出生于澳大利亚，有一艘四桅纵帆船——'米尼·A. 卡恩'号，当了十七年的船长。她的母亲来自波士顿的罗威尔家族，她随了母亲的姓氏。她从 11 个月大起，一直到 17 岁，都是'米尼·A. 卡恩'号上唯一的女性。她曾亲眼看见父亲用一支来复枪击散了半英里以外的海上龙卷风，还曾看过九对新人在南部海域的某个小岛上的公开婚礼。最终，'米尼·A. 卡恩'号在把 900 吨干椰肉运往澳大利亚的途中起火沉没,她不得不迎着奔腾的海浪游到 1 英里外的灯船上,双肩还各担着一只小猫,她从口中吐出的海水能在空中划出一条弧线。"

西蒙和舒斯特开始施展他们的营销魔法,罗威尔迅速吸引了美国公众的注意力。报业协会在全国性的报纸上联合发表了一篇文章,开头是这样的:

"为琼船长让道!

"为这个征服了世界的 26 岁女孩让道!

"她的名字叫琼·罗威尔。她像是'穿着衬裙的摊贩霍恩',她的经历是你能读到的最吸引人的故事。这是在南部海域发生的真实故事,比赫尔曼·梅尔维尔和罗伯特·路易斯·史蒂文森的小说更引人入胜。"

琼·罗威尔的《深海摇篮》(*Cradle of the Deep*)被美国文学协会的主要竞争对手每月读书会选中,获得了强烈好评。《纽约时报》评论道:"朋友们,这是个有趣的故事。饱含奔放和热情,脏话连篇,不过海上的人就是这么说话的,现代的百老汇演出也是这么表现的。"这本书一跃成为非虚构类畅销榜的冠军,最终销量达到了约 107,000 册。不过,人们也有质疑。林肯·克尔克特在《纽约先驱论坛报》上发表了一篇评论,这位作家在航海领域很有资质。(根据《英国传记大辞典》,林肯·克尔克特出生在"夏洛特·A. 利特菲尔德"号船上,当时他的父亲——来自缅因州锡斯波特的船长林肯·奥尔登·克尔克特正控制着这艘船在合恩角海域航行。他家里五代人都是船员。)克尔克特表示:"这本书讲了个好故事，但要是能坦率地作为虚构作品出版就好了，那样的话，我们就无须质疑它的真实性了……书中所有跟航海相关的错误都很明显，让人无法容忍……错误简直多得惊人。"不久之后，就有加利福尼亚州伯克利的居民告诉《旧金山纪事报》，罗威尔的真名是海伦·琼·瓦格纳，她童年的大部分时间住在伯克利，和他们是邻居。随后，人们又发现"米尼·A. 卡恩"号正停泊在加利福尼亚州的奥克兰港里。事实是，罗威尔和她的父亲的确曾上过这艘船，但他们在船上总共只待了 15 个月。每月读书会给这本书的 65,000 名读者退了款，西蒙与舒斯特出版公司则发表声明承认："与我们最初的认知相比，这本书在叙述中混杂了过多的传奇元素。"不过，该公司宣称，他们"还是很满意，因为琼的故事依然有最基本的真诚"。

幽默作家威尔·罗杰斯在专栏中也对这件事发表过看法。他说他之前一直想读《深海摇篮》："……别管那些小说了，我想看一些真实的东西。而且，我看到的所有关于这本书的评论都说它很出色。"罗杰斯很喜欢这本书，他还写道："我起初有点担心，一个母亲怎么能与 7 个月大的女儿分离。但我不太了解在海上生活的人，我想可能他们都是这样过来的。"后来，罗杰斯得知"琼的大部分航行故事是在泽西城的公寓里创作并发给她的出版商的，那些脏话也都是从《头条》上刊登的两篇旅行故事中收集来的"，他受到了"可怕的打击"。

《读书人》杂志上曾展开过一场辩论："文学骗局有害吗？"对 21 世纪早期的读者来说，这样的争论听起来尤为熟悉。林肯·克尔克特支持正方,比起罗威尔的谎言,更令他震惊的是,人们对那些谎言并不怎么震惊(而且依然竞相购买)。克尔克特认为:"如果谎言比诚恳创作更能获得成功,也无须核实就能被宣传和出版,那么文学创作的基础会受到严重威胁。"专栏作家海伍德·布龙则支持反方,他提出了更深一层的理由:"自古以来,人们都承认,真假之间的界限难以划清;在这个集体无意识的年代,区分真假也没有变得更容易。如果我真实准确地记录发生在我身上的事件,我就能得出某种真相。但那并不是唯一的真相。假如我把情节渲染得更精彩,甚至把情节编造得更激动人心,我依然没有完全脱离真相,因为在这种情况下,我是基于想象和心底最深的渴望在描绘它。"

E.B. 怀特在《纽约客》上也对此发表了一篇文章,这次他不像之前在"摊贩霍恩"事件中那么宽容。怀特说,布龙在为罗威尔辩护时使用的是"童话故事中的基本原理","所有这些只会带给我们痛苦,胡言乱语的痛苦"。

第八章　现代主义者和电影明星

就在摊贩霍恩和琼·罗威尔在大众媒体上引发了有关自传真实性的争论时，声名显赫的作家们也提出了类似的问题。他们当中有些人对自传持彻底否定的态度，认为自传必然包含虚假。1898年，年轻的乔治·萧伯纳在文章中如此强调："所有的自传都是谎言。我指的不是无意的谎言，而是故意的谎言。没有人能把自己人生中的真相和盘托出，这当中必然包含他的家人、朋友和同事的人生中的真相。也没有人能对自己人生中的真相秘而不宣，一直等到能反驳他的人全部离开人世。"（萧伯纳1950年去世，享年94岁。他一直坚持着这种信念，以寿命和声望来衡量，他是现代**没有**写过自传的最有名的作家。）西格蒙德·弗洛伊德在一封写给他女婿的信中也表达了类似的观点，他的女婿爱德华·伯尼斯是公共关系领域的先驱。伯尼斯告诉弗洛伊德，有出版商想出版他的回忆录，对此，弗洛伊德表示："我是不可能答应的……要诚恳地坦白人生的全部，就必然会在提到家人、朋友和仇敌时有所疏忽。而他们之中的大多数尚在人世，所以这件事根本就行不通。毕竟,让自传变得毫无价值的正是谎言。"[1]

谎言并不是唯一的问题。通过弗洛伊德、F.C. 巴特利特和其他人的作品,人们开始认识到记忆的局限性(第五章中已经探讨过)。1928 年,法国作家安德烈·莫洛亚发表了一系列演讲,并将演讲内容结集为《传记面面观》(*Aspects of Biography*)。这本书提到了自传固有的问题,尤其是在讲述作者早年生活的时候。莫洛亚认为:"不论是大量增加的词汇、想法和情感,还是认知外界的过程,还是孩提时代在脑海中对社会产生的连续印象,我们其实几乎记不清什么。因此,就算作者十分真挚,记述童年往事的自传也大多千篇一律,毫无真实性可言。"根据莫洛亚的说法,记忆有一个缺陷,那就是它会自证合理:"事情发生后,记忆会创造出一些感觉,我们会把这些感觉当成事情发生的诱因。但实际上,这些都是我们在事情发生之后创造出来的。"

记忆并非使自传受限的唯一因素。哲学家弗里德里希·尼采花了大量心力去质疑表达客观真理的可能性,甚至合理性。"假定我们需要真理,**那为什么不需要虚假?**"尼采在《**善恶的彼岸**》(*Beyond Good and Evil*)中如此发问,"**也不需要不确定性?甚至不需要无知?**"这是尼采在 19 世纪末写的,事实证明,他的主张在 20 世纪极具影响力和吸引力。实用主义哲学家威廉·詹姆斯将真理定义为人们易于相信的东西;语言学家费尔迪南·德·索

---

[1] 弗洛伊德还说:"顺便说一句,那个出版商指望一个迄今为止还算体面的人为了 5000 美元就去做这样卑劣的事,真是天真。对我来说,起码得是 100 倍的价钱才有诱惑力,而且即便如此,一个小时之后我也会反悔。"

绪尔指出，语言与现实世界之间本来就缺少对应关系；哲学家路德维希·维特根斯坦提出了"语言游戏"论，认为谎言和真理一样有价值（姑且不论这个价值是什么）；弗洛伊德则否定了真相的疗愈价值，他认为，"把无关的事物联系起来而产生的错误记忆，在精神分析师试图揭开真实心理状况的时候，可能比原本的真相更有用……因为重点从真相转移到了意义上"。以上这些直接造就了雅克·拉康、米歇尔·福柯、雅克·德里达和罗兰·巴特等人所主张的后结构主义和解构主义。这些人认为，传统的真理的概念毫无价值，那其实是资产阶级针对民众的一场阴谋。

从一定程度上来说，正是由于这种顾虑，许多现代主义作家才把自己的人生写成了小说，比如马塞尔·普鲁斯特的《追忆似水年华》(*Remembrance of Things Past*，创作于 1909 年至 1922 年)、D.H. 劳伦斯的《儿子与情人》(*Sons and Lovers*，1913)、詹姆斯·乔伊斯的《一个青年艺术家的画像》(*A Portrait of the Artist as a Young Man*，1916)，甚至还有弗兰兹·卡夫卡的《变形记》(*The Metamorphosis*)。在这些知识分子的影响下，后来又产生了其他一些作品，比如弗朗西斯·菲茨杰拉德的《人间天堂》(*This Side of Paradise*，1920)、欧内斯特·海明威的短篇集《在我们的时代里》(*In Our Time*，1925)、托马斯·沃尔夫的《天使望故乡》(*Look Homeward, Angel*，1929)和亨利·米勒的《北回归线》(*The Tropic of Cancer*，1937)。接下来，在 20 世纪中期，又出现了以自传体小说为处女作的惯例，比如詹姆斯·艾吉的《家中丧事》(*A Death in the*

Family）和西尔维娅·普拉斯的《钟形罩》（The Bell Jar）。不过，后来自传体小说在回忆录风潮到来之前就濒近淘汰，如今更是奄奄一息了。（杰·麦克伦尼的《灯红酒绿》[Bright Lights, Big City]是近年来少有的出名的自传体小说。）

弗吉尼亚·伍尔夫在59岁之前都没有写过回忆录，从某种程度上来说，这是因为她深知自传的局限性。但当她为自己的朋友、布鲁姆斯伯里团体的伙伴罗杰·弗莱写传记时，她坐在打字机旁，放上一张新纸，这样写道："两天前，准确地说是1939年4月16日，星期天，妮莎（伍尔夫的姐姐）对我说，如果我再不写自己的回忆录，以后我的年纪就太大了——等到我85岁的时候，我可能已经忘记了……碰巧，我现在对写罗杰的生平有些厌倦，所以我也许会花两三个早晨，大致写一写。"

但她几乎立刻就意识到了写自传的困难。她说："叙述自己的回忆会产生误导，因为人们不记得的事情也同样重要，也许还更重要。"她写到了自己最初的记忆——在一辆火车或汽车里，坐在母亲的腿上。但伍尔夫在勾勒出这件事的梗概之后就停住了，她认为自己肯定不能把那个情景完完整整地描述出来，因为回忆录作者有一个致命弱点："他们往往会忽略置身其中的自己。在任何情况下，描述一个人都太难了。"伍尔夫接着说，完全讲清某个特定情景也同样困难。她写到了自己六七岁时的情景，当时她羞于在自家客厅里照镜子。但接下来还能写什么呢？

"虽然我尽力想解释为什么我看到自己的脸会感到羞耻，但我只找到了一些可能的原因；或许还有别的原因。我想我还没有弄清真相,不过这件事发生在我自己身上,我也没有对此撒谎的动机。尽管如此,人们还是会写下他们所谓的'人生',他们搜罗了大批事件,却对那些事件中的人一无所知。"

尽管心有疑虑,伍尔夫还是继续"概述",并探索自己照镜子时感到羞耻的原因。

"我肯定是对自己的身体感到羞愧或害怕。另一段记忆或许能解释这些。餐厅门外有一块用来放盘子的厚板子。在我还很小的时候,有一次,杰瑞德·杜克沃斯(伍尔夫的同父异母的哥哥,当时12岁)把我抱起来,让我坐在板上。然后他就开始摸我的身体。我还记得他的手伸进我衣服里的感觉。他的手越来越往下,我还记得我当时多么希望他能停下,还记得当他碰到我私处的时候,我多么僵硬地扭动着想要躲避。但他没有停手。"

这种揭露在如今的回忆录中很常见,但在1939年,伍尔夫光是能把它写出来就很令人惊叹了。尽管当时杰瑞德·杜克沃斯已经过世两年了,但要把这种故事出版也是难以想象的事。然而,伍尔夫还在写,直到1940年的秋天才停笔——这远远超过了她原先设想的两三个早晨。她总共写了大约45,000字。4个月之后,伍尔夫与世长辞。(直到1976年,这些内容才作为"往事札记"出版,是伍尔夫的自传文集《存在的瞬间》[*Moments of Being*]中的一部分。)

关于自传和真相的争论还有另一方面。伍尔夫的父亲莱斯利·斯蒂芬是比埃德蒙·戈斯更早的英国文学家的典范。虽然他不是现代主义者,但他实际上是第一个接受现代主义的人。他在

19世纪70年代表示:"与其他类型的作品不同,自传可能会因为其中的失实陈述越多而越有价值。要是有人虚构了一个邻居,我们不会感到惊讶。我们总会好奇,想知道一个人是如何设法伪装自己的。"1876年出版了《通用词典》的路易斯·古斯塔夫·瓦珀罗对此表示赞同,还提出了一种有趣的分类法:"自传留有大量的想象空间,回忆录精确地陈述事实,忏悔录完整地说出真相。"

20世纪以来,人们越来越倾向认为,尽管自传难免有错误和歪曲,但仍然值得写,甚至正是因为这样才值得写。1914年,W.B.叶芝开始创作一系列自传体作品,在第一部作品《幻想曲》(*Reveries*)的序言中,他写道:"我对我的记忆没有一丝篡改;然而,我一定在不知不觉中改动了很多东西。"1920年,安德烈·纪德在回忆录《如果种子不死》(*If It Die*)中对童年和少年时光的沉湎,以及对自己同性恋倾向的坦率引起了很大反响。纪德承认:"像所有的回忆录一样,我的叙述有最致命的缺陷,它没有轮廓,无法掌控。"福特·马多克斯·福特也意识到了这点,不过在他看来,这不是一种缺陷,而是一种挑战。1991年,他出版了《古老的光芒与新的思考:一个年轻人的回忆》(*Ancient Lights and Certain New Reflections: Being the Memories of a Young Man*),回忆了身处前拉斐尔派画家圈子中的童年。在这本书中,他写道:"我对事实的描述也许有误,但对印象的描述是绝对准确的。实际上,如果你有时间可以用来浪费的话,我建议你仔细看看这本书,留心其中的错误。对于能找出最多错误的人,我会高高兴兴地送给他一本第九版的《大英百科全书》,这样他或许能在挑错的时候做得更好。但是,如果有人能找到任何不真诚的表述,我会给他开一张支票,把往后十年流进我银行账户的钱都给他——这很慷慨,但我完全可以接受,因为不会有人能找到。简而言之,我一生要做的就是尽力去发现、然后尽力让你们发现我所处的境遇。我其实不是在讨论真相,我深深地蔑视着真相。我是在尽力向你们展示我所见证的一个时代、一个城镇或一场运动的精神所在,而这些都不是能用真相说明的。"

阿纳托尔·法朗士在他的回忆录《如花之年》(*La Vie en Fleur*, 1922)中改名换姓,还改动了一些情节,对此,他写道:"这样的伪装使我得以隐藏记忆的缺漏,用想象纠正记忆的谬误。我编造出相互关联的情景,来补上我记忆的空白……我相信,没有哪个说过谎的人还深深关心着真相。"

对有些作者来说,记忆成了一种目的,而非一种工具。1924年,美国小说家舍伍德·安德森出版了《讲故事的人的故事:一位美国作家游历想象世界和真实世界、和其他作家相处的故事,共四部,内附注释和一篇后记》。正如这本书长长的副书名以及书名中重复出现的"故事"一词所表明的那样,这本书相当别扭地夹在"想象世界"和"真实世界"之间。安德森显然更倾向于前者,他写道,"在假想的世界里没有人是丑陋的"。相比之下,他把真实世界与"清教徒、斥责清教徒的改革者以及枯燥的知识分子"联系在一起。当他的想象随着故事发展逐渐失控的时候,他也不觉得抱歉,实际上,他还不断地提醒人们注意这一点:"我发现自己拥有了一种更进步、更成熟的观念。我开始陷入一种幻想,希望能让这个男孩的人生更符合他自己的喜好。"但他这些自述的幻想让读者无法相信。在详细描述了自己躺在干草堆里做的白日梦后,安德森发问道:"那个深埋在温暖的干草堆中的我,真的想象过前面所写的那些荒谬场景吗?"对此他并没有回答。

《讲故事的人的故事》销量惨淡,安德森对此很是失望。他与新的出版商贺瑞斯·利沃莱特签了合同,合同保证,如果安德森能每年出版一本书,他就能得到每周100美元的报酬。在此协议下,安德森出版的第一本书是《阴沉的笑声》(*Dark Laughter*),这部实验性的小说销量还不错(如今最广为人知的是安德森的门徒欧内斯特·海明威在《春潮》[*The Torrents of Spring*]中对它的模仿)。第二本是他的短篇故事集。后来,由于没有新的灵感,一年一度的截稿日又越来越近,安德森开始创作另一部关于童年的自传。正如他在这部自传的前言中解释的那样,这一次,他决定抵抗自己的本性,说出真相:"我就像狗穿过茂密的灌木丛去追兔子一样,沿着自己的记忆去追寻真相。这是多么辛苦,有多少汗水滴到了我面前的纸上啊。"但这样做并不太见效。最终,他承认:"我是一个讲故事的人,我要讲的是故事,你们不能指望我讲真话。我不可能如实叙述。"在想出了一个创造角色的"写作窍门"之后,他才得以把这本书写下去。他用"塔尔·莫尔赫"来代表自己(书名就是《塔尔:在中西部度过的童年》[*Tar: A Midwest Childhood*]),这样写道:"我对自己说:'如果你生来就是个骗子,是个充满幻想的人,那为什么不做自己呢?'说完之后,我立马产生了一种安心感,继续写了下去。"

这从哲学角度也许说得通，但在现实中，正如安德森所发现的那样，如果你在与别人相关的事上说了谎，而他们还健在的话，你就可能遇到麻烦。安德森在所有的自传体作品中，都说自己的祖母是意大利人，但他的家人否定了这一点，说他的祖母其实是德国人。安德森坚持自己的想法，同时也承认："我的兄弟们很难理解我的立场。**我选择把我的祖母设定为意大利人而非德国人，和你们有什么关系？**如果你们愿意认为祖母是个德国人，那没问题。一个毕生都在**创造**人物的人，难道没有权利创造他祖母的形象吗？"

1942年，**也就是**安德森去世一年后，他写的最后一部自传体作品《舍伍德·安德森回忆录》（*Sherwood Anderson's Memoirs*）出版，前言中有句令人感到熟悉的话："我记不清真相，也记不清日期了。一旦涉及真相，我就会开始撒谎。"他说得没错。在这本书里，他说自己的母亲35岁离开人世（实际上是43岁），临终时对孩子们说："我不害怕离开你们，你们都是能当国王的苗子。"安德森接着写道："真是胡说！这个可怜的女人不可能这么说。但我很确定，她的确说了一些让我们有这般印象的话。"

在《讲故事的人的故事》中，安德森说他偶然读到了格特鲁德·斯坦的《软纽扣》（*Tender Buttons*），想到了一种看待文学和写作的新方式。《软纽扣》是斯坦1914年写的实验性的散文诗，其中有这样的句子："从温情中产生红，从蛮横中产生迅速相同的问题，从眼睛里产生探索，从选择里产生痛苦的牛。"最终，安德森和斯坦成了朋友,他还帮年轻的欧内斯特·海明威写了封介绍信给她。1903年,29岁的斯坦搬到巴黎,多年来,她凭借三点扬名在外:一是令人惊叹的艺术收藏;二是拥有很多画家和艺术家朋友(除了安德森和海明威,还有毕加索、马蒂斯、胡安·格里斯、埃兹拉·庞德,以及很多不太出名的作家),他们都去她的沙龙;三是晦涩难懂的写作风格。她的大部分散文作品从未出版,也几乎从未有人读过。此外,她那不符合传统审美的外貌,以及她和伴侣艾丽丝·B.托克拉斯非传统意义上的关系,也给她增添了神秘色彩。在人人渴望成名的20世纪30年代初,托克拉斯这样写道:

"很多出版商都想让格特鲁德·斯坦写自传,这已经有一段时间了。但她总是回复说:'不可能。'

"她拿我逗乐,说我应该去写自传。她说,想想看,你能赚到一大笔钱呢。然后她就开始给我的自传起名字:'我和大人物的生活''我身边的天才之妻''我和格特鲁德·斯坦在一起的二十五年',等等。

"后来,她开始认真了,对我说:'说真的,你应该写自传。'我答应她,我要是夏天有空,就开始写自传……

"大约6周前,格特鲁德·斯坦说:'看来,你永远也不会写自传了。你知道我要做什么——我要帮你写,就像笛福写《鲁滨孙漂流记》那样简单。'她做到了,写出了这本书。"

"这本书"指的就是《艾丽丝·B.托克拉斯自传》(*The Autobiography of Alice B. Toklas*),于1933年出版。虽然扉

页上没有作者署名，但大家都知道这是斯坦本人写的。斯坦巧妙地以托克拉斯的口吻娓娓道来。尽管人们依然能隐约感受到斯坦的晦涩文风，但她把托克拉斯的坦率话语融入了自己的文字中，由此创作出了她一生中最通俗易懂的一本书。这本书的商业潜力迅速被发现，斯坦的经纪人把它分成四个部分卖给了《大西洋月刊》，该杂志是文学界备受尊崇的灯塔，多年来，斯坦一直都没能得到它的认可。《大西洋月刊》的编辑埃勒里·塞奇威克给她写信说："在长时间的通信中，我想你能感受到我的期望，我一直期盼着真正的斯坦小姐能冲破她一直以来叛逆地裹着的烟雾，我一直期盼着这一刻的到来……恭迎格特鲁德·斯坦！"甫一出版，这本书就登上了《出版人周刊》畅销榜，并保持了 4 周，比本章中提到的任何一部回忆录上榜的时间都要长。

此外，以艾丽丝的身份写作赋予了斯坦言论的自由。首先，她可以放纵自己的刁钻刻薄——这是一本空前刻薄的回忆录。其次，她像爱德华·博克那样，有着很强的自我主义。这本书的头两页讲了托克拉斯早年在旧金山的生活经历，后来她就去往巴黎，遇到了斯坦。书中这样写道："可以说，我一生中只遇到过三个天才，每次遇到的时候，我内心都会有钟声响起，从未有误。并且，每一次我都是在公众普遍认识到他们的天分之前就感知到了。这三位天才就是格特鲁德·斯坦、巴勃罗·毕加索和阿尔弗雷德·怀特黑德。"

格特鲁德·斯坦很清楚，读者都知道是她在以艾丽丝·托克拉斯的名义写作，但她依然说格特鲁德·斯坦是现代的三个天才之一。读者对此会怎么想呢?斯坦虽然非常自我,但很幽默,或许比大部分打趣逗乐的人好得多。不过此时她可不是在开玩笑。从表面上来看,自传是很直截了当的文学形式,但斯坦认为,自传是个装着身份的套盒,内容里的"我"和扉页上的署名永远不会完全等同。

后来,斯坦去美国各地访问,进一步促成了这本书的成功。她给社区和大学里的听众做演讲,还接受记者的采访。记者们兴致勃勃地记下了她说的话,把她的精辟论述发表出去。在她1937年的作品《大家的自传》(*Everybody's Autobiography*)中,斯坦承认,她的名声主要建立在自己的个性和那本关于艾丽丝·托克拉斯的自传上,而那些她认为真正证明了自己天分的作品,其实没什么用处。不过她觉得这也没那么糟糕:"可能他们是对的,相比于作品,美国人更关心的是你这个人。但如果你没有创作出那些作品的话,他们也不会对你这个人有什么兴趣。"

> 马里昂:还有些事,我不知道……
>
> 库尔特:什么?
>
> 马里昂:低俗。每个人都在喋喋不休地说着回忆录的事。可谁在乎呢?
>
> ——S.N. 贝尔曼,《传记》(*Biography*,1932)

> 弗兰克·霍根问安迪·科恩:"昨晚你房里怎么了,那么吵闹?有鬼?"

"不是鬼，"安迪回答道，"是影子写手。"

——《纽约时报》（1928 年 4 月 29 日）

（注：霍根和科恩都是纽约巨人队的棒球手）

格特鲁德·斯坦还不算是一般意义上的名流。在 20 世纪 30 年代，美国兴起了一股让人成名的怪异风潮，通常会让那些不太可能成名的人声名鹊起。这些人一旦成名，就会进入一个奇怪的阶段：公众强烈希望去参与，甚至去**挥霍**这些人的人生，比如看他们在舞台上演出、看他们打拳击、看他们演电影、听他们的广播或唱片、收集他们的签名，或者阅读他们的人生故事。因此，演艺人员的回忆录在 20 世纪早期非常流行。1900 年至 1909 年，自传只占美国出版图书总量的 1.1%，到了 20 世纪 20 年代，则飙升到了 5.4%。这个数字还在不断上升，50 年代达到了 11.8%，60 年代达到了 14%——此时，自传终于超过了圣职人员／宗教人士的作品，稳居最畅销图书的宝座。从 20 世纪初到 21 世纪初，名人自传可能一直是所有的出版图书中数量最多的一种，也是最稳定的一种。在 20 世纪 60 年代中期，名人自传千篇一律，为了打造后来所谓的"个人形象"，这些故事都经过了美化，强调在通往卓越的途中所克服的艰难险阻，以鼓舞人心，还加入了许多有趣的逸事。这些作品还会尽力避免提到不得体的事情。举例来说，20 世纪 20 年代有个网球明星叫比尔·蒂尔登，1947 年，他因对一个 14 岁男孩实施犯罪行为，被判服刑七个半月，他隐秘的同性恋倾向也由此被公众知晓。然而，他在事发第二年出版的自传

《我的故事》(My Story)中，完全没有提到这个案子和性取向的事。

每一批新涌现的名人都向公众推出自己的回忆录，这样做的缺陷很快就显露了出来：除了很少一部分的职业作家之外，这些名人很多都没受过什么教育，其实写不出什么长篇大论。1915年，《旧金山纪事报》派遣一个名叫罗斯·怀尔德·莱茵的新员工去采访一个比她还要年轻的飞行员阿特·史密斯，让她把自己的所思所感写成散文。史密斯是飞机空中文字的开创者，可能也是第一个驾驶飞机进行翻转操作的飞行员。（有趣的是，航空业在技术发展和明星体系方面与电影业很类似，飞行员也是那一代人很钟爱的职业。）《旧金山纪事报》把最终写成的文章连载发表，大受欢迎，于是该报把它作为一本书出版，这就是《阿特·史密斯的故事：小飞行员的自传》(Art Smith's Story: The Autobiography of the Boy Aviator)，扉页上写的是"罗斯·怀尔德·莱茵编"。

比阿特·史密斯更出名的是查理·卓别林。几年之间，卓别林几乎成了世界上最有名的人，他是20世纪特有的名人形象的典范：依托于大众传媒，拥有病毒般的影响力，能引起全球性的热潮。1913年年末，卓别林开始拍摄他风靡全球的电影短片。1916年，他出版了《查理·卓别林的故事：诚恳地描述一段浪漫的生涯，从伦敦的少年时代开始，到签署最近一份电影合同为止》。下面这句话没有出现在扉页上，而是被放在了不那么显眼的版权页上："这部传记的作者非常感谢罗斯·怀尔德·莱茵夫人在编辑方面的宝贵帮助。"

所谓"影子写手",指的是在名人背后帮忙代写的人。根据《牛津英语词典》,最早的影子写手大概出现于 19 世纪 80 年代。卓别林这本自传的版权页上的这句话的意义在于,这是第一次有人明确表示,影子写手对名人自传的写作有多么重要。在早些时候,名人和写手之间的协议还并不完善。罗斯·怀尔德·莱茵其实还不算是真正意义上的影子写手,因为史密斯和卓别林都承认了她的功劳。1917 年,《亨利·福特的故事:一个农民的孩子如何获得百万资产,却从未丧失人性》出版,这本书用了一种新说法,后来变得相当流行:"由罗斯·怀尔德·莱茵根据口述整理。"

关于莱茵夫人,还有必要说明的是,大约十五年后,她开始帮助她的母亲把在中西部长大的回忆写成一系列面向年轻人的小说。这是她和别人持续最久的一次合作,而她的母亲劳拉·英格斯·怀德正是《草原上的小木屋》(*Little House on the Prairie*)的作者。

出版商乔治·帕特南在自传《充裕的空余》(*Wide Margins*)中,讲述了第一本真正由影子写手代写的自传的由来。当时,一战刚结束没几年,退伍的英国二等兵亚瑟·盖伊·恩皮正抓住一切机会在美国各地的小俱乐部里给听众讲故事。罗伯特·戈登·安德森是出版公司的一名销售经理,偶尔也会写作。安德森遇到了恩皮,发现他令观众着迷,于是产生了一种预感,觉得美国人会想读他的故事。

于是,安德森与恩皮合作,帮他出了一本书。人们也许不记得《超越巅峰》(*Over the Top*)到底卖了几十万本，但很快，恩皮的听众就挤满了卡内基音乐厅，恩皮和安德森也靠着版税赚了个盆满钵满。恩皮有个小把戏，他会一只脚踩在舞台中间的一张椅子上，就像踩在战壕上一样。他一边摆着这种姿势，一边在故事中带着听众超越巅峰。

卓别林本人还有另一个影子写手蒙塔·贝尔，替他写了另一部自传《我的国外之行》(*My Trip Abroad*)，这本书出版于1922年。在20世纪20年代，演员珀尔·怀特、威廉·S.哈特和约翰·巴里摩尔，舞者伊莎朵拉·邓肯，棒球队经理约翰·麦考罗，拳击手詹姆士·科贝特和杰克·约翰逊，这些人都出版了由别人代写的回忆录。(讽刺的是，高尔夫球手波比·琼斯表示自己能出版自传是合作者O.B.基勒的功劳，其实在这群人里，琼斯大概是最有文化的了。)1927年，新星查尔斯·林德伯格的地位跃居卓别林之上，他是首位单独驾机飞越大西洋的飞行员，这一壮举赢得了全世界的喜爱。着陆后，林德伯格请了一位美国记者——卡莱尔·麦克唐纳来代写自己的故事，乔治·帕特南的公司准备将其出版。麦克唐纳在返回美国的船上采访了林德伯格，很快就写好了稿子。林德伯格看了稿子，立马改变了主意，他觉得稿子里写的那些话**不像**是自己会说的。他决定亲自去写，于是去他的朋友——金融家哈里·古根海姆位于长岛的房子里完成了写作。帕特南在自己的自传里回忆说："他从头到尾都是手写的，而且写在法务用纸上。写完之后，他还在每一页的右上角处标注了那一页的字数。"林德伯格只花了3周的时间，就写完了《我们》(We),书名也简单而有力。这本书于 7 月 27 日上架,此时距离他那次飞行才过了两个月。8 月 27 日,《我们》登上了《出版人周刊》的畅销榜,一个月之后就攀登到了榜首,并在榜单上停留了 32 周,最终卖出了超过 635,000 本。

这本书受欢迎的一个原因是,读者和评论家都认为它**不是**由别人代写的。某家报纸写道:"《我们》是林德伯格亲笔所作,不是某个'影子写手'代写的。他完成那次令人难忘的飞行后,没过多久,出版商就宣布要出这本书。评论界原本对它没什么兴趣,认为它是粗制滥造的产物。但事实并非如此,这是一部直白的自传,没有华丽的辞藻,也不是为了哗众取宠……"

不过,很少有人能像林德伯格这样做。1928 年,重量级职业拳击手杰克·登普西的前经纪人对他提起诉讼,索赔几十万美元。登普西站在被告席上,被询问了近期以他的名义发表的自传性作品中的内容。而这个拳击手回答说,他既没有写过这些,也没有看过这些。

1929 年,《纽约晚报》的书评家弗雷德里克·范·德·沃特在《斯克里布纳杂志》上发表了一篇文章,彻底坦白了自己代人写作的经历。文章开篇写道:"我是美容专家,是秘书,是曼哈顿贵妇,是国务卿,是美国卫生局局长……我还有过很多别的身份。虽然没有当过总统,但我已经当过好几次美国参议员了。早些时候,我还当过唐人街的领班,过了一段艰难的日子。"对此,《纽约时报》评论说:"尽管公众曾经无比轻信这些作者……但现在看来,人们已经不可能再去相信任何打着运动员、歌星或政治家名号的作品了。少有的几个诚恳的人也被牵连,一同丢失了可信度。"

由于读者的疑虑与日俱增,"根据口述整理"这句话开始频繁出现,用来指明合作者。举例来说,演员埃迪·坎特1928年的自传《我的生命在你的手中》(My Life Is In Your Hands)就标明了"由大卫·弗里德曼根据口述整理"。弗里德曼也是第一个与雇主决裂的合作者。1936年,弗里德曼起诉坎特,索赔25万美元。《纽约时报》报道说:"弗里德曼认为,坎特在电台节目中说出了自己在口头协议上提供的内容,才得以声名大噪。"(这个案子一直没有得到解决,因为在第二个审判日的前一晚,弗里德曼在睡梦中因心脏病发作死亡。)后来,索尔·胡洛克、米基·鲁尼和米尔顿·伯利的影子写手都因为不满而对他们提起了诉讼。也许有时事情还没严重到要诉诸法律的程度,但影子写手也有他们抱怨的理由:他们做了大部分的工作,却几乎沾不到一点光,大多数时候只能拿到一点点酬劳。有个经典的例子,1984年,年轻的记者威廉·诺瓦克替一位汽车行业高管写了自传,得到了45,000美元的报酬。这位高管名为李·艾柯卡,1990年《华尔街日报》的一篇文章称,他的这本书"销量几乎超过了史上任何一本非虚构类精装书,仅次于某些参考书、贝蒂·克罗克的食谱和圣经"。艾柯卡的版税收入超过了600万美元。诺瓦克想要更多的酬劳,毕竟所有内容都是他写的,可出版商只给了他大约4万美元的奖金。影子写手所受的屈辱不仅在金钱方面,他们还需要乞求多一些写作时间,甚至乞求了解更多的真实情况。硬充滑稽的喜剧演员杰克·梅森不肯告诉影子写手自己的年龄，后来，梅森对一个记者辩称："我就是不想告诉他我的年龄。干什么，难道我是要跟他结婚吗？"

但影子写手的抱怨几乎不会被宣扬出来，原因很简单：挑起事端会损害一个影子写手往后的生计。只有一次，人们鼓励名人背后的影子写手从他的角度完完全全地把真相公之于众。泰·柯布是一位伟大的棒球手，也是一个脾气很差的人，1960年，他聘请了记者艾尔·史坦普来为自己写自传。史坦普很快就发现，柯布难以相处，远远超出了正常的界限：这个老头嗜酒如命、恶毒残酷、种族歧视、爱搞破坏，真的令人厌恶。史坦普主动辞职两次，被辞退一次，但他总是会再回去。他似乎得了诡异的影子写手版"斯德哥尔摩综合征"。史坦普后来回忆说："在他生命的最后10个月里，我与他形影不离。最后那些天，我把他扶到床上，为他准备他的胰岛素，还在他摔倒之后扶他起来。柯布会试图殴打出租车司机、收账人、酒保、服务生、店员和普通民众，而我则拦着他们，平息他们的怒火。我给他做能消化的食物，帮他洗澡，和他一起喝得烂醉。在他知道自己时日无多的黑夜里，我和他一起跪着祈祷。我还躲过了几个他扔过来的瓶子。"

1994年的一部电影就是依据史坦普和柯布之间的爱恨纠葛改编的——当然，恨要多于爱。在电影中，汤米·李·琼斯饰演棒球手柯布，罗伯特·乌尔饰演影子写手史坦普。有个情景是，史坦普告诉柯布，他知道这部自传需要写成经过粉饰的官方版本，但是等柯布死了，他就会如实叙述。史坦普说："我会慢点儿写。"

柯布反唇相讥:"那我会慢点儿死。"事实并不如柯布所愿。1961年7月,柯布逝世。几个月后,他的自传出版,书名带着刻意的讽刺——《我的棒球人生:真实的记录》(*My Life in Baseball: The True Record*)。次年,史坦普在杂志上刊文讲出了实情,他说:"这本书是一种掩饰。我对此很难过,我觉得自己不是个好记者。"

最近几十年来,人们往往在作者署名后用"和"这个字来写明合作者。作品的成功通常都算在名人身上,而真正的作者只会在扉页上被捧上天。这点在塔特姆·奥尼尔的《纸人生》(*A Paper Life*)的致谢中可见一斑:"真正赋予这本书生命的是我忠诚而果敢的合作者艾丽莎·彼得里尼。虽然我试图去回忆,但那太痛苦,我写不清楚,显得语无伦次、乱七八糟。而无论何时,彼得里尼都会陪我坐在那里。这本书的每一页都清楚地体现着她亲切的关怀。"此外,就像那些坚称自己没有使用替身的动作电影明星一样,总有一些名人声称自己的作品"不是别人代写的",其中就包括:拉蔻儿·薇芝、秀兰·邓波儿·布莱克、金吉·罗杰斯、罗纳德·里根、蕾昂泰茵·普莱斯、拉尔夫·艾伯纳西、迈克尔·凯恩、李·拉齐维尔、职业摔跤选手米克·佛利、阿莉·麦克格劳、比尔·克林顿、瓦莱丽·伯提内莉、切丽·布莱尔、珍·亚历山大、唐纳德·特朗普、卡莉·费奥莉娜、查尔顿·赫斯顿、本·戈扎那、史蒂夫·马丁、玛丽·泰勒·摩尔、简·方达、彼得·方达、摇滚歌手雷·戴维斯、参议员詹姆斯·韦伯、足球教练马弗·莱维、弗雷德·阿斯泰尔、约尔·欧斯汀、迈克尔·J. 福克斯、克拉伦斯·托马斯和西蒙·西涅莱。

在上面的名单中，法国电影明星西蒙·西涅莱是唯一明确声明了自己的自传绝非代写的人。作家莫里斯·庞斯采访了她好几个小时，然后整理出了一份600页的稿子，西涅莱读完后很震惊，她说："当然，这稿子并没有扭曲事实。我确实出生在我说的那个地方，我们确实与赫鲁晓夫以及主席团的成员共进了一顿简餐，我也确实提到了玛丽莲·梦露……但我不想写这些。我无法指责任何人，毕竟，没人歪曲我的意思，也没人添油加醋，那些都是我说的。但是，我在讲述过程中的遣词造句、思路的跳跃、使用的俚语以及略带肤浅的反思，才是与我既有的公众形象相符的。"和林德伯格一样，她撕毁了稿子，开始自己写。正如她在后来的作品中所说，她发现自己成了"影子写手的影子写手"。西涅莱对自己的自传相当自豪，它有一个令人难忘的书名——《怀念不再是曾经的怀念》（Nostalgia Isn't What It Used to Be）。有两个记者坚称这本书不是西涅莱自己写的，她把他们告上了法庭，并最终胜诉了。

第九章 乐观一点:20世纪中期的回忆录

克劳伦斯·戴伊在纽约上东区长大,1896年毕业于耶鲁大学,随后进入纽约证券交易所工作,他的父亲就是交易所里的一名理事。1903年,戴伊因为严重的关节炎不得不辞去工作。后来,他靠创作幽默故事和插图来谋生,他的作品包括《人猿世界》(*This Simian World*)和《乌鸦巢》(*The Crow's Nest*)等畅销书(他的关节炎非常严重,只能在精密的滑轮装置的帮助下写字和画画)。1929年,他出版了《上帝与我的父亲》(*God and My Father*),这本薄薄的册子幽默地讲述了他母亲成功让他父亲入教的过程,而他父亲原本是个不可知论者。这本书获得了一定的成功,评价很不错。1932年年末,戴伊写了一篇小故事,讲的是他母亲从前"被一个打扮漂亮的女性书商说服,购买了一套《法国宫廷回忆录》",但她后来发现自己不喜欢这套书,于是就跟戴伊的父亲说,这是给他的礼物,但父亲并不相信。戴伊把这篇文章交给了《纽约客》的编辑哈罗德·罗斯,罗斯采纳了它,并写信给戴伊(此举证明了后来托马斯·孔克尔把罗斯的传记命名为

《不露真面目的天才》[Genius in Disguise] 有多么恰当），对他说："我们想要更多你写的文章——写什么都行，包括跟你父亲有关的事情。如果你觉得合适，我们很乐意把你父亲的故事做成一个系列。对编辑而言，这绝对是个非常明智的主意。"戴伊很快就意识到，自己做了正确的事，他又写了更多的这样的短文。1935年，61岁的戴伊逝世，在那之前，他总共发表了三十九篇短文，令人印象深刻。他的此类作品有很多被收入了《与父亲一起生活的日子》(Life with Father)，这本书销量很好，1935年登上了非虚构类畅销榜第三名的宝座，第二年位列第九名。戴伊死于1935年，但他死后出版的文集《与母亲一起生活的日子》(Life with Mother) 在1937年登上了《纽约时报》畅销榜的榜首。公众迷恋着戴伊一家体面的19世纪80年代的生活，1939年，《与父亲一起生活的日子》被搬上了百老汇的舞台，由霍华德·林塞和拉塞尔·克劳斯出演。演出一直持续到1947年，那时，这部剧已经超过了《烟草之路》(Tobacco Road)，成了史上演出时间最长的百老汇非音乐剧目，这一纪录至今仍未被打破。

戴伊开创了一种非常受欢迎且经久不衰的写作类型，他的作品为未来三十年普通美国人（而不是名人、政客、商界领袖或知名作家）的回忆录树立了榜样。这种回忆录承自《密西西比河上的生活》，有着幽默、怀旧和夸张的倾向，同时散发着友好以及（如作者希望的）令人感到温暖的光芒。对此，吐温就算不恼怒，也会大感惊讶。这类书之所以吸引人，可能是因为它们和当时世界上发生的惨烈事件形成了对比，比如大萧条、二战、大屠杀、冷战和麦卡锡主义——这种归因听起来似乎过于简单,但可能的确如此。换个角度来看,这类书也是英国作家戈弗雷·哈吉逊提出的"自由共识"的体现——认为美国是公认的世界上最好的地方,美国有能力克服任何困难,弥补任何缺陷。不管更深层的原因是什么,总之,这类作品总是把注意力放在事物的美好的一面上。想想看,如果克劳伦斯·戴伊在当今创作回忆录,那么他很可能把重点放在他与关节炎的斗争上。但在《与父亲一起生活的日子》和《与母亲一起生活的日子》里,他甚至没有提到自己的病情。

在20世纪30年代末和40年代初,这类作品中有很多都收录了曾在《纽约客》上刊登的文章。当年也正是《纽约客》最早刊登了戴伊的关于他父亲的故事。这些作品包括露丝·麦肯尼写的她和她古怪的妹妹在曼哈顿探险的系列故事《我的妹妹艾琳》(*My Sister Eileen*),路德维格·贝梅尔曼根据年轻时在曼哈顿酒店工作的经历写成的《豪华酒店》(*Hotel Splendide*),以及莎莉·班森写的发生在圣路易斯的略有虚构的童年故事《相逢圣路易斯》(*Meet Me in St. Louis*)。关于这些作品,至少有两点值得注意。第一,作者都没有明确说明自己的作品是纪实还是虚构。在戴伊、麦肯尼和贝梅尔曼的作品中,作品中的"我"与作者同名,故事本身也与作者的人生经历有许多相同之处,但除此之外,读者就没有任何可以判断故事真假的线索了。《纽约客》把这种作品称为"随笔"——指相对较短、较轻快的文章,除了标题和作者署名之外,文中没有任何其他多余的阐释。罗伯特·本奇利和

S.J. 佩雷尔曼的幽默故事都属于随笔，约翰·契弗和欧文·肖的短篇故事也一样。而且，在《纽约客》杂志的内部分类中，这些作品都被贴上了"虚构"的标签。这类作品需要我们注意的第二点就是它们引起共鸣的能力。《纽约客》上的文章先是被出版成书，然后这些书又有了新的形式：《我的妹妹艾琳》和《与父亲一起生活的日子》一样，登上了百老汇的舞台，后来还被改编成了百老汇音乐剧《奇妙城市》；《相逢圣路易斯》被改编成了朱迪·嘉兰参演的经典歌舞电影。在接下去的几十年里，那些最成功的自传将遵循同样的模式，被改编成戏剧、音乐剧、电影或电视剧。在这个过程中，这些作品失去了大部分或全部的纪实特性，变成了纯粹而简单的故事。百老汇的观众看过罗莎琳·拉塞尔在《奇妙城市》里扮演的"露丝"之后，或者电影观众看过威廉·鲍威尔在《与父亲一起生活的日子》里扮演的"父亲"之后，就无法再把他们当成真实的历史人物了。他们就像哈姆雷特或内森·底特律一样，成了文学人物。

《纽约客》上最优秀的此类作品出自当时38岁的特约撰稿人詹姆斯·瑟伯之手。戴伊在杂志上发表幽默故事的时候，瑟伯也在发表作品。1933年的夏天到早秋的13个星期里，詹姆斯·瑟伯创作了八篇随笔，讲述了他年轻时在俄亥俄州哥伦布市的经历。那年的稍晚时候，这些随笔被收录进了《我的一生与艰难岁月》(*My Life and Hard Times*)一书中。这本书的第一段就证明了瑟伯是个引人注目的新人，甚至可能成为吐温的后继者，叱咤文坛："本韦努托·切利尼曾说，一个人至少要到40岁，才有资格执笔写下自己的一生。他还曾说,为自己立传的人应当已经拥有了某种卓越的成就。然而,时下拥有打字机的人们根本不理会这位昔日的绘画大师定下的规矩。我本人除了能用小石子击中三十步之外的姜汁汽水瓶子(对我的一些朋友来说,这是一项不可思议的才能)以外,就没有半点卓越的成就可言了。再说,我也未满40岁。不过这40岁的大关正迅速逼近:我的腿脚开始无力,两眼变得昏花,我在20多岁时所看到的嘴唇娇艳的少女的面容,也变得像梦境一般朦胧不清。"

《我的一生与艰难岁月》被改编成了一部不太知名的电影,由杰克·奥克出演,并没有被搬上百老汇的舞台。在本章谈到的书里,它是唯一的没有进入过畅销榜的作品。这本书充斥着太多讽刺与矛盾,不够感性,缺乏对大众的吸引力。书中也缺少温暖的叙述,甚至在描述自己家里的狗"马格斯"的那一章里也是如此:"它是一条高大强壮、容易发怒的狗,对我的态度就好像我不是这个家里的成员似的。作为家庭成员的唯一好处,就是它咬陌生人的频率相对来说更高一点。"在一次打闹的时候,马格斯在客厅把瑟伯逼到了死角,于是他摆了个姿势,这姿势本可以(但没有)激发他的绘画灵感:"我设法爬到了壁炉上方的台子上,但是台子塌了,还砸落了一个巨大的大理石钟和几个花瓶,相当可怕。我自己也重重地摔到了地上。"

在这个世界上,消息越坏,沉迷其中的人似乎就越多。1942年最畅销的作品是马里恩·哈格鲁夫的《哈格鲁夫从军记》(*See Here, Private Hargrove*),它也是史上有名的畅销作品,卖出了大约 2,786,000 册。这本书写的是他在佐治亚州本宁堡进行基本训练时的轻松趣事，《书刊》称赞它"表现了战争较好的一面"。第二年，在《与父亲一起生活的日子》的乐观怀旧风格的影响下，《妈妈的银行账户》(Mama's Bank Account) 出版了，作者凯瑟琳·安德森·麦克莱恩回忆了她 1910 年左右在旧金山的一个挪威移民家庭里长大的故事。(她使用的笔名是"凯瑟琳·福布斯"。) 这部作品引起了强烈共鸣，第二年，它被改编成了戏剧《我记得妈妈》(I Remember Mama)，马龙·白兰度在百老汇初次登台时，饰演的就是作者的哥哥内尔斯。1948 年，艾琳·邓恩主演了它的电影版本；20 世纪 50 年代，它又被改编成了电视连续剧，由迪克·范·派登饰演内尔斯；1979 年，又出现了由丽芙·乌尔曼主演的百老汇音乐剧版本。

在畅销榜上可以与《妈妈的银行账户》一争高下的是露易丝·兰德尔·皮尔森的《伟大的女性》(Roughly Speaking)。1890 年，皮尔森出生于马萨诸塞州的一个上层家庭。12 岁时，她的父亲去世，一家人从此变得一贫如洗。成年之后，她也历经曲折，一个儿子年幼时在游泳池里意外丧生，另外四个孩子都患有小儿麻痹症，她还经历了离婚，在大萧条时期因生意失败而陷入贫困……在书的结尾，她又结了婚，重新振作了起来。不可思议的是，这部作品的主基调竟然是喜剧性的；克利夫顿·法第曼在《纽约客》上撰文称，"这本书是一个讲述失败史的自传体故事，但那昂扬的文字让它仿佛是最意气风发的成功故事"。五年后，弗兰克·吉尔布雷斯和欧内斯特·吉尔布雷斯·凯里出版了作品

《儿女一箩筐》(*Cheaper by the Dozen*),他们是管理学专家吉尔布雷斯夫妇的十二个孩子中的两个。这本书记录了他们在1910年至1930年间成长中的滑稽事件,为了延续此类作品的乐观态度,书里没有提到有一个孩子6岁就因白喉夭折的事。这本书在《纽约时报》畅销榜上停留了47周之久,而且其中有22周都高居榜首。1950年,这个故事被改编成了电影,由克利夫顿·韦伯和玛娜·洛伊出演(半个世纪后,史蒂夫·马丁主演了由此翻拍的系列电影)。

这些回忆录有一个特征,即它们与当时的现实世界之间有着明显的差异。对于上面提到的此类作品,这种差异是时间上的——就连哈格鲁夫的作品也是这样,它讲的是珍珠港事件前的故事,但在那之后才出版。而对于其他一些作品,这种差异则是空间上的。1938年,E.B. 怀特从纽约搬到了缅因州海岸的一个农场,在那儿养鹅、鸡和羊。怀特是瑟伯的朋友,他们曾经是在《纽约客》工作的同事。怀特把这段经过改良的梭罗式生活写成了随笔,交给了《哈泼氏》杂志。1942年出版的《人各有异》(*One Man's Meat*)收录了这篇文章。虽然怀特"处江湖之远",但他的心中所想和笔下所写都有一种从未远离时事的紧迫感。在前言里,他对自己在这样的时候出版这样一本书几乎感到惭愧:"这似乎有点厚颜无耻,或者说不自觉。我觉得护封上应当这么写:'现在不是读这本书的时候。把它收进口袋吧,等时机到来,就用力地把它扔出去。'"然而怀特还是把它出版了。正如他自己所深知的那样,作为一个作家,"逃避"这个词与他并不相称。这本书关注的重点是这个国家,而世界性的危机是它的潜台词。在《纽约时报》上评论这本书的罗斯·菲尔德说:"显然,在他温和语言的背后,有着他对世界上正在发生的可怕事件的深刻认知。此外,还包含着人们对此的愤怒,以及他自己的愤怒。"还有一位作家也躲到了缅因州,而且做得更彻底,这可能也是她1942年出版的回忆录《逃进森林》(We Took to the Woods)销量比《人各有异》高得多的原因。在《逃进森林》中,露易丝·迪金森·里奇(她是艾米莉·迪金森的一个远亲)描述了她和丈夫在缅因州的偏僻森林(而不是海岸)中的生活经历。这是一本低调的畅销书,它为其他很多梭罗式的故事提供了思路,在当时,这种故事比以往任何时候都更具吸引力,仿佛整个国家正在变成一大片郊区。

贝蒂·麦克唐纳的《蛋和我》(The Egg and I,1945)借鉴了《伟大的女性》和《逃进森林》的优点,在这类作品中最为成功。这本书写得非常有趣。20世纪20年代末,十几岁的新娘麦克唐纳和丈夫鲍勃一起,搬到了华盛顿奥林匹克山的偏远地区,那里没有任何现代设施。他们居住在一个破旧的牧场里,还养了鸡。离他们最近的邻居是凯特勒一家,凯特勒夫妇有十五个孩子。麦克唐纳在《蛋和我》里描述凯特勒太太时,通过精准的细节、巧妙的明喻和直白的语言,达成了很好的喜剧效果:"凯特勒夫人有着漂亮的浅棕色头发,清澈的蓝眼睛,奶白色的皮肤,笔挺的鼻梁,还有小巧圆润的脸。她的头部很是精致漂亮,但她的胸部和腹部层层堆叠,让她看上去就像一个人形饼干桶。她的整个前襟污渍斑斑,这是因为她会时不时用衣襟擦她弄脏了的手。她还有个令人窘迫的习惯，就是把手从下往上伸进衣裙里，去整理肚脐附近的什么东西……'我痒啊，抓一下怎么了！'这成了凯特勒太太的座右铭。"

《蛋和我》大获成功，销量超过了 200 万册，在《纽约时报》畅销榜上停留了近两年（其中有 42 周高居榜首），还被翻译成了三十多种语言。1947 年，这部作品被改编成了电影，由弗莱德·麦克莫瑞和克劳黛·考尔白分别饰演鲍勃和贝蒂。1951 年，它被拍成了电视连续剧。后来，又衍生出了更多的以凯特勒夫妇为主角的电影，由玛约瑞·曼恩和佩西·基尔布莱德饰演凯特勒夫妇，故事背景从华盛顿的乡村搬到了阿帕拉契亚。这样的衍生电影反响相当好，接下来又拍摄了七部，其中两部讲述的是凯特勒夫妇去巴黎和夏威夷游玩的故事。这一系列电影的成功，引发了可能是由回忆录造成的第一起诽谤诉讼（和《拿着剪刀奔跑》的作者奥古斯丁·巴勒斯被提起的诉讼类似，这是很少见的诉讼）。1951 年，一个名叫阿尔伯特·贝肖普的男子和他的六个儿子、两个女儿和一个女婿一起，对麦克唐纳和她的出版商提起了诽谤诉讼。他们认为，自己作为书中凯特勒一家的原型，受到了羞辱、嘲笑和污蔑（贝肖普太太当时已经去世）。在审判过程中，麦克唐纳指出，这本书是虚构的，书中人物都是她参照不同的人想象出来的。她还呈上了证据，试图证明贝肖普一家想借《蛋和我》的名气获利——阿尔伯特·贝肖普的儿子沃尔特曾经安排他的父亲以"凯特勒爸爸"的身份在当地一家舞厅登台亮相，手臂下还夹着一只鸡。最终，陪审团支持了麦克唐纳一方。

《蛋和我》中的结局很美好：鲍勃定居到了更接近文明社会的地方，还打算买下另一家养鸡场。看到此处，读者可能会觉得贝蒂·麦克唐纳也在那里，但事实并非如此。实际上，十几年前，1931 年时，麦克唐纳就和鲍勃离婚了。在离婚诉讼中，她说鲍勃"多次对自己拳打脚踢，还威胁说要用枪打死自己和孩子们"。她在离婚后（但这是在写《蛋和我》之前），独自带着两个年幼的女儿艰难地熬过了大萧条；1938 年，她被诊断出肺结核，在疗养院住了 6 个月。在这样的境遇下，她还能坐在书桌前，回顾往昔，写下那本被《纽约时报》评价为"惊人地轻松愉悦"的书，这本身也足够惊人了。[1]

而人们之所以热捧麦克唐纳，正是因为她的积极乐观。正如《旧金山纪事报》上的评论所说，"贝蒂为百姓写作，为快乐、充满信心的民众写作，这些民众都是愿意勇敢面对困境的人"。

麦克唐纳在《蛋和我》中写道："献给我的姐姐玛丽，她一直相信，只要是她认定的事，我都能做到。"1949 年，她的姐姐玛丽·巴德则在自己的回忆录《三面医生》(*The Doctor Wears Three Faces*) 中写道："献给我的妹妹贝蒂，是她鼓励了我。"关于玛丽·巴德的作品，有这样的评价："她以有趣的文字，描述了自己和一位年轻医生从订婚到结婚的故事。她很快就意识到了

---

[1] 1958 年，麦克唐纳去世，时年 50 岁。在此之前，她还写了另外三本回忆录，其中包括《瘟疫和我》(*The Plague and I*, 1948)，讲述了她患肺结核的故事（护封上说这是"这个诙谐且文思泉涌的作家的新探险"）。此外，她还写了《匹克威克太太》(*Mrs. Piggle Wiggle*) 系列童书。

当医生的妻子的坏处：经常受到干扰，不知不觉就加入了'被忽视的'医生妻子的行列，第一次怀孕时也没有激起任何波澜，这些都让她有些忧郁。她记录了一个忙碌而认真的妻子和母亲在家里的点点滴滴。"

上面这段评价引自帕特里夏·K.阿迪斯的《透过一个女人的自我：美国女性自传索引》。显然，这是一本参考书，其中包括2217本书的概述和引文。从这本索引中，我们可以发现，上述的这类乐观的自传作品，很多都出自女性之手。（男性作者也有，比如亚历山大·金、罗伯特·保罗·史密斯和杰克·道格拉斯，但只占少数。）阿迪斯列举了埃莉诺·罗斯福、玛丽昂·安德森和琼·克劳馥的自传，还列举了相当多的修女的自传。而在20世纪60年代中期，女性自传的主流范本还当数麦克唐纳和巴德的作品。麦克唐纳式的作品往往写的是，搬家到一个偏远的地方，有丈夫的陪伴，可能还有孩子，在碰到大大小小的困难时，不失幽默地努力克服。在很多情况下，那个偏远的地方在国外——阿迪斯列举了一大堆作品，作者们远渡重洋，嫁给了考古学家（像埃莉诺·洛思罗普在《赐我的恩惠》[*Throw Me a Bone*, 1948]中写的那样）、昆虫学家、记者、大使、勘探者、人类学家或探险家。而巴德式的作品往往讲述的是战争结束后在郊区的中产阶级白人家庭的起起落落。

阿迪斯列举了数百本这样的书，它们大多由知名出版社出版，但也有例外，比如琼·克尔的《请别吃掉雏菊》（*Please Don't Eat the Daisies*, 1957）。这本书讲述了她在纽约拉奇蒙特的家庭生活，在《纽约时报》畅销榜上停留了50周，其中有13周高居榜首。它还被翻拍成了电影（由桃乐丝·黛和大卫·尼文出演）和电视连续剧，不过如今已经被世人遗忘了。阿迪斯还提供了一些作品的梗概，很方便理解，比如以下这些。

弗吉尼亚·皮尔森，《除了大象以外的一切》（*Everything but Elephants*，1947）："她是一位医生的妻子，婚后的头两年一直生活在哥伦比亚丛林中的一处油田里。对陌生风土人情的强烈兴趣使她轻松适应了热带的家庭生活。她热爱旅行，喜欢协助她的丈夫工作，也喜欢包容和理解不同的文化。"

瓦伦丁·蒂尔，《我期望的并非如此》（*It Was Not What I Expected*，1948）："她遵循着祖母和泰迪·罗斯福关于如何做母亲的告诫，用一种有趣的方式讲述了自己以热情和本能养育一大群孩子的故事。她还描述了自己总是忍不住收养宠物的习惯，孩子们奇怪的饮食偏好，她作为童子军领队的工作经历以及放松的居家生活。"

多萝西·格拉夫·范·多伦，《乡村妻》（*The Country Wife*，1950）："她的丈夫是个作家，还是个知名教授。她讲述了自己在康涅狄格的自家农场度过的夏日时光：园艺活儿，传统的独立日庆典，以及周末来客的欢乐。在丈夫休假期间，他们留在乡下，享受新英格兰的冬天。她重视亲密的家庭生活中的温暖时刻。"

奥利芙·巴伯，《淑女和伐木工人》（*The Lady and the Lumberjack*，1952）："她是一名教师，在度假时接受了俄勒冈州一名伐木工人的'热烈追求'。婚后的生活让她对不同的知识和不同的人都更加尊重。她住在'悬浮小屋'中，学会了伐木工人的俚语，还和他们建立了深厚的感情。"

玛莎·露丝·雷本蒂施，《疗愈森林》（*The Healing Woods*，1952）："在结核病疗养院住了三年之后，她在一位老向导的陪伴下，到阿迪朗达克的一片旷野上过起了'简单的生活'，希望治好自己的病。她的观念和行为都因此发生了极大的变化，荒野教会了她享受自然，也教会了她坚忍和独立，还改善了她的身体状况。"（后来，雷本蒂施又写了两本续作。）

雪莉·杰克逊（她正是黑色短篇小说《摸彩》[*The Lottery*]的作者——显然，这种充满乐观的写作方式对阴郁悲观的作者也有无法抵抗的吸引力），《与野蛮人一起生活》（*Life Among the Savages*，1953）："这位著名作家描述了她在佛蒙特州那近乎破碎的古怪的家，自己因为'被一堆小孩包围'而产生的烦躁，以及家里帮佣的一长串事件，字里行间充满对家庭生活的揶揄。她笔下的家庭对话杂乱得让人难以相信，大概只有当事人才能明白。"

希尔达·科尔·埃斯皮，《兔子太太喊道：安静！》（*Quiet, Yelled Mrs. Rabbit*，1958）："这位前新闻发言人以令人愉悦的细腻笔墨，描述了她作为郊区家庭主妇的生活。她抚养五个孩子的过程如同一场历险，有时快乐，有时辛苦乏味。她还写到了儿童文化和成人文化的冲突，以及'把孩子放在第一位'的那一代人的重担。她讲了很多有趣的故事，比如她那打得热火朝天的双胞胎、家庭争吵、孩子们的宗教体验，而这一切对她来说都无比珍贵。"

芭芭拉·C. 胡顿，《迎客!》(*Guestward Ho*, 1956)："她本是纽约人，1953年，她的丈夫买下了一个度假农场，他们一家移居到了新墨西哥州。一开始，他们缺少经验，她也缺少在那里生活的热情，对前景并不乐观。但是，经历重重困难之后，她有了新的体会。在书中，她讲述了各种关于仆人和访客的趣事。后来，她放弃了回到纽约的机会，留在了新墨西哥。"

之所以打乱时间顺序，把《迎客!》放在最后，是因为这本书的合著者（真名是爱德华·埃弗里特·坦纳三世）无疑是史上最伟大的伪造回忆录的作家，他完全抓住了20世纪中期自传的特质。1952年，他为匈牙利前财政部长尼古拉斯·尼亚拉迪代写了自传《我在莫斯科的前排座位》(*My Ringside Seat in Moscow*)，而这只是开始。三年后（在此期间，他以笔名"弗吉尼亚·罗恩斯"出版了几本小说），他写了一部自传体的轻小说，讲的是一个男人和他古怪但乐观的姨妈三十年来的关系。他似乎做不到（或不愿意）在自己的任何作品上署上真实姓名，这种隐藏自己或者说保持双重身份的习惯也许与他秘密的双性恋倾向有关。坦纳选择以"帕特里克·丹尼斯"为笔名，出版了这本书，"帕特里克"是根据他一直以来的昵称"帕特"起的，而"丹尼斯"这个姓氏则是他从电话簿里选的。他给书里的叙述者（也就是主人公）也起了同样的名字，这让很多漫不经心的读者认为这本书是一本自传。他的这本《梅恩阿姨》(*Auntie Mame*) 大获成功，在《纽约时报》畅销榜上停留了112周，还被改编成了戏剧，后来又被拍成了由罗莎琳·拉塞尔主演的电影（凭借在这部电影以及《我的妹妹艾琳》《奇妙城市》《伟大的女性》等作品中的优秀演绎，拉塞尔被公认为传记类舞台剧和电影的女王）。十年后，由安杰拉·兰斯伯里出演的百老汇音乐剧《梅恩》(Mame)上演。

后来，坦纳和朋友芭芭拉·胡顿合著了《迎客!》(1960年被拍成了电视连续剧)，接下来，他继续以"弗吉尼亚·罗恩斯"和"帕特里克·丹尼斯"为笔名发表小说。他也没有放弃写作回忆录，1961年，他以笔名"帕特里克·丹尼斯"出版了《小小的我：舞台、电影和电视明星贝尔·普瓦特里纳的私密回忆录》(Little Me: The Intimate Memoirs of that Great Star of Stage, Screen and Television Belle Poitrine)。坦纳直截了当地对一个朋友说，这是"一个烂电影明星的假自传"。这本《小小的我》成了一部经典，还被改编成了由席德·恺撒主演的百老汇音乐剧。三年后，玛莎·丁威迪·巴特菲尔德出版了《第一夫人》(First Lady)，这本书上写着"由帕特里克·丹尼斯根据口述整理"，讲述了一位总统夫人的故事——当然，总统夫人、总统和整个故事都是虚构的。

至于他自己的自传，爱德华·坦纳从未写过。

尽管这些自传充满乐观精神，但美国人的实际生活并不会因此远离伤心、沮丧甚至绝望，只不过，我们从出版的自传中看不到这些阴暗面。承自奴隶叙事的充满活力的非裔美国人回忆录在

20世纪初期至中期日渐式微。路易斯·卡普兰提供了一份名单，列有1900年至1945年出版的34部黑人自传，这个数量少得惊人，与1850年至1899年的出版量相比，减少了近40%。这一时期的此类图书大多讲述了非裔美国人中的领袖、作家、运动员或艺人（以女性艺人为主）的故事，作者有詹姆斯·韦尔登·约翰逊、朗斯顿·休斯、杰基·罗宾森、佐拉·尼尔·赫斯顿、艾塞尔·沃特斯、玛丽安·安德森、比莉·荷莉戴等。值得一提的是理查德·赖特的《黑孩子》（*Black Boy*）。这本书出版于1945年，甫一面世就让赖特名利双收。但书中内容并不完全是赖特本来想写的样子。在这本书的结尾，19岁的理查德离开了充满种族歧视的南方，前往芝加哥："我满脑子只有一个模模糊糊的想法：生活是可以过得堂堂正正的；人格是不容侵犯的，人与人交往，就应该无所畏惧、无所羞愧；人生在世，虽然注定要在世上经受一番折腾和苦难，但也许还是会因祸得福的。"实际上，每月一书俱乐部对这本书提出的收稿条件是删掉初稿的最后六个章节，这些章节指出了北方和南方的种族歧视只是在程度上有所不同，但对受害者施加的武力以及带给他们的毁灭性打击是相同的。最终，赖特删掉了这一部分，又写了上面那些充满希望的话。这本书的完整版直到1977年才面世，用的是原本的书名——《美国饥饿》（*American Hunger*）。

还有一种截然不同的回忆录，这类回忆录是每月一书俱乐部无须进行任何改动的，比如鲁比·伯克利·戈德温的《当黑人很好》（*It's Good to Be Black*, 1953）。这本书讲述了她20世纪

20年代在伊利诺伊州德奎因长大的故事。据媒体报道，戈德温在公共关系领域工作。她在这本书的开头是这样写的：

"有一次，我和一位心理老师争论时，他对我说，'所有的黑人孩子都是在挫败感和不安全感中长大的'。但我自己并不以为然。而且，我觉得，这样的说法和'凡是有色人种都又能唱又能跳'之类的话一样，我们应该对其持保留意见。

"尽管如此，我发现在大多数有关黑人的书中，都藏着这句话。不管作者是黑人还是白人，只要他们把黑人当成同情或轻蔑的对象，他们就一样有罪。我对这句话暗含的意义感到憎恶，就如同我先前对心理老师那句轻描淡写的话感到憎恶一样。

"因此，我迫切地想要把我的生活如实地写出来。我真诚地相信，还有很多黑人小孩过着和我一样的生活，但可能我们被作家忽视了，因为与平凡的生活相比，残酷和肮脏的东西才更戏剧化。"

戈德温相信自己的童年和别人的童年一样正常，这很难不令人羡慕。在这本书的最后几页，当种族偏见、暴力和仇恨的幽灵第一次露面的时候，她那坚强而睿智的父亲对她说了一些很有先见之明的话："我看着一些黑人，他们太想变成白人了，简直做梦都想。他们以为，如果自己有浅棕色或黄色的皮肤，就比皮肤是黑色的人好。不是的，他们没那么好。我们两个是我知道的、仅有的以黑色皮肤为荣的人——嗯，等你长大一点你会明白的。鲁比，我们作为黑人，应该为自己感到自豪。黑色是强大的。"

作为这个时期出版的少有的（也许是唯一的）由"普通"非

裔美国人写的回忆录,这本书确实意义非凡。它相当积极乐观,书名尤其体现了这一点。注意到这本书的为数不多的评论家们似乎松了一口气。《纽约时报》说:"这是一部优秀的、温暖的回忆录。"《科克斯书评》则说:"这是一部个人故事,用尊严取代了哗众取宠,用无声的力量取代了对歧视的愤怒而苦涩的反击。"

在维多利亚时代的英国和那时的美国,穷人和工人阶级的自传非常流行,这股潮流一直延续到20世纪20年代和30年代。其中有很多流浪汉的故事,充满了冒险和骇人的秘闻。在20世纪20年代,这样的作品包括杰克·布莱克(威廉·巴勒斯说他对自己有深刻影响)的《你赢不了》(*You Can't Win*),艾德·斯威尼的《救济院的斯威尼:在郡立救济院的生活》(*Poorhouse Sweeney: Life in a County Poorhouse*)和威廉·埃奇的《主枝干》(*The Main Stem*)。1933年,乔治·奥威尔出版了他的第一本书《巴黎伦敦落魄记》(*Down and Out in Paris and London*),这是一部具有纪实性质的半自传式作品,讲述了他在巴黎的餐馆当苦力、在英国当流浪汉的经历。《路的姊妹》(*Sister of the Road*, 1935)这部自传的署名作者是一个女流浪汉——绰号"棚车"的伯莎·汤普森,但实际上,这个女流浪汉来自本·莱特曼博士的想象。莱特曼是一位无政府主义者,是爱玛·戈尔德曼的爱人,还是流浪汉权利的积极维护者。(1972年,马丁·斯科塞斯把这本书改编成了他早期的电影《冷血霹雳火》[*Boxcar Bertha*]。)汤姆·柯罗默1935年出版了《无尽的等待》(*Waiting for Nothing*),以第一人称和现在时叙述了处于社会边缘的生活,这本书以小说的形式出版，但卖点是真实性。《星期六评论》认为："毫无疑问，作者就是在讲一个真实的故事。"在英文版的前言中，柯罗默自己也是这个意思："除了四五件事之外，这本书完全可以被视为自传。"

两年后，约翰·沃尔比的《另一半：一个流浪汉的自传》(The Other Half: The Autobiography of a Tramp) 和马克·本尼的《赤裸天使》(Angels in Undress) 问世，这两部作品都讲的是作者在伦敦的风月场中长大，后来因为偷窃被关进监狱的故事。本尼的书在英国和美国均得到了相当好的评价（在英国用的书名是《低等公司》[Low Company]），但因为有琼·罗威尔事件的前车之鉴，而且这本书的文学手法高超得令人震惊，一些美国评论家对它的真实性产生了怀疑。《纽约时报》评论说："《赤裸天使》看起来太完美了，所以人们才对它的真实性有疑虑。"《纽约先驱论坛报》也评论说："作者需要一次次地向出版商保证，这不是一场文学骗局。"伦敦的出版商彼得·戴维斯抓住了时机，给他在美国的同行贝内特·瑟夫发了封电报，写道："本尼百分百是《低等公司》的作者，威尔斯、斯夸尔、赫胥黎和伯特兰·罗素等人都见过他。我给你邮寄了他在狱中写的部分原稿。那些怀疑完全是一派胡言。"瑟夫在为这本书做宣传时引用了这封电报的内容。最终，人们得知本尼的真名叫亨利·欧内斯特·德格拉斯，后来他又出版了另外六本书，包括1966年的回忆录《近乎绅士》(Almost a Gentleman)。

接下来，二战爆发，社会底层自传的写作风潮被打断，直到现在也没有复苏。

不过,从二战时期到 60 年代早期,也有为数不多的比较沉重的回忆录得以出版。请允许我再从帕特里夏·阿迪斯的《透过一个女人的自我》中,选取一些故事梗概。

尤妮丝·沃特曼,《别叫我爸爸》(*Don't Call Me Dad*,1950):"1943 年,她震惊地发现自己是被收养的孩子。此时她已经结了婚,并生了一对双胞胎。她执着地寻找自己的亲生父母。她和她的生母动情地重聚;而她的生父是罗斯福派往梵蒂冈的特使,腰缠万贯,权势滔天,断然拒绝与她相认。她受到了威胁和恐吓,却在和生父的戏剧性的交锋中获得了隐秘的满足。她上诉请求生父承认他们的关系,但是失败了。她认为这是司法的不公。"

玛丽·佩恩,《我治愈了自己的癌症》(*I Cured My Cancer*,1954):"她写了自己在 1941 年被诊断患有癌症时的极端恐惧。她坚信自己能够痊愈,这种信念支撑她熬过了数年的治疗,也让她坚定地想要成为一名 X 光师,去帮助像自己这样的人。"

埃洛伊丝·达文波特,《不能忘记》(*I Can't Forget*,1960):"她尽管不太情愿,但还是被劝进了一家精神健康诊所,在那里,她向医生透露了导致自己崩溃的婚姻压力和自身性格特点。她尝试与其他病人相互支持,听从医生的建议,更自由地表达自己的感受。但当精神病医生忽视她的生理疾病时,她感到愤怒。最终,她发现自己不得不从糟糕的治疗带来的负面影响中努力恢复。"

贾尼斯·菲尔丁,《这残酷的事实》(*The Bitter Truth of It*, 1963):"这部作品极度情绪化,满怀痛苦地讲述了她被切除子宫后的那些年。在没有得到她本人知情同意且没有医疗必要的情况下,医生切除了她的子宫。她认为身体的残缺导致了自己心理的失常,她也憎恨医生的态度。"

毫无疑问,这些作品看上去和当今的回忆录非常相似。但当时的出版业没有它们的容身之处;它们得以被印刷出版,是因为作者自掏腰包,支付了全部费用。沃特曼的书是她自行出版的,而佩恩、达文波特和菲尔丁(这其实是化名)的书分别是由卡尔顿出版社、博览出版社和优势出版社(也就是所谓的享有补贴的出版社)出版的。然而,即使是这样的出版机构,对作家也是有限制的。博览出版社的创始人兼总裁爱德华·乌兰在他1956年的回忆录《出版界的无赖》(*The Rogue of Publishers Row*)中写道:"那些同性恋者试图说明自己为何如此并寻求社会认可的书总被送到我的办公室来,从未间断。"乌兰认为,即使是专门让作者自费出版图书的出版社,也需要明确界限:"出版商必须意识到,邪恶的欲望会腐蚀作者,同时也会腐蚀他自己,而且也许还更严重。作家可能在病态心理的驱使下写作,而出版商的最终目的只有一个,就是赚钱。"读到这里,人们大概能理解爱德华·坦纳为什么从未记录自己的人生了。

还有一种超出一般认知的发行渠道,不在书店,而在报摊。有名又古怪的养生迷、《体育文化》杂志的创始人、编辑和出版商贝尔纳·麦克菲登在1919年创办了《实情》杂志。在"真相比小说更离奇"的信条下,《实情》第一期的封面上就独特地写着"及时醒来的妻子""我与约翰·巴利科恩的斗争""一个前科犯成为百万富翁的故事""我是如何学会憎恨我的父母的"等标题。这本杂志大获成功。截至20世纪20年代中期,它的发行量已达200万册,还催生了很多仿效它的杂志,其中之一是《真实忏悔录》,这卢梭式的杂志名略显赘余。这些"真实故事"基本上是第一人称叙述,行文粗犷但明晰,围绕着罪恶与救赎展开。罪恶通常是肉体方面的,会被详细地描述,但故事似乎总能实现最终的圆满,而且无一例外地,会成为一堂道德课。某位作者曾警示读者说:"不要因为我的经历看上去很有吸引力,就心生向往,想要进行类似的冒险。我所经受的精神痛苦是无法描述也无法想象的。"

此外,这类故事中的主角也没有真正邪恶的。这些主角通常是下层社会的女孩,被某些社会名流的不可抗拒的魅力迷了心智,她们当中的大部分人都可以这样说:"回顾我的一生,没有任何不幸是我自己的错误造成的。"刊登这类故事的杂志就这样感动着读者,让人挑不出毛病。但从另一个角度来说,那些悲情的描写实在有点矫揉造作。

麦克菲登巧妙地利用了这种故事模式。他知道创造出"真实的假象"至关重要,因此他不雇用所谓的艺术家给故事配插图,而是使用照片。他选择的模特都是当时还不出名的人,比如弗雷德里克·马奇、珍·亚瑟、瑙玛·希拉等。他还让每一个投稿者都签署了宣誓书,保证自己的故事确实是真的。不过还是有人对此持怀疑态度。1926年,奥斯瓦德·加里森·维拉德在《大西洋月刊》发文称:"那些所谓诚实的个人经历,其实都是一小群勤勉的写手写的,报酬在每字2美分至6美分,或许更多。我们每个月看到的那些悲伤的主妇和看破红尘的摩登女郎的感人故事,实际上大多是住在纽约的哈莱姆或格林尼治村的先生们写的。"1927年,文章《真情之吻》提及了宾夕法尼亚州斯克兰顿的八位居民的姓名,后来这八个人起诉了麦克菲登,索赔50万美元。在这样的处境下,麦克菲登才有些怯懦地承认,并非所有故事都那么真实。

二战后涌现了一批杂志,如《真实》《商船队》《男性》《雄鹿》《真实行动》等,这些杂志是上述那些忏悔录式杂志的男性版,将暧昧的袒露、隐晦的色情和大胆的第一人称叙述融合在一起。小说家布鲁斯·杰·弗里德曼曾在20世纪50年代至60年代为这样的几家杂志工作,据他所说,这类杂志的主要内容是"人被凶猛的小动物咬到半死的故事",标题都是痛苦而骇人哭号,比如"一头羚羊吮吸我的骨头""把我的腿还给我",而且在现在进行时下显得更加强劲,比如"一头野猪在挖我的大脑"。其中最受欢迎的是与二战有关的故事,弗里德曼这样写道:"看似有据可考的真实故事成了我们杂志的主要内容,比如从日式'鼠笼'里逃生、徒步穿越婆罗洲、突袭施韦因富特、参加对雷玛根大桥的猛攻……不过,关于婆罗洲的徒步者的故事实在太多了……当时,作者会先简要地创作出那些所谓真实的故事,再进行补充,使其完整……我们只需对这些故事进行略微'调整'。就这样,我们以极大的热情去编造新的轰炸事件，创造新的二战故事，扭转与轴心国对抗的局势，让希特勒跪地求饶。"

看看主流出版社的出版清单，我们可以发现很多讲述不幸的回忆录，比如作者在孩子生病或死亡后写下的鼓舞人心的叙述。约翰·冈瑟的《死神，你莫骄傲》(Death Be Not Proud)讲述了他的儿子17岁时死于脑肿瘤的故事，这本1949年的畅销书至今还在发行中，也还有人在阅读；玛丽·基利厄的《凯伦》(Karen，1952)讲的是她女儿患上脑瘫的故事；哈里特·亨茨·豪泽的《亨茨》(Hentz，1955)讲的是她儿子在一次事故后四肢瘫痪的故事；凯瑟琳·弗赖尔的《凯西》(Kathy)则很有预见性，写的是她的女儿与疾病抗争，一开始被诊断为神经性厌食症，但最终发现其实是甲状腺疾病。喜剧小说家彼得·德·弗里斯有一部严肃的作品《羔羊的血》(The Blood of the Lamb，1961)，是根据他女儿死于白血病的事写成的小说。

当代回忆录的两个重要主题是精神疾病和毒瘾。在战后的几十年间，这样的故事只能在严格的限制下出版。在当时，要出版这样的书，一种办法是把真实的故事虚构化，比如玛丽·简·沃德的《毒龙潭》(The Snake Pit)，这本书讲述了她被送进一家精神病院的经历，是1946年的畅销书，两年后还被拍成了电影，由奥利维娅·德·哈维兰主演。另一种办法是使用笔名，比如1958年出版的《夏娃最终的面孔》(The Final Face of Eve)，在这本书出版的前一年，有一部关于多重人格的电影《三面夏娃》(The Three Faces of Eve)，就是从这位女作家的经历中吸取了灵感（在后来的几十年里，这本书的作者使用真名克莉丝·科斯特纳·西斯摩尔又写了两本书）；类似的例子还有《神奇的小屋：一个吸毒女孩的自传》(The Fantastic Lodge: The Autobiography of a Girl Drug Addict, 1961)，作者使用的是笔名"珍妮特·克拉克"。而西尔维娅·普拉斯的《钟形罩》(The Bell Jar, 1963)和琼安·葛林柏的《我从未承诺给你一座玫瑰花园》(I Never Promised You a Rose Garden, 1964)则同时符合以上两点，这两位作者在描述自己的精神疾病时都略有虚构，而且都使用了笔名，分别署名为"维多利亚·卢卡斯"和"汉娜·格林"（普拉斯自杀后，《钟形罩》才以她的真名出版）。

这样的故事在另外一种情况下也可以出版——作者是个名人。但作者不会是一流的名人，让自己的形象受损对他们来说代价太大。这些作品中往往是已经淡出公众视线的二流明星的挥霍、堕落并偶尔获得救赎的故事。这些作者继承了18世纪"可耻的回忆录作家"蕾蒂西娅·皮尔金顿和夏洛特·克拉克的写作传统，并为当今的悲情回忆录奠定了基础。这类回忆录的开创者是二流芝加哥爵士音乐家米尔顿·米萨罗，后来他改名为梅兹·梅兹洛。他狂热地迷上了吸大麻，还参与贩卖，以至于"梅兹"这个名字一度成了指代毒品的街头俚语。梅兹洛出名的另一个原因是他对非裔美国人文化的接纳。他极其痴迷于此，以至于决定"把自己变成黑人"（他在1946年出版的充满了毒品和欺瞒的自传《真实的忧郁》[Really the Blues]中是这样写的）。梅兹洛接下来的经历令人惊叹。后来，他的影子写手伯纳德·沃尔夫写道："在哈莱姆生活多年之后,梅兹洛真的觉得他的嘴唇变得丰满了,头发变得浓密卷曲了,皮肤也变黑了。在他看来,这不算是文化融合的结果。他觉得自己从内而外被净化了。他除去了源自芝加哥犹太人贫民窟的痕迹,把自己捣碎成人类的原材料,再将这不可名状的原材料放进纯粹的黑人模子里,压制成一个纯粹的黑人,和他天生的样子完全相反。"梅兹洛还成功地让其他人也相信了这一点:在因出售大麻被捕后,他被关进了种族隔离监狱的黑人牢房;1942年,他应征入伍时,征兵卡上种族一栏写的是"黑人"。

1953年,最常被人提及的作品是《屋不是家》(*A House Is Not a Home*),作者是长期居住在纽约的波莉·阿德勒夫人。1954年,前齐格菲歌舞团成员、早期好莱坞有声电影中的天真少女莉莲·罗思与格罗尔德·弗兰克和迈克·康诺利合著了《伤心泪尽话当年》(*I'll Cry Tomorrow*),讲述了她沉沦于酒精、通过戒酒会戒除酒瘾,并最终皈依天主教的故事。阿德勒和罗思有不少共同点:都是犹太血统,自己的故事都被改编成了电影(在电影中,阿德勒由谢利·温特斯饰演,罗思由获得奥斯卡提名的苏珊·海沃德饰演),作品销量都超过了200万册,并且作品都以面向大众市场的平装本这种相对较新的形式面世。除此之外,1954年面世的还有《孺子雄心》(*Fear Strikes Out*),由平凡的棒球运动员吉姆·皮尔绍(在后来的电影中由安东尼·柏金斯扮演)讲述了关于精神崩溃(如今被称为躁郁症)的故事。在这些作者里,还有一位是明星歌手比莉·荷莉戴,据她的影子写手威廉·达夫迪说,她写《布鲁斯名伶》(*Lady Sings the Blues*,

1956）是为了"借忏悔作品的潮流大赚一笔"。《布鲁斯名伶》讲述了她四十一年来的艰难境遇：作为非婚生女出生、年轻时被强奸、当妓女、酗酒、对海洛因上瘾，并和很多有暴力倾向的男人发生关系。1957年，脱衣舞娘盖普西·罗丝·李的《盖普西：一部回忆录》(*Gypsy: A Memoir*)面世，这本书讲述了她暴虐的明星母亲的故事，1959年被改编成百老汇音乐剧，1962年又被拍成电影，由罗莎琳·拉塞尔主演。

第十章　自我之歌

"随着人类逐渐'成熟',在审视自我和他人时以及表达时变得更加坦率,传记和自传将取代小说,成为研究和讨论人物的材料。"

——H.G. 韦尔斯《自传里的实验》
(*Experiment in Autobiography*, 1934)

"如今,每个人心里都有一本书,这本书是回忆录,而不是小说。"

——马丁·艾米斯《经验:一部回忆录》
(*Experience: A Memoir*, 2000)

"没有什么事会因为太小或太不重要而不值得写。"
——莫琳·默多克《不可靠的真相:关于回忆录与记忆》
(*Unreliable Truth: Of Memoir and Memory*, 2003)

就像美国社会的许多其他事情一样，自传在20世纪60年代中后期开始失控。和一个多世纪前的情况相同，最突出的还是非裔美国人的回忆录。此时，他们写的不再是做奴隶的经历，而是自己在社会中遭受的不平等待遇。这是一个有力的主题，这些作者的能量（或者说愤怒）为自传体作品注入了新的生命力。

1964年的先驱之作当数喜剧演员、活动家迪克·格雷戈里的《黑鬼》(*Nigger*)。格雷戈里在这本书的开头就尖刻地描述了父亲毒打母亲和自己的情形，比20世纪50年代的名人回忆录更加坦率。（格雷戈里还在献词里对这个带有挑衅的书名进行了解释："亲爱的妈妈，不管在哪儿，只要你听到'黑鬼'这个词，请记住，这都是在为我的书做宣传。"）一年后，《马尔科姆·X自传》面世，这本书讲述了几个月前刚刚遇刺的黑人穆斯林领袖马尔科姆·X的故事，是他本人"在亚历克斯·哈里（后来因创作《根》[*Roots*]而闻名）的帮助下"写的。这本书的开场白是："我母亲后来告诉我，我还在她肚子里的时候，有天晚上，一群戴头巾的3K党骑兵冲进了我们位于内布拉斯加州奥马哈的家里。"在美国自传的历史上，这句话引出的那个人物足以与本杰明·富兰克林、亨利·亚当斯、海伦·凯勒和玛丽·安廷平起平坐。马尔科姆·X的原名是马尔科姆·利特尔，在这本书中他其实还致敬了年代更久远的约翰·班扬和灵性自传的传统。他13岁时，父亲死于一场疑点重重的事故，母亲患上了精神病，他发现自己迷失在社会边缘。因为他头发的颜色，人们称他为"底特律红"。他辗转于各个城市，贩卖毒品、拉皮条、赌博、偷窃。与很多这类的书一样,比起伊斯兰教信仰对他的救赎,以及他后来与穆斯林领袖的决裂,关于罪恶的记述更引人注目,也更令人记忆深刻。这本书的最后几页有一种令人不寒而栗的力量,就好像马尔科姆·X在坟墓里说话一样。他这样写道:"不管怎样,如今,我每一天都活得像是已经死了一样。让我说说我希望你们做的事吧。等我死了——我这么说,是因为我并不打算活得太久,久到看到这本书的完成——我想让你们见证一下,我有没有说错:在我死后,白人在媒体报道中,会说我'令人憎恶'。"

上面说的迪克·格雷戈里是喜剧演员,马尔科姆·X是被载入史册的人物。其实,在文学意义上,更具影响力的可能是接下来的几年里出版的出自"普通人"之手的四部作品:克劳德·布朗的《应许之地的儿子》(Manchild in the Promised Land,1965)、皮瑞·托马斯的《到穷街陋巷去》(Down These Mean Streets,1967)、安妮·穆迪的《在密西西比河长大成人》(Coming of Age in Mississippi,1968)和玛雅·安吉罗的《我知道笼中鸟为何歌唱》(1969)。克劳德·布朗在20世纪40年代至50年代的哈莱姆长大,他不仅混帮派,还做偷鸡摸狗的事。在少年管教所里,他和他的导师恩斯特·帕帕内克走得很近。在帕帕内克的鼓励下,他考入了霍华德大学,还为政治杂志《异议》写了一篇关于哈莱姆的文章。这吸引了克里尔出版社的一位编辑的注意,他邀请布朗写自传,报酬2000美元。遗憾的是,不久后,麦克米伦出版公司收购了克里尔出版社,原本指派给布朗的编辑也离职了。1964年,麦克米伦公司聘用了年轻的编辑艾伦·林兹勒,林兹勒后来回忆说:"他们给了我一间小小的办公室,办公桌下面有一个硬纸板箱。"那个箱子里放的就是布朗长达1500页的文稿。林兹勒说:"我翻阅了前面的几页,发现这是一部具有开创性的、振奋人心的作品。"他和布朗一起把文稿删改到了合适的长度,然后想出了一个引人注目的书名。这本书一出版就引起巨大轰动,它有着现实主义风格,语言有力,并且传达了一种理念——一个年轻人在哈莱姆街头长大的故事,也可以成为写自传的素材。记者汤姆·沃尔夫在《纽约先驱论坛报》上写道:"与克劳德·布朗的作品相比,詹姆斯·鲍德温和其他文坛泰斗笔下文字的华丽就如同从多伦多去拜访穷人的道德重整运动。"《应许之地的儿子》很快就登上了畅销榜,在麦克米伦出版的所有作品中,销量仅次于《飘》(Gone with the Wind)。

布朗的成功为皮瑞·托马斯(波多黎各黑人,也讲述了他在哈莱姆度过的童年和青少年时期)、安妮·穆迪(在南方乡村长大,60年代初积极地参与了民权运动)和安吉罗铺平了道路。安吉罗是舞者、演员、教师、记者和活动家,过着一种在托妮·莫里森的小说里才有的生活。她写回忆录是因为,1968年的一天,她和其他几个人在漫画家朱尔斯·费弗的家里谈到了各自的童年,第二天,费弗的妻子朱迪打电话给兰登书屋的编辑罗伯特·卢米斯,告诉他一定要让安吉罗写本书。卢米斯去问安吉罗是否愿意,她拒绝了;但在后来的一次谈话中,卢米斯对她说:"幸好你拒绝了,因为把自传写成真正的文学几乎是不可能的。"他这样一说,安吉罗反而答应试试看了。《我知道笼中鸟为何歌唱》讲述了一个充满戏剧性的故事,用词新颖,引人注目,自出版以来一直在加印中。故事从安吉罗 3 岁时讲起,她的父母离了婚,她和哥哥一起被送到了祖母家,她的祖母在阿肯色州斯坦普斯经营一家杂货店。几年后,孩子们回到了在圣路易斯的母亲身边,安吉罗却被母亲的男友奸污了。她变得沉默寡言,"我觉得如果说了话,我的嘴巴就会随便吐出一些害死人的东西,所以我还是不要说话了"。接下来的五年里,她一言不发。在这本书的结尾,她搬到了旧金山,成了该市第一位黑人女性电车售票员,怀孕生子,当了未婚妈妈,而那时她只有 17 岁——也就是说,接下来她还有很多东西可以在回忆录里写。

这些作品其实是把自传的两种传统结合在一起,形成了一种很快就会流行的新风格。其中第一种传统此前主要出现在不列颠群岛和欧洲大陆,遵循着埃德蒙·戈斯 1907 年的《父与子》的风格,比如马克西姆·高尔基、埃德温·缪尔、安德烈·纪德和 W.H. 哈德森等人的作品,写的是童年和青少年时期,通常以类似小说的形式呈现,包含对场景、对话和人物的描写。评论家理查德·N. 科谈到他自己的此类作品《当草更高时》的时候,把这种传统命名为"童年"传统。20 世纪 60 年代的美国黑人作家把这个传统运用到了穷街陋巷上。1967 年,年轻的美国白人作家威利·莫里斯和弗兰克·康罗伊也跟随他们的步伐(不知是否有意如此),以自传而非小说的形式,分别写出了自己的处女作《朝北归家》(*North Toward Home*)和《停止时光》(*Stop-Time*)。1970 年,评论家保罗·福塞尔说:"二十年前,弗兰克·康罗伊的《停止时光》本可以伪装成他的第一部小说出版，但它坦率地作为回忆录面世了。"

在 20 世纪 60 年代，不论是布朗、托马斯、穆迪和安吉罗，还是马尔科姆·X 和迪克·格雷戈里，都在挖掘特殊的写作素材，从而推出关于创伤的回忆录。这也正是第二种传统，尽管遵循这种传统的作品并不多。最著名的例子就是奴隶叙事，最近的例子则是一战回忆录。从恺撒时代开始，回顾战争一直是将军的专属领域，但是，一战中令人震惊的死亡和毁灭，以及众多有读写能力的参战者，让这场战争产生了英勇不屈的士兵回忆录。不过，这种写作形式过了些年才被接受。1919 年，英国作家赫伯特·里德写了一本关于战争的回忆录，内容精练，语言朴实，但没有出版商愿意买下。里德后来说，出版商对任何"灰暗的东西"都不感兴趣。那时，只有在威尔弗雷德·欧文、鲁佩特·布鲁克、艾萨克·罗森伯格、齐格菲·沙逊和罗伯特·格雷夫斯的诗句中，才能看到不加粉饰的第一人称叙事。到了 1925 年，里德的这本《撤退》(Retreat) 才渐渐被接受，在它之后又有一系列颇具影响力的回忆录出版，集中讲述了战争的荒谬和恐怖，比如埃德蒙·布伦登的《战争的回音》(Undertones of War, 1928)、格雷夫斯的《告别那一切》(Good-Bye to All That, 1929)、沙逊的《步兵军官的回忆录》(Memoirs of an Infantry Officer, 1930)、A.M. 伯雷奇的《战争就是战争》(War Is War, 1931)、盖伊·查普曼的《充满激情的挥霍》(A Passionate Prodigality, 1932) 和维拉·布里顿的《青春做证》(Testament of Youth,

1933）。维拉·布里顿曾在伦敦、马耳他和法国当过志愿援助队的护士。在德国，能和这些回忆录相提并论的是恩斯特·容格的《钢铁风暴》(*Storm of Steel*)。

有趣的是，到了二战时，还产生了一小批值得注意的回忆录，它们大多出自英国作家之手，关注的是遥远的、令人恐惧又充满戏剧性的太平洋战争，其中包括理查德·希拉里讲述他飞行员经历的《最后的敌人》(*The Last Enemy*)，乔治·麦克唐纳·弗雷泽和约翰·马斯特斯的关于缅甸的回忆录《在这里驻扎安全》(*Quartered Safe Out Here*) 和《经过曼德勒的路》(*The Road Past Mandalay*)，以及美国人尤金·B. 斯莱奇关于冲绳的回忆录《与老兵在一起的日子》(*With the Old Breed*)。

二战中最骇人的事件，可能也是西方文明史上最骇人的事件，就是纳粹的大屠杀。在战争刚结束的那些年，涌现了一大批幸存者回忆录。据以色列犹太大屠杀纪念馆统计，1945年至1949年，有75部此类回忆录以各种语言出版，其中意第绪语回忆录有15部，希伯来语有13部，波兰语有12部。

在上面所说的这75部回忆录中，有两部后来被翻译成英语，在全世界获得好评。从1942年起，维也纳精神病学家维克特·弗兰克先后被关进了四个不同的集中营。1945年，弗兰克重获自由后，用九天的时间把自己在集中营的经历写了下来。他本来坚持匿名出版这本书，但在最后一刻，他听从了朋友的建议，加上了自己的名字。这本书的德语初版书名是《无论如何，对生命说"是"：一个心理学家在集中营的经历》（讽刺的是，书名中的这种句式本来还算深刻,但后来成了20世纪末最乏味的陈词滥调)。弗兰克从未想过获取荣耀,也没有把自己当成一个"见证人",他只是在几年后写道:"我想用一个具体的例子告诉读者,在任何情况下,生命都有其潜在的意义,就算身处绝境,也是如此。"1959年,这本书的英文版《活出生命的意义》(*Man's Search for Meaning*)面世,还增加了对弗兰克的"意义疗法"的概述。到了2006年,这本书已经被翻译成了二十一种语言,总销量超过了1200万册。

意大利犹太化学家普里莫·莱维于1943年12月被法西斯民兵逮捕,不久之后被送入奥斯维辛集中营,在那里待了11个月。和弗兰克一样,他觉得有必要把自己的故事说出来,用了几个月迅速地完成了文稿。莱维晚年回忆道:"当时许多大出版社都拒绝了那份文稿。直到1948年,才有一家小出版社同意初版它,他们只印了2500册(书名是《这是不是个人》[*If This Is a Man*]),然后就将它搁置了。因此,我的第一本书多年来都无人问津。这可能是因为当时整个欧洲都处于悲伤和重建的艰难时期,战争才刚刚结束,人们还不愿回忆那些痛苦岁月。"1958年,该书在意大利出版,书名是《奥斯维辛生还录》,而英文版于1959年面世,此时,它被公认为一部经典之作,莱维也被推崇为大作家。1963年,他创作了第二本回忆录《休止》(*The Truce*),这本书讲述了他从奥斯维辛集中营返回意大利的旅程。在1987年逝世之前,莱维一直在自己的作品(不论是散文、诗歌还是小说)中回忆集中营里的往事,他的代表作是《元素周期表》(*The

Periodic Table），这部作品融合了回忆、深刻的思考和堪比小说的语言与形式。

战争刚刚结束的那段时间里，在纽约和伦敦有一些第一人称作品出版，并且值得一提，比如 1945 年玛丽·伯格的《华沙犹太区日记》(*Warsaw Ghetto: A Diary*) 和莱昂·萨雷特的《"E"实验：来自灭绝实验室的报告》(*Experiment "E": A Report from an Extermination Laboratory*)，1947 年阿尔伯特·曼纳斯的《比克瑙（奥斯维辛二号营）: 72,000 名希腊犹太人是如何死去的》(*Birkenau [Auschwitz II] – How 72,000 Greek Jews Perished*) 和塞韦利纳·斯马格利斯卡的《烟雾笼罩比克瑙》(*Smoke Over Birkenau*)，以及 1948 年艾拉·林根·赖纳的《恐惧的囚徒》(*Prisoners of Fear*) 和吉塞拉·佩尔的《我曾是奥斯维辛的一名医生》(*I Was a Doctor in Auschwitz*)。但美国大众没能深入了解这些书。在上述作品中，只有玛丽·伯格的作品得到了《纽约时报》的（正面的）评论，这个十几岁的女孩在书中记录了她在华沙的生活和纳粹的残酷剥削；《"E"实验》是莱昂·萨雷特对自己在萨克森豪森集中营度过的 8 个月的第一手叙述，但《纽约时报》上只有一篇介绍新书的文章提到了它；其他作品甚至从没有在《纽约时报》上出现过。

毕竟战争才刚结束，这样的回忆录相对较少也不奇怪。埃利·威塞尔是个土生土长的罗马尼亚人，十几岁时在集中营里有一段可怕的经历，后来他成了广为人知的大屠杀回忆录作家。威塞尔解释说："我知道幸存者承担着证人的角色，但我不知道如何去做。我缺乏经验，也缺乏一个清晰的框架。我不相信技巧和套路。是和盘托出，还是缄口不言？是高喊，还是低语？是把重点放在那些逝去的人身上，还是他们的后代身上？如何描述那些不可描述的事？如何节制地再现人类的堕落和众神的黯然失色？最后，如何才能确认，把话说出口后，不会扭曲和背叛本想表达的意义？我的苦恼如此沉重，以至于我立下了一个宣言：至少十年不发声，不触及那些关键的内容。"

十年后，威塞尔开始发声，从此再未停止。当时他是一名自由记者，在去往巴西的船上开始了第一本书的创作。据他后来在回忆录《百川归海》(*All the Rivers Run to the Sea*)中所述，他兴奋地写着，行程结束时，他已经完成了862页的书稿，并将其命名为《而世界依然缄默》(*And the World Remained Silent*)。就在那艘船上，他遇到了一位巴西出版商，这位出版商把这本书在布宜诺斯艾利斯出版。1958年，这本书缩减后的法语版在巴黎出版，改名为《夜》(*La Nuit*)，威塞尔的朋友弗朗索瓦·莫里亚克为他写了引言，并鼓励他创作和出版回忆录。

威塞尔在美国的代理人乔治斯·博哈特把法语书稿寄给纽约各出版社，有十五家出版社拒绝了他。2008年，博哈特告诉《纽约时报》："那时没有谁真的乐意谈论大屠杀的事。"斯克里布纳出版社的一位编辑在信中的说法很有代表性："就像你说的，这是一部骇人又感人的作品，我也希望这就是斯克里布纳出版社想要的东西。然而，我们仍在疑虑，抛开莫里亚克绝妙的引言不谈，美国市场对其余内容到底会有多大兴趣。"最终，1960年，希尔与王出版社的亚瑟·王以1000美元买下了这本书的版权。威塞尔的《夜》果敢地描述了他的骇人经历，语言简洁、富有诗意，引人入胜。这本书颇受好评，尽管在接下来的18个月里，它只卖出了1046册，但这不影响它的价值。它在众多崇拜者的手中传递，最终被收进了许多中学和大学的阅读书单。1986年，威塞尔被授予诺贝尔和平奖，这部作品又得到了进一步的宣传。到2006年初，《夜》在美国总共卖出了约600万册，还被翻译成了三十种语言。2006年1月，奥普拉·温弗瑞选择了《夜》作为她的读书俱乐部的推荐书目，威塞尔的妻子玛丽安重新翻译了这本书。新版的100万册平装本和15万册精装本的封面上都带有奥普拉的标记，不到一个月，《夜》就登上了《纽约时报》非虚构类平装本畅销榜的首位。它在榜单上待了80周，在此期间卖出了300万册。

严格说来，最有名、拥有最多读者的大屠杀回忆录，其实既不属于回忆录，也与大屠杀无关。它可以算是《夜》的姊妹篇，作者是荷兰女孩安妮·弗兰克，她比威塞尔小一岁。1942年，安妮·弗兰克13岁时，纳粹占领了阿姆斯特丹。没过多久，安妮一家就被迫躲进了一幢办公楼的顶层。安妮开始写日记，一直写了25个月，直到1944年全家被抓进集中营。1945年，安妮在贝尔根-贝尔森集中营里因斑疹伤寒去世。全家唯一的幸存者是安妮的父亲奥托·弗兰克。一位朋友保存了安妮的日记，并在战争结束后，把日记交给了奥托。1947年，日记在荷兰出版，1952年又分别在英国和美国出版（埃莉诺·罗斯福给它写了引言），书名为《安妮·弗兰克：一个年轻女孩的日记》(Anne Frank: The Diary of a Young Girl)。这本畅销书 1955 年被改编成戏剧，1959 年被改编成电影，都获得了巨大的成功。迄今为止，它被翻译成了数十种语言，卖出了数百万册。在让全世界认识大屠杀的过程中，这本日记起到了几乎无法取代的作用。书里没有安妮一家遭到虐待或骨肉分离的内容，只是在结尾的最后几行（不带感情色彩地）说出了安妮的命运："1945 年 3 月，即荷兰解放的两个月前，安妮死于贝尔根－贝尔森集中营。"在 1952 年以及之后的许多年里，这种残酷都让读者难以接受。这本书既没有掩饰，也没有太多委婉，毫无畏惧，充满力量。它之所以充满力量，很大的原因是，它呈现了出版史上最引人注目的戏剧性反讽——读者已经知道了故事的结局，但书中的人物并不知道。安妮聪慧敏感、口舌伶俐，但她也是个普通的十几岁的女孩，有和别的孩子一样的烦恼和忧虑，比如她迷上了和她躲在一起的那个男孩。她对外界事件的一无所知，以及她最终的命运，都让阁楼上的一切看起来无比辛酸。

20 世纪 60 年代末的非裔美国人自传和大屠杀回忆录都是"记录"，是某位幸存者对一个民族所受不公的证言。鉴于这两种类型作品的成功，个体受害者（和群体受害者相对）可能会模仿创作这样的作品。以前，人们把自己的创伤写成故事，投给专门帮助作者自费出版的出版社，匿名或以小说的形式将其出版；而此时，人们可以光明正大地出版回忆录，并写上自己的真实姓名。有趣的是，这样的作品在 20 世纪中后期大量涌现，作者大多是十八线名人,或者是虽然杰出但名气一般的人。其中有一些作品值得注意:马克·冯内果的《伊甸园快车》(*The Eden Express*,1975),冯内果的父亲是一位小说家,这本书是他对精神分裂症的记述;珀西·克瑙特的《地狱的季节》(*Season in Hell*,1975),写的是一位资深记者和自杀式抑郁症的斗争;电视新闻记者贝蒂·罗林的《你首先哀哭》(*First, You Cry*,1976),讲述了自己患乳腺癌的经历。此外还有布鲁克·海沃德的《失控》(*Haywire*,1977)。布鲁克是电影明星玛格丽特·苏利文和经纪人利兰·海沃德的女儿。23岁时,她这样对一个朋友总结自己的人生:"我的父亲结了五次婚,母亲自杀身亡,姐姐也自杀身亡,哥哥则一直住在精神病院里。而我才23岁,就已经是带着两个孩子的离异母亲了。"《失控》由著名的诺夫出版社出版,得到了评论界和大众的一致好评,在《纽约时报》畅销榜上停留了16周。前第一夫人贝蒂·福特则在《我生命中的时光》(*The Times of My Life*,1978)中讲述了她对酒精和止痛剂上瘾的事。琼·克劳馥的女儿克莉丝汀写了《亲爱的妈咪》(*Mommie Dearest*,1978),平·克劳斯贝的儿子写了《活得更像我》(*Going My Own Way*,1983),这两本书都描述了被自己有名的(且已故的)父母毒打的经历,把虐待儿童引入了回忆录的写作范畴。

20世纪中期的《蛋和我》《哈格鲁夫从军记》《请别吃掉雏菊》这类回忆录已经过时,继承者很快出现了。在不到十年的时间里,一系列作品树立了新的典范,其中很多作品在当今仍可以引起共鸣,比如下面这些。

1989 年：托拜厄斯·沃尔夫的《这个男孩的一生：一部回忆录》(*This Boy's Life: A Memoir*)。

1990 年：威廉·斯泰伦的《看得见的黑暗：疯狂的回忆录》(*Darkness Visible: A Memoir of Madness*)；理查德·罗兹的《世界上的一个洞：美国少年时代》(*A Hole in the World: An American Boyhood*)。

1991 年：马丁·杜波门的《治愈：一个同性恋男人的艰难历程》(*Cures: A Gay Man's Odyssey*)；菲利普·罗斯的《遗产：一个真实的故事》(*Patrimony: A True Story*)。

1992 年：保罗·莫奈的《成人之道：半生纪实》(*Becoming a Man: Half a Life Story*)；理查德·罗兹的《做爱：一场情色的艰难历程》(*Making Love: An Erotic Odyssey*)。

1993 年：苏珊娜·凯森的《移魂女郎》(*Girl, Interrupted*)；大卫·佩尔泽的《一个被称作"它"的孩子：一个孩子生存的勇气》(*A Child Called "It": One Child's Courage to Survive*)。

1994 年：露西·格里利的《脸的岁月》；伊丽莎白·沃泽尔的《百忧解的国度——美国年轻的抑郁者：一部回忆录》(*Prozac Nation: Young and Depressed in America: A Memoir*)；迈克尔·吉尔莫的《杀手悲歌》(*Shot in the Heart*)。

1995 年：玛丽·卡尔的《骗子俱乐部：一部回忆录》(*The Liars' Club: A Memoir*)；迈克尔·瑞恩的《隐秘生活：一部自传》(*Secret Life: An Autobiography*)；凯·雷德菲尔德·贾米森的《不安的心：情绪与疯狂的回忆录》(*An Unquiet Mind: A*

Memoir of Moods and Madness)。

1996 年：弗兰克·麦考特的《安琪拉的灰烬》。

1997 年：凯瑟琳·哈里森的《吻：一部回忆录》(*The Kiss: A Memoir*)。

这些书中没有什么愉快的内容，都是关于机能障碍、虐待、贫穷、成瘾、精神疾病或肉体创伤的事。它们与之前的此类作品不同，没有丝毫遮掩。《移魂女郎》与大概三十年前的《钟形罩》和《我从未承诺给你一座玫瑰花园》一样，讲的是青春期女孩患上精神疾病的故事，但区别在于，作者苏珊娜·凯森在开头就附上了她在麦克林医院的病例记录第一页的复印件，上面完完整整地写着她的姓名、出生日期、她父母的姓名和地址以及对她"边缘性人格障碍"的诊断。这类作品的作者毫无遮掩，袒露实情。有的时候，真相越令人不安、震惊或恐惧，效果反而越好。

从某些方面来说，上面列出的第一部回忆录《这个男孩的一生》和那些紧随其后的作品有点不同，但它也是这一类型作品的典范。拿起《这个男孩的一生》，甚至在开始阅读之前，你就能发现一些延续至今的传统。第一点体现在它的封面上：它的书名，更准确地说是副书名——"一部回忆录（A Memoir）"。正如我们前面提到的，在此之前，"回忆录"一词的单数形式"memoir"（复数形式"memoirs"则是一种庄重的、略带炫耀的形式，等同于自传"autobiography"）指的是作者对另一个人的回忆。我相信是沃尔夫开创了这种用法。此外，显而易见的一点是，这本书没有照片和索引——这微妙地表明，相对于毫无夸张的作品，它更具文学性。(历史书几乎都配有照片和索引,而小说就不会有这些。)在正文之前,还有一份沃尔夫之前作品的清单,包含两部短篇故事集和一部小说。沃尔夫反对所谓"自传是作家写的最后的(或几乎是最后的)一本书"的传统观念,尽管在此之前的两个世纪里,吉本、特罗洛普、亨利·詹姆斯、威廉·迪安·豪威尔斯、H.G. 威尔斯、萨默塞特·毛姆以及几乎其他所有作家都是这样做的。最后,有一段作者附言,沃尔夫在这里对一些朋友和同事致谢,并说:"我已经纠正了一些关于时间先后顺序的问题。我的母亲还觉得,那只我认为长相丑陋的狗其实相当帅气。我允许一些问题存在,因为这是一本关于记忆的书,记忆有它自己的版本。不过我已经尽力让它贴近事实了。"

这段声明虽然简短,但意义非凡。它在一开始就表明,在接下来的叙述中,任何与事实有出入的内容都无伤大雅。事情发生在二月还是三月?那只狗长得如何?都不重要。沃尔夫以掩盖自己真实意愿的、具有误导性的文字,显示了他作为故事讲述者的能力。他写的是"我允许一些问题存在",但他的意思其实是"我会用自己想要的方式来叙述"。记忆是一种印象,不是一种复刻。"尽力"去讲述一个"真实的故事",不一定意味着去进行采访或阅读尘封的剪报,但意味着听从自己的内心,这是现代回忆录的基本立场。令人惊讶的是,尽管书中除了沃尔夫自己和他的母亲外,所有人物的名字都是经过改动的,但沃尔夫对此只字未提。后来,在版权页上进行说明成了一种标准做法,比如:"这是一个真实的故事。为了保护人物隐私,大部分人使用了化名,关于他们的一些事件和细节也有改动。"(看到这样的陈述,人们难免会问:"关于'真实',你不明白的是哪一部分?"——这句话引自保罗·莫奈《成人之道》。)

前面说过,《这个男孩的一生》与之后的许多作品相比,有些不同寻常。只要读一读这部作品的开头,就能清楚地发现它的特别:

"我和母亲刚刚穿过大陆分水岭,汽车发动机就又过热了。我们等着它冷却下来,这时,我们听到从某个地势较高的地方传来了汽笛声。声音越来越响,然后,一辆大卡车从拐角处开过来,从我们身旁冲过去,进入了下一个弯道,它后面的拖车剧烈地摇晃着。我们的目光追随着它。'哦,托比,'妈妈说,'这个人的卡车刹车失灵了。'

"汽笛的声音渐渐远去,渐渐消散在了风里。风在我们周围的树林里叹息着。

"等我们到了那里,已经有不少人站在卡车翻落的悬崖边。它冲破了护栏,从几百英尺高的地方掉到了下面的河里,底朝天地横在巨石中间。它看起来小得可怜,有一股浓浓的黑烟从驾驶室里冒出来,飘散在空中。母亲问他们是否向有关部门告知了这次事故——已经有人告知了。我们和他们一起站在悬崖边,没有一个人讲话。母亲搂住了我的肩膀。

"那天她一直看着我,抚摸着我,向后捋着我的头发。我看得出来,这是让她给我买纪念品的绝好时机。我知道她没有买纪念品的钱,我也尽量不去要,但现在她卸下了防备,我就忍不住了。所以,当我们驶出大章克辛时,我已经拥有了一条镶珠的印第安腰带、一双镶珠的软皮鞋,还有一匹带有可拆卸皮制马鞍的青铜马。"

这部作品的质量不同凡响,它的语言简单、笃定,具体而生动。上面引用的最后一段的第二句话是点睛之笔,在成年的沃尔夫对年少的自己毫不留情的描述里,这大概是最好的一句了。整体来说,这本书讲的是小托比被他母亲最终嫁的那个男人德怀特施虐(主要是言语上的施虐)的故事。不过,这本书的人物形象、叙事角度以及其中的洞察力和智慧,比它所讲述的创伤还更吸引人。

《骗子俱乐部》的作者玛丽·卡尔是沃尔夫在雪城大学的学生,她的《骗子俱乐部》文风通俗而华丽,不像《这个男孩的一生》那样简洁,但依然可以算是《这个男孩的一生》在文学上的继承者。《安琪拉的灰烬》同样如此,这本书讲述了弗兰克·麦考特在爱尔兰度过的悲惨童年,尽管文风与《这个男孩的一生》有天壤之别,但也有继承之处。卡尔和麦考特的回忆录都取得了惊人的成功,分别在《纽约时报》畅销榜上停留了一年左右,在此期间,出版商纷纷掏出支票,给这些写自己苦恼的年轻往事的作者支付大笔的(通常是过高的)酬劳。从20世纪90年代早期到当今,很多此类回忆录都围绕着某种特殊的疾病或困境展开,这样的内容已经成了它们的标志。这类作品写的是个人如何面对困难,其价值更多体现在社会性或新闻性上,文学性较弱;这种价值有时也会被减弱,由于作者的自我怜惜、自我膨胀或一个不太有说服力的幸福且得到救赎的结局。

在这类作品中，商业上最成功的是大卫·佩尔泽的《一个被称作"它"的孩子》。这本书采用散文形式，虽然偶尔有过度夸张的陈词滥调，但大多是简单直接的句子，讲述了佩尔泽被他酗酒的母亲虐待的故事。他的母亲变本加厉地打他、用火烧他、不给他吃饭、羞辱他、辱骂他，有一次，还刺伤了他的肚子。书中内容一直讲到佩尔泽12岁时，一位关心他的老师向有关机构报告了他的处境，后来，他被送到了寄养家庭。《一个被称作"它"的孩子》1993年由内布拉斯加州的一家小型出版社出版，1995年被健康通信出版社选中，这家出版社以出版《心灵鸡汤》(*Chicken Soup for the Soul*)系列丛书而闻名。佩尔泽参加了蒙太尔·威廉斯的脱口秀节目，还一直在巡回演讲。在此推动下，1997年，这本书登上了《纽约时报》的平装本畅销榜，令人震惊地在榜单上停留了333周，也就是大约六年半的时间。佩尔泽后来在《迷失的男孩》(*The Lost Boy*)和《一个名叫戴夫的男人》(*A Man Named Dave*)中继续讲述自己的故事，前者讲的是他在寄养家庭里的生活，在《纽约时报》榜单上待了228周；后者讲的是他成年后的生活，到2000年为止在榜单上"仅"待了82周。

尽管佩尔泽的书在美国很流行，但它们在英国反响更大，不仅销量更加辉煌，在文学上也更具影响，和《安琪拉的灰烬》、布莱克·莫里森的《你上次见你父亲是在什么时候》(*And When Did You Last See Your Father*)和劳娜·塞奇的《家恨》(*Bad Blood*)一起，开创了悲惨回忆录的先河。到2000年前后，这些极度悲伤的故事已经成了出版物中的主要组成部分。它们的书名如出一辙,都有色彩黯淡的封面,并配有一张忧郁孩童的照片。这类作品主要在超市里销售,购买者大多是女性。在2006年,这一类型的作品发展到了顶峰,总计售出190万册,在平装本畅销榜前100名中占据了11个席位。

极度悲惨的回忆录就像马麦酱和豌豆泥一样,是特别符合英国人喜好的东西,这有些令人担忧。(有位专栏作家认为:"这种现象表明,我们整个国家似乎都被恋童癖吸引,对它着迷。现在有了这些书,我们就沉溺于这片泥潭之中。这太令人作呕了。")比起英国的回忆录,美国的回忆里更温和、题材更广,像样的书也更多,不过两种回忆录受欢迎和引人注目的程度是一样的。

那么问题来了:为什么偏偏在这个时候,出现了这么多不知名人士的黑暗而私密的回忆录?这是长期以来的趋势造成的。20世纪60年代末,兰登书屋的联合创始人贝内特·瑟夫口述了自己的回忆录,他说,20世纪20年代自己刚刚从事出版的时候,"虚构类图书是非虚构类图书销量的四倍,后来完全反过来了,非虚构类图书是虚构类图书销量的四倍"。这种转变反映了人们对纪实的渴望。小说变得有点像摄影时代的绘画,它是一种特别的存在,要么出现在布克奖或惠特尼博物馆这样的高雅之地,要么就和《黑丝绒猫王》这样的俚俗小说放在一起,在不上不下的场合会显得格格不入。显然,在人们渴望论证观点、分析个案的时代,小说已经过气了。亚伯拉罕·林肯在评价小说《汤姆叔叔的小屋》时,说哈丽特·比彻·斯托是"引发了大战的小妇人",但这种评价只存在于那个时代。后来,能产生社会影响,或者说能在全国性的辩论中引人注意的小说,就只有20世纪头十年里弗兰克·诺里斯和厄普顿·辛克莱的揭发名人丑闻的作品了。如今,一部说教性的作品要想被认真看待,或者仅仅是被注意到,其内容的真实性是前提。

另一方面,在整个20世纪,回忆录一直与对"客观""真理"的怀疑或否定并存。20世纪80年代,在哲学、历史、文学、人类学和其他领域的学术作品里,逐渐出现了一个本不常用的代词:"我"。一种特别流行的说法就是"我想说的是",而在二十年前,这种语言习惯并不存在。(2009年,在"谷歌学术"上搜索"我想说的是",有9060条搜索结果。)这一趋势发展到极致之后,其结果就是,很多学者的兴趣从学术研究转向了回忆录写作。20世纪80年代至90年代,有很多学者的确这样做了,比如弗兰克·伦特里切、简·汤姆金斯、凯茜·戴维森、艾丽丝·卡普兰、阿尔文·柯南、保罗·福塞尔和亨利·路易斯·盖茨。

回忆录之于小说,就像摄影之于绘画,更容易取得好的效果。只有大师才能创造出一个有说服力的、引人入胜的虚拟世界,但只要有中等水平的自制力、洞察力、智力和编辑技巧,再加上一个比较有趣的人生,任何人都能写出一部像样的回忆录。我们上学的时候老师常说"把你知道的写下来",这么说是有道理的:要写出强有力的散文,需要对写作内容有切身体会。因此,在诸多回忆录作品中,虽然也有一小部分具有相当好的文学价值(比如《这个男孩的一生》和《骗子俱乐部》),但更多的是反映现实问题的作品，涉及社会、民族、医疗、心理、地域和个人处境等话题。

早在 1956 年，评论家 V.S. 普里切特就注意到了"自传的惊人发展"，并将其部分归因于"心理学的影响"。从那时起，人们越发认识到，在公众场合躺在沙发上说出自己的故事，不但无伤大雅，还是件好事。1994 年，卡罗琳·西出版了回忆录《做梦：美国的坏运气与好时光》(*Dreaming: Hard Luck and Good Times in America*)，她敏锐地指出，嗜酒者互诫协会的发展也是另一个关键因素："在 20 世纪 40 年代末和 50 年代初，嗜酒者互诫协会里的那些人可以说是美国叙事风格的改造者。他们经历的所有那些可怕的事，都是在为一场出色的表演做准备。"

20 世纪 90 年代，这些潮流汇聚到了一起，每个人都非常体恤别人的感受。比尔·克林顿感到痛苦，于是，奥普拉·温弗瑞皱着眉，关切地点了点头。奥普拉和她很多电视与电台脱口秀的同行一样，在营销上发挥着重要作用。以当时的出版行情来看，推广工作是获得商业成功的关键，上脱口秀节目是推广工作的关键，而拥有一个戏剧性的、不同寻常的人生故事，是上脱口秀节目的关键。作者会对"这是自传体作品吗？"这样的问题进行回答，就差讨论"是手写的还是电脑打的"了。既然伊丽莎白·沃泽尔可以谈论百忧解如何帮她控制了躁郁症，迈克尔·吉尔莫当然也可以谈谈当加里·吉尔莫的弟弟是何感受了。《移魂女郎》的编辑茱莉·格劳在 1997 年解释了为什么回忆录在市场上的表现会胜过小说:"你可以让那个'我'去巡回演讲。"

回忆录成了一种流行的类别,这也让出版商更容易发掘有潜力的作者。引人入胜的个人故事等同于可能有利可图的回忆录。记者和音乐家詹姆斯·麦克布莱德一直以为父母都是非裔美国人,他成年后才发现,母亲其实是犹太白人,以黑人的方式生活了很多年。要是以前,这个故事可能会成为杂志上的一篇文章,或者一部小说。但在 1996 年,它被出版成了回忆录《水的颜色》(*The Color of Water*)。这本书迅速登上了《纽约时报》畅销榜榜首,并在榜单上停留了 109 周。稍早之前,另一个混血男子成为《哈佛法律评论》的第一位非裔美国人编辑,一家出版社和他签约,让他写自己的回忆录。于是,1995 年,《我父亲的梦想》(*Dreams from My Father*)面世,不过,直到 2004 年,这本书的作者——巴拉克·奥巴马在民主党全国代表大会上发表演讲的几周后,它才登上了《纽约时报》畅销榜。不可避免的是,回忆录的潮流也碰到了批评和干扰——早在 19 世纪 30 年代,人们对此就常有争论。不过还从未有人像评论家威廉·加斯那样对回忆录怒气冲天,1994 年,加斯在《哈泼氏》上刊登了一篇长文,这样形容名人自传作者:"他们把电影里的妓女和粗鲁的聒噪者的八卦展示给我们看,供我们取乐,但像鬼魂一样躲在幕后。写这些东西的人没有存在价值。"加斯最看不上的还是自传这一类型本身:"有任何一种进取的雄心会不受自负、复仇心理或自证清白的愿望所影响吗?我们是在罪人的头顶加上光环?还是继续放任已经过度膨胀的自我?……写自传这件事本身就已经把你变成一个怪物了……为什么还能那么激动地说大家反正都会知道的事,像什么'我生来……我生来……我生来……'或者'我把屎拉在裤子里了,我被人背叛了,我是个尖子生'?"

后来,对自恋的控诉又增加了一条——"极不得体"。迈克尔·瑞恩的《隐秘生活》(*Secret Life*)讲述了这位著名诗人因童年所遭受的虐待而对性上瘾的故事,书中常常出现作者和他的狗发生性关系的场景。(这其实不是首例,英国作家J.R. 阿克利死后出版的自传《我的父亲和我》[*My Father and Myself*]中也有一些人和狗发生性关系的淫乱场景。)在《世界上的一个洞》的续作《做爱》中,理查德·罗兹详细描述了自己的性史,其中还有一章讲的是他那可怕的手淫养生法。保罗·莫奈在《成人之道》中,以(从字面上看来)痛苦的细节,讲述了他在伦敦的合租房里被一个陌生人夺走贞操的故事。莫奈知道这样的内容会让部分读者感到不安,但他不在乎。他引用了一位死于艾滋的朋友的话:"史蒂夫以前在讲述他那些化疗的奇怪副作用、越来越严重的腹泻时,常说:'这超出了你想了解的内容吗?'……他去世前,我对他提到这本书,对详细描述自己的首次性经历有所迟疑……史蒂夫对我晃晃手指,然后说:'逼着他们看吧,保罗。没有人讲实话,你去讲。'"

牺牲自己的隐私或尊严是一码事,而回忆录难免会涉及这世上的其他人,这就又是另一码事了。最近的回忆录作家时常受到指责,说他们背叛了家人和所谓的朋友。在传统的回忆录中,下场糟糕的人往往在作品出版之前就已经去世——死人不能起诉作者，说他诽谤或者侵犯隐私，也不能一拳打在作者的鼻子上，更不能自己也写一部回忆录去披露作者的肮脏行径。现代的经典例子是欧内斯特·海明威在《流动的盛宴》(*A Moveable Feast*)中对他去世多年的朋友的"残忍描述"。这本书完成于1960年，在海明威自杀前。海明威首先描述了他和菲茨杰拉德第一次见面的情景，菲茨杰拉德那女性化的容貌让他印象深刻："他有一头波浪状的金发，额头高高的，眼神里透着激昂与友善，嘴巴小巧细长，如果长在女孩子的脸上，可以称得上樱桃小嘴。"在不少章节里，海明威都似乎要破坏掉这个竞争对手的声誉。最后的经典片段也令人毫不意外，海明威写道，菲茨杰拉德向他倾诉（当然，没有其他人在场），说自己对阴茎的尺寸没有信心。

很现实的问题是，菲茨杰拉德无法起诉或提出抗议。一个人可以为了让自己的事业（比如自己的书）更成功，而让别人（不论是在世的还是已经去世的）做出光荣的牺牲吗？好一点的回忆录作家都清楚，这类作品的道德感很模糊，他们自己往往比其他人暴露更多，或者起码也是不相上下的程度。汤婷婷经典且独特的《女勇士：恶鬼中的少女时代》(*The Woman Warrior: Memoirs of a Girlhood Among Ghosts*, 1997)有一个令人难忘的开头："我的母亲说：'我待会儿告诉你的话，你绝对不能告诉别人。'"菲利普·罗斯在他1991年出版的《遗产：一个真实的故事》中，讲述了自己帮年老的父亲清理大便的事。罗斯的父亲说："别告诉克莱尔。"这里指的是罗斯的伴侣（后来成了他的妻子）克莱尔·布鲁姆。罗斯回答说："我不会告诉任何人的。"

到了 90 年代，随着时间流逝，这种微妙和复杂被抛到了一边。20 世纪末，有三部回忆录接连诞生。在被广泛报道的《吻》（*The Kiss: A Memoir*，1997）里，凯瑟琳·哈里森详细描述了她与父亲（当时尚在人世）长期的乱伦关系。乔伊丝·梅纳德的《在世上的家里：一部回忆录》（*At Home in the World: A Memoir*，1998）讲述了她和一个老得足够当她父亲的男人——注重隐私的 J.D. 塞林格之间令人毛骨悚然的、近乎虐待的性关系。莉莉安·罗斯的《这儿，但不在这儿：一个爱的故事》（*Here But Not Here: A Love Story*，1998）讲述了她与塞林格的好友兼编辑——几乎同样注重隐私的威廉·肖恩长达数十年的婚外情。出版时肖恩已经去世，但他的遗孀还活着，而且，所有认识这位长期担任《纽约客》编辑的人都不会认为，他会对这样的内容感到高兴："他在生理上被各种类型的女人吸引。他贪恋杂志照片里美丽的模特；贪恋露易丝·布鲁克斯那样狂野的美国电影明星；贪恋西蒙·西涅莱、安妮·吉拉尔多、弗朗索瓦丝·罗赛、珍妮·摩露那样的法国电影明星；贪恋朱莉·克里斯蒂那样的英国电影明星；贪恋安娜·麦兰妮、索菲亚·罗兰那样的意大利电影明星；贪恋丽芙·乌曼、毕比·安德森那样的瑞典电影明星；贪恋头脑聪明的人，比如苏珊·桑塔格、汉娜·阿伦特；贪恋像马伯尔·梅尔瑟、罗丝玛丽·克鲁尼那样的歌星；贪恋有着女孩外表的女人；贪恋有着梦幻发型或俏皮发型的女人；贪恋他几天、几个月甚至几年前注意到的上了出租车或正在买报纸的陌生女人；贪恋胖女人（越胖越好）；贪恋和他母亲（胸部丰满）相像的年长女性；贪恋穿着围裙、丝质连衣裙、时髦套装或什么都没穿的女人。后来的那些年，他又迷上了乌比·戈德堡、范尼莎·雷德格雷夫和麦当娜。"

如果想理解什么是"信息过剩"的话，上面这段恐怕是最好的例子了。

2000年，戴夫·艾格斯试图让回忆录这种类型消失，或者至少也要将其弱化，此举令人印象深刻。艾格斯是一位才华横溢的年轻作家，他不同寻常的经历很值得被写成回忆录：他21岁时，父母双双死于癌症，抚养7岁弟弟的重任就落在了他的身上。他写了厚厚的书稿，讲述了发生的一切，将其命名为《一个惊人天才的伤心之作》(*A Heartbreaking Work of Staggering Genius*)。但他坚决不肯以"一部回忆录"为副书名，而是选择用"基于一个真实的故事"（在平装本中，这个副书名被删掉了）。他在书中写到了不同人物对自己存在于书中的认知、纯粹的幻想场景，此外还有前言、脚注和附录，用来表达他对书中内容的评论和偶然的想法。

这本书是他的代表作，也是评论界的大热之作，极其畅销。而恰恰是这一切让它无法做到减缓或阻止回忆录这一类别的盛行。即使是回忆录的怀疑者和反对者也不得不甘拜下风。早在1996年，反对回忆录的风头正盛的时候，评论家詹姆斯·阿特拉斯就对回忆录的缺点发表了自己的看法，他哀叹道："在我们生活的这个时代，无论是隐私观，还是在公众视野之外的个人空间，对人们来说都已经是很陌生的概念了。"

然而，九年后，回忆录《我在中世纪的生活：一个幸存者的故事》(*My Life in the Middle Ages: A Survivor's Tale*) 上架出售，作者正是——詹姆斯·阿特拉斯。

第十一章 真相与结局

自传和回忆录迅速且极具戏剧性地打开了局面，作者身份更加大众化，作品主题更加自由化，人们形成了对坦诚的期望。伴随着这些变化，人们对自传和回忆录的形式也有了一些新的期待。自奴隶叙事以来，人们比以往任何时候都更期待自传能够成为一种证据，去照亮苦难、揭露恶行，更宽泛地说，去推动某项事业的进步。不管是在一场战争中存活、忍耐种族歧视，还是与自己的内心或家中的恶魔对峙，讲述自己亲身经历的故事成了一种时代潮流。

当某种东西价值很高又相当容易制造时，造假者一定会迅速出现。回忆录也是如此。对一个没有太多良知，又有着较好的想象力、文学技巧和调查能力的人来说，写出一部假自传并不难。写作完成之后，再加上一些狡猾和欺诈，这样去做营销就更容易了。读者难以找到可疑之处，更何况人类天生就容易相信别人。有上百项心理学实验显示，当被试者面对说谎者和讲真话者时，他们只能识别出54%的说谎者，这基本上就和抛硬币之后猜中正反面的概率差不多。总体来说，相信别人可能是件好事，但也会让我们更容易受到伤害。

有些报纸和杂志会有审核机制，可以防范造假者，不过最狡猾的造假者除外。对报纸而言，这样的审核机制是一种保障。这个行业的运作模式就是如此，如果一个记者被发现在捏造事实，他就会被解雇。在20世纪20年代和30年代，《时代》周刊和《纽约客》引入了"事实核查"机制，他们会专门聘请员工，去核实即将刊登的文章里的每一句话。后来，主流杂志都或多或少地采用了这种做法。在图书出版行业，核实工作就随意得多了。出版商看到过度可疑的言论，会怀疑作者是个骗子或疯子；看到针对某人的诽谤性言论，会发出涉嫌诽谤的警告，并请来律师；对于"梅德韦杰夫"的拼写，或者1英里等于多少英尺这样的事实，会找自由职业的文字编辑来核实，仅此而已。出版商没有、也永远不会有一个更加系统化的审核机制，因为那得花很多钱，而他们不管在经济方面还是法律方面，都没有那么做的必要。

不管起初人们对一份稿件的真实性存在多少怀疑，只要它被认为是潜在的畅销书，或者仅仅是销量还说得过去的书，那些怀疑就会烟消云散。于是，一群轻易相信作者的人纷纷挤进这个项目中：编辑、宣传人员、销售人员、书店售货员，以及殷切希望读到一个真实的好故事的读者。书评人则置身事外，在没有任何明显征兆的情况下，他们没有理由去怀疑一部回忆录的真实性，这也不是他们的分内之事。

但是，一旦某部回忆录在市场上取得了成功，舆论就会开始变化。销量越高，就会有越多不同立场的人乐于曝光书中的不实信息：记者、博主、利益受损方，以及政治、商业或私人方面的竞争对手和敌人。如果作品涉及有争议的政治问题（像奴隶叙事和大屠杀回忆录那样），或者内容过分夸张（像琼·罗威尔和詹姆斯·弗雷的作品那样），或者严重地诽谤了某些知名人物，或者实在卖得太好，那么造假的作者就会很快出局。在某种程度上，如果作品本身无关痛痒、晦暗不明，那么即使造了假，也可能永远不会引起争论。

每当丑闻爆发的时候，总会有这样一种疑问："这个故事这么好，作者为什么不干脆说它是小说呢？"答案很简单，弗雷在出版《百万碎片》时就这样试过，但根本没人买，后来他把类别改为"回忆录"，才有人想看这本书。关于这种现象，有一个名叫露丝·克鲁格的大屠杀幸存者说得很好。据她所说，大屠杀幸存者本杰明·威尔科米尔斯基的回忆录《片段》（*Fragments*）在1995年出版时看似是一部现代杰作，但后来人们发现，威尔科米尔斯基来自瑞士，并不是犹太人，他的本名叫布鲁诺·格罗让，书中内容完全是他伪造的。这样一来，这部作品立马就显得很平庸了。克鲁格写道："一部作品之所以让人震惊，可能正是因为其中的率直被解读成了纯粹的对苦难的表达。然而，当人们发现它其实是谎言之后，它就成了一种虚拟的对苦难的呈现，沦落成了庸俗。那的确是一种庸俗，它看似真实，太过真实了，以至于除非有明确的证据，人们很难怀疑它……不管作品中所讲述的情况实际发生在某个人身上的可能性有多大，自传一旦失去了可信度，就等于没有活着的叙述者为它的真实性做担保,它就会变成毫无意义的故事。"

过去的四十年可能是自传造假的黄金时期。差不多每年都会出现丑闻,有时还会出现得更密集。回过头看看那些书,它们确实印证了露丝·克鲁格的观点:一旦被揭露造假,原本看似有力的作品就会沦为垃圾。

这种造假风潮是这样开始的。1969 年,小说家克里福德·欧文出版了他的第一部非虚构作品《赝品!》(*Fake!*)。欧文的作品一直很受好评,但销量一般。这部《赝品!》的内容可以从它的副书名看出来,"讲述了我们这个时代最伟大的伪造画家——艾米尔·德·霍瑞的故事"。这本书比他的小说卖得好一些,因此,欧文也产生了伪造的念头。他和好朋友理查德·苏斯金德一起写了一部由隐居的亿万富翁霍华德·休斯"授权"的传记。后来,他们两人对这种冒险行为越发狂热,转而写自传。他们写出了一份书稿,并拿到了 75 万美元的预付金。

这样的举动肆无忌惮,相当惊人。在《赝品!》中,艾米尔·德·霍瑞和其他伪造者一样,专门伪造逝者的作品,因为逝者无法出面反驳。而霍华德·休斯可能有点愚钝,但他尚在人世。欧文大概是希望利用这位富翁注重隐私的个性,觉得他不至于公开反对别人盗用自己的名字和人生。欧文很清楚,只要没有明显的漏洞,人们甘愿被骗。他和苏斯金德做了大量研究,还伪造了休斯的手写信。当质疑声出现时,欧文的出版商麦格劳 - 希尔公司把那些信件送到专业鉴定机构奥斯本联合公司进行笔迹鉴定,鉴定结果显示:"所有字迹样本都出自同一个人,无可争辩、确凿无疑。"然而,霍华德·休斯在电话会议中向记者亲自证明,这份书稿是伪造的,他从未见过克里福德·欧文,也从未和他有过书信往来。后来,欧文被判在联邦监狱服刑 17 个月,这使他成了笔者所知的目前为止唯一因伪造自传而服刑的人。出狱后,欧文又开始写作,继续他的创作生涯。1976 年,他与苏斯金德合作,创作了关于休斯事件的回忆录《奥克塔维奥计划》(*Project Octavio*)。2006 年,关于这起伪造事件的电影上映,由李察·基尔饰演欧文。为了配合电影,《奥克塔维奥计划》这本书也以与电影相同的名字《骗局》(*The Hoax*)重新面世。苏斯金德早在几年前去世了,显然,欧文认为,把苏斯金德这个合著者的名字从封面、扉页和版权声明上删除既没有违反法律,也没有丧失诚信——因为他就是这样做的。电影的制片人原本聘请欧文担任技术顾问,但欧文在看过最终的剧本之后,在自己的网站上表示,他认为这部电影过分地扭曲了事实,因此他让电影方把自己的名字从项目中删去了。

显而易见的是,伪造一个 15 岁女孩的经历要比伪造一个世界闻名的大亨的故事容易得多。1971 年,出自匿名作者的《去问艾丽丝》(*Go Ask Alice*)面世。表面上看,这是一本青少年日记,主人公无意间抿了一口掺有迷幻药的潘趣酒,从此对毒品上了瘾,最终死于吸毒过量。在初版中,有一段"编辑说明":"《去问艾丽丝》基于一个 15 岁吸毒者的真实日记创作……根据相关者的意愿,书中人名、日期、地点和某些事件略有改动。"20 世纪

70年代初，这本书在青少年中引起了轰动，从那时起就一直在加印。据出版商说，这本书的销量超过了500万册，美国图书馆协会在1990年至2000年的"最受质疑图书"榜单中，将它排在第23位。人们质疑这本书，主要是由于它过于生动地描述了吸毒经历和性行为，而不是由于它的真伪。但它的确是伪造的。

真相慢慢地浮出水面，但公众还没有充分意识到它。1979年，在《学校图书馆期刊》的一次采访中，青少年咨询师碧翠斯·斯帕克斯表示，《去问艾丽丝》是她根据一位病人的日记创作的。她把这位病人的日记和她在工作中遇到的其他青少年的经历相结合，写成了这本书。她还说自己无法提供日记的原版，因为她已经销毁了一部分，剩下的部分则被锁进了出版商的保险库里。这件事从未得到证实，后来斯帕克斯（根据美国版权局的记录，她是《去问艾丽丝》唯一的版权持有者）也没有坚持这种荒谬的说法。这本书此后各个版本的版权页上，则增加了这样的话："本书是一部小说。书中的历史事件、人物和地点都是虚构的。如与真实的事件、人物（不论是否在世）和地点有雷同之处，纯属巧合。"但这段话的字号很小。编辑关于"一个15岁吸毒者的真实日记"的说明仍然很显眼，而且书上也找不到斯帕克斯的名字。直到今天，这本书的介绍还在说它是真实的。2008年，亚马逊网站上关于《去问艾丽丝》的1249条评论中，有一条这样写道："这是一个匿名女孩的日记，讲述了她与毒瘾斗争的经历。碰巧的是，我在看完电影《芳龄十三》(*Thirteen*)一段时间之后，才读到这本书。这部电影据说讲的也是真实的故事，并且与这本书有些类似。我觉得，比起毫无预备地读到这本书，能先看过电影再读它，让我受到的冲击轻了一些。但它依然是一本好书，是一本日记该有的样子。这本书讲述的故事非常现实，尽管我这么想可能也是因为我事先知道它是基于真实的日记创作的。当然，日记里有多少真实成分还有待商榷……"

斯帕克斯 1979 年接受《学校图书馆期刊》的采访，是为了宣传她的第二部作品《杰伊的日记》(*Jay's Journal*)，这本书由她"编辑"，然后由《纽约时报》旗下的时代出版公司出版。斯帕克斯声称这是一个男孩的日记，他在参与神秘主义活动后自尽身亡。这次，确实有一本真正的日记——有一个名叫奥尔登·巴雷特的男孩，他自杀后，他的母亲把他的日记交给了斯帕克斯。然而，在此书出版二十五年后，犹他州的记者本·迪亚特尔采访了奥尔登的母亲，奥尔登的母亲坚称书中的大部分内容是斯帕克斯伪造的，其中有关神秘主义的内容都是假的。迪亚特尔还采访了奥尔登的哥哥，据他的哥哥统计，《杰伊的日记》所收录的 212 篇日记中，只有 21 篇（也就是不到 10%）直接选自奥尔登的日记。斯帕克斯告诉迪亚特尔，她采访过奥尔登的朋友，关于神秘主义的写作素材是从他们那里获得的；然而，她说不出任何一个朋友的姓名。迪亚特尔也没有发现任何奥尔登曾参与神秘主义活动的证据。

斯帕克斯有望成为青少年文学界的丹尼尔·笛福。她还创作了很多其他的具有警示性的日记体作品，比如《背信弃义的爱：一个匿名少年的日记》(*Treacherous Love: The Diary of* an Anonymous Teenager》、《差点迷失：一个匿名少年的街头生活》(Almost Lost: The True Story of an Anonymous Teenager's Life on the Streets)、《安妮的孩子：匿名日记》(Annie's Baby: The Diary of Anonymous)、《怀孕的少女》(A Pregnant Teenager)和《这是发生在南希身上的事：匿名少年著》(It Happened to Nancy: By an Anonymous Teenager)。这些作品的真实性都有待商榷——它们都是"由碧翠斯·斯帕克斯博士编辑"的匿名青少年的言论，但它们都被放在书店的青少年小说区，美国国会图书馆也把它们归类为小说。

斯帕克斯能敏锐地察觉到获利的机会，因此她早在1979年就写出《杰伊的日记》这样的作品也不足为奇了。次年，回忆录《米歇尔的记忆》(Michelle Remembers)出版，作者是加拿大女子米歇尔·史密斯和她的心理医生（后来成了她的丈夫）劳伦斯·帕兹德。书中说，史密斯找帕兹德治疗抑郁症，在催眠状态下（用心理学家伊莉莎白·罗芙托斯的说法），"她'回忆起了'自己5岁时被母亲和一群恶魔般的撒旦教教徒囚禁的事，有一个叫'玛拉基'的男人、一个穿着漆黑衣服且嗜虐的护士和几十个边吟诵边起舞的成年人，他们举行了血腥的仪式——用牙齿把小猫活活撕开，把胎儿切成两半，然后把残碎的尸体抹在她的腹部，用十字架刺穿她，还逼迫她在圣经上大小便"。这本书中的其他内容也与此类似，都是史密斯在治疗过程中回忆起来的事。你可能会觉得，这都是老一套了；但在当时，这是一片新的领域。《米歇尔的记忆》登上了报纸头条，还出现在了《人物》杂志和美国广播公司的"20/20"节目上。它的销量很高,并催生了一系列模仿作品,比如艾琳·富兰克林的《父亲的原罪》(*Sins of the Father*)、贝琪·彼得森的《和爸爸跳舞》(*Dancing with Daddy*)和劳伦·斯特拉特福德的《撒旦的地下活动:一个女人的逃离》(*Satan's Underground: The Extraordinary Story of One Woman's Escape*)。

不过,《米歇尔的记忆》其实是瞎编的。20世纪90年代初,作家黛比·内森和迈克尔·斯内德克调查了《米歇尔的记忆》里说的那些事,没有找到任何可信的迹象。他们采访了米歇尔·史密斯一家人的邻居,邻居表示,在书中描述的那段时间里,并没有发生什么值得注意的事。内森和斯内德克又采访了米歇尔从前的老师,这位老师回忆说,在米歇尔声称自己被关在地下室里的那几个月,她其实在上一年级的课,甚至校刊上还有她当时拍的小照。他们还查阅了当地报纸,发现在当地报纸上"就算最轻微的事故也有详细的报道",而书里描述的一场重大车祸却没有任何记载。

不幸的是,真相来得太晚了,已经无法挽回《米歇尔的记忆》所造成的影响。很多年来,学术界、医学界和法律界都很严肃地看待这部作品。1981年,劳伦斯·帕兹德在美国精神病学会的年度大会上发布了一篇论文,首创了"仪式虐待"这个术语。1984年,他和米歇尔·史密斯前往洛杉矶会见了一些父母,这些父母的孩子上的是麦克马丁幼儿园,那里的工作人员被指控虐待儿童。内森和斯内德克查阅了洛杉矶地方检察官办公室的记录,发现帕兹德提出了一种理论:"在帕兹德看来,这些孩子受到的猥亵也是撒旦邪教阴谋的一部分。帕兹德认为任何人都可能受到这一阴谋的牵连,包括老师、医生、电影明星、商人,甚至阿纳海姆天使棒球队的队员。有些家长真的相信了他的说法。"1990年,对麦克马丁幼儿园的调查和审判落下帷幕,该幼儿园被判无罪。这个案子标志着美国法律史和新闻史上的一个低谷,不过它倒是有助于结束人们对撒旦教的恐慌。

20世纪80年代能与乐一通彩票开奖时造成的慌乱场面相匹敌的是外星人绑架故事。1987年,惠特利·斯特里伯的《交流》(*Communion*)出版,此类回忆录登上了历史舞台。斯特里伯是一位经验丰富的惊悚小说作家,他在这部作品中说,他曾在纽约上州的小屋里被外星生物掳走。这本书里有一整套法庭取证材料(让人不禁联想到奴隶叙事中的证词和复制签名),还有测谎记录和对他实施催眠的精神科医生的声明。这些材料均表明,斯特里伯对自己写出来的胡言乱语深信不疑。后来,《交流》的二十周年版上市,读者可以在鲍德斯书店的形而上学思辨区找到它。

众所周知,要证明回忆录造假是很难的。因此,关于一部回忆录是真是假的争论经常不了了之。即使各种迹象都暗示它是假的,但如果找不到确凿的证据,就不能惩罚作者。在莉莲·海尔曼的《原画之再现:肖像文集》(*Pentimento: A Book of Portraits*, 1973)里,"茱莉亚"那一章就是如此。1977年,还有人以这本书为基础拍了电影,由简·方达和凡妮莎·蕾格烈芙出演。海尔曼笔下的茱莉亚(当然,这不是真名)是一个富裕的美国人，在牛津大学读书，后来又去维也纳的一所医学院进修。她是弗洛伊德的学生，信仰社会主义，十分好学。她是反对纳粹的地下党斗士，作为海尔曼的好友，她还和海尔曼一起做过各种越轨的事。根据这本书里的说法，茱莉亚死于1938年5月，显然是被纳粹折磨致死的。到了1981年，一个名叫穆里尔·加德纳的女子出版了自己的回忆录，她说自己是一个富裕的美国人，在牛津大学读书，后来又去维也纳的一所医学院进修。她是弗洛伊德的学生，信仰社会主义，十分好学，还是反对纳粹的地下党成员。和茱莉亚不同的是，加德纳没有死，而是乘船到了美国，过上了幸福的生活。还有一点不同是，她从未见过莉莲·海尔曼，尽管她和海尔曼的律师是同一个人，这个律师也是她们共同的朋友。没有任何迹象能证明有个不姓加德纳的"茱莉亚"存在过，然而，直到1984年去世，海尔曼一直坚称"茱莉亚"实际存在。

此外还有洛伦佐·卡克泰拉于1995年出版的《沉睡者》（*Sleepers*）。表面上看，这是一部回忆录，写的是来自纽约"地狱厨房"社区的四个伙伴和他们的暴力行为。早在这本书还未出版的时候，就有记者对它提出质疑，尤其是针对书中的两个伙伴因谋杀而接受审判的情节。《纽约时报》称："曼哈顿地区检察官办公室的人认为，书里写的审判场景简直匪夷所思。而且，该办公室里没人能想起有什么案子跟卡克泰拉先生描述的那个案子有哪怕一点点相似。"在接受《时代》周刊的采访时，卡克泰拉解释了为什么没人能证实书中事件的真实性："我必须改变日期、人名和地点。我必须改变事件的表象，让它们看起来与众不同。如果事件是发生在这里的,我就得写成是发生在那里的……事件的具体内容、地点和时间对我来说并不重要,重要的是确实有事件发生了。"情况陷入了僵局,不过卡克泰拉似乎笑到了最后。据说,好莱坞以210万美元买下了《沉睡者》,把它拍成了电影,由巴瑞·莱文森导演,凯文·贝肯和罗伯特·德尼罗主演。这本书在《纽约时报》非虚构类畅销榜上停留了47周(尽管它有一个相当可疑的开头:"据叙述者称,这是关于四个男孩的真实故事……"),至今仍在刊印,亚马逊网站将其归类为非虚构类图书,美国国会图书馆把它放在了"犯罪—纽约(州)—纽约—案例研究"的条目下。

更奇怪的是1993年出版的《进退两难:一个男孩的成功故事》(*A Rock and a Hard Place: One Boy's Triumphant Story*),作者署名是安东尼·戈德比·约翰逊。诗人、回忆录作家保罗·莫奈为它写了前言,弗雷德·罗杰斯为它写了后记。按照书里的说法,安东尼大概15岁,他相当详细地描述了父母和他们的朋友对自己的殴打和性虐待。11岁时,他逃离了自己的家,被一对善良的夫妻收养,但是后来他发现自己得了艾滋病。和《沉睡者》相同的是,这本书在最初出版时也遭到了质疑,内容完全不能得到证实。和《沉睡者》的不同是,《沉睡者》的作者洛伦佐·卡克泰拉确有其人,而《进退两难》的情况是,与这本书有关系的莫奈、罗杰斯、作家亚米斯德·莫平(他后来就此事写了一部小说)、编辑以及另外几十个人都自以为与"安东尼"私下通过电话,但实际上与他们通话的人是"安东尼"的养母,而且,她可能才是这本书真正的作者。据说，除了这个女人之外，还没有人见过"安东尼"本人，但她一直坚持"安东尼"的存在，还声称要对提出质疑的人采取法律手段——她最近一次这样表态是在2006年，当时美国广播公司的"20/20"节目对此事进行了报道。

除克里福德·欧文、莉莲·海尔曼和惠特利·斯特里伯（他们都毫发无伤）之外，上述伪造回忆录的主人公有一个共同点：他们都是受害者。在现代伪造回忆录中，某种受害者明显占多数，即受压迫的少数群体。当然，伪造身份的事很早就有，比如"长矛""詹姆斯·贝克沃斯""TK"等。但在20世纪末，随着身份认同和回忆录的发展，伪造作品也吹起了冲锋号。后来的"纳西迪吉"、米沙·德冯塞卡、"玛格丽特·琼斯"和赫尔曼·罗森布拉特等例子都表明，这一趋势还没有放缓的迹象。

这类作品的领头者是《少年小树之歌》（*The Education of Little Tree*），出版于1976年，引用《科克斯书评》的话来说，"讲的是20世纪30年代一个切罗基族男孩的童年故事，细节丰富，十分可爱"。作者弗雷斯特·卡特说，在守寡的母亲去世后，自己被送到住在俄克拉何马州山里的切罗基族祖父母家里，在那里学到了很多关于自然、人和世界的知识。但实际上，"弗雷斯特·卡特"是作者给自己起的笔名，他本名叫艾萨·卡特，是亚拉巴马州一个臭名昭著的种族隔离主义者。据说，他因为乔治·华莱士抛弃了白人至上的原则，就和华莱士决裂了。1976年，在这本书出版之前，《纽约时报》就刊登了一篇文章，揭下了他的假面——卡特使用笔名"弗雷斯特"是为了向贝德福德·弗雷斯特致敬,而贝德福德·弗雷斯特是3K党的第一个皇家巫师。然而,没有人对此予以重视。1985年,新墨西哥大学出版社推出了这本书的平装本。这本书受到了狂热追捧,获得了难以置信的商业成功。1991年,《少年小树之歌》被美国书商协会评选为年度最佳图书,《纽约时报》在报道此事时,称它是"关于作者童年的自传式叙述"。这个奖项让它登上了《纽约时报》非虚构类平装本畅销榜,并在第一名的宝座上停留了19周。同年10月,一位正在撰写乔治·华莱士传记的历史学教授在《纽约时报》上刊登了一篇文章,提供了艾萨·卡特的种族主义行为的更多细节,并指出这本书不足为信。然而,《少年小树之歌》依旧在热销中,在被重新归类为小说之后,它在畅销榜上又停留了11周。

如今,看着《少年小树之歌》这本书,我们不禁会想,当时怎么会有人被他骗住呢?看看下面的文字吧,这段情节发生在小树搬到祖父母家后不久。

"我几乎没发现天已经快亮了。我和爷爷爬上岩石,坐在溪旁的空地上,把面包和肉拿出来吃。狗吠声又近了,它们正沿着前面的山跑过来。

"太阳一点点爬到山顶上。在阳光的照耀下,小溪对岸的树木闪着光。有几只灌丛鹩鹩和一只红雀从树林里飞了出来。

"爷爷用刀子剥下雪松的树皮,把它们卷成吸管状。我们用吸管啜饮溪水,水冰凉清澈,可以看到溪底的鹅卵石。水里有雪松的味道,这让我的肚子越来越饿,但是我们已经把面包吃完了。"

不要忘记,这些话应该不是孩子说的,而是已经成年的作家弗雷斯特·卡特写的。在这本书之前,卡特已经出版了小说《去得克萨斯》(*Gone to Texas*),这部小说后来还被拍成了克林特·伊斯特伍德主演的电影《不法之徒》(*The Outlaw Josey Wales*)。作家卡特会写出"天已经快亮了"这样不合语法的句子,还把"吃"这个单词拼错吗?我不这么认为。作为小说,这本书对马克·吐温或海明威的模仿也许还算说得过去,甚至还算成功,但作为自传,它简直可笑。

这似乎是史上第一部叫好又叫座的关于少数族裔的作品。从此,伪造自己的种族成了一种诱人的成功途径。1983年,西蒙与舒斯特公司出版了《全城皆知》(*Famous All Over Town*),这是一部以第一人称视角叙述的小说,讲述了墨西哥裔美国人在洛杉矶街区的生活。在该书的护封上,作者丹尼·圣地亚哥被描述为第一位在洛杉矶长大的小说家,但书里没有提供他的照片。该书出版后,好评如潮,大多数人都认为它是一部略有掩饰的自传。在《纽约时报书评》上,戴维·夸曼称它是"小经典"。这本书还获得了理查德和欣达·罗森塔尔基金奖,奖金5000美元,该奖"每年颁发给一位年轻的小说家,以表彰他在上一年出版的某本书,这本书不一定在商业上取得成功,但一定在文学上取得了相当大的成就"。此前,约翰·厄普代克、伯纳德·马拉默德、托马斯·品钦和乔伊斯·卡罗尔·欧茨都曾在他们的职业生涯早期获得这个奖项。圣地亚哥没有出席领奖仪式,后来人们发现,他的编辑鲍勃·本德尔从来没有见过他,甚至从来没有和他通过电话。本德尔这样告诉《纽约时报》的记者:"我们猜想一定是发生了什么奇怪的事情,我们才不得不写信给他,通过书信与他沟通。他说他没有电话,不过我们觉得他很可能正在监狱坐牢,不想让任何人知道。"其实,圣地亚哥没有坐牢,他也不是一个年轻的小说家,他甚至不叫丹尼·圣地亚哥。事实是,《全城皆知》是丹尼尔·詹姆斯写的,他当时73岁,曾是一个被列入黑名单的编剧。詹姆斯在堪萨斯城长大,1933年毕业于耶鲁大学。按照他在书里的说法,这部小说是他根据自己在城市的东区当义工的二十年经历写成的。《纽约时报》在1984年披露,圣地亚哥其实是詹姆斯。詹姆斯告诉《纽约时报》的记者,他之所以用笔名出版,是因为他在被列入黑名单并被迫隐姓埋名多年后,对用自己的名字发声失去了信心。他没有提到的是,如果读者知道作者是一名来自堪萨斯城的70多岁的白人,这部关于墨西哥裔美国人的小说将会在市场推广时困难重重。

事实证明,澳大利亚尤其容易产生各种形式的种族欺诈行为,这可能与该国复杂的种族混合有关。下面就是几个例子。

- 20世纪80年代,读者本以为《沃格和卡兰》(*Walg and Karan*)系列小说的作者是土著B. 旺格尔,但作者其实是一个塞尔维亚的移民,叫斯特雷滕·博齐克。
- 1992年,土著旺达·库尔玛蒂的自传体小说赢得了澳大利亚最佳处女作奖,奖金5000美元。当库尔玛蒂向出版商提交续作时,出版商由于此前从未见过她,要求与她见面。这一要求促使利昂·卡曼承认,他就是旺达·库尔玛蒂。卡曼是一个来自悉尼的白人，47 岁，曾经是一个出租车司机。

- 1995 年，《签署文件的人》(The Hand That Signed the Paper) 获得了著名的迈尔斯·富兰克林奖，该奖称赞这本书揭示了"迄今为止澳大利亚移民史上不可言说的部分"。这部小说的背景设定在二战时的乌克兰，作者是海伦·德米登科，她声称自己的母亲是贫穷的爱尔兰人，父亲是目不识丁的乌克兰出租车司机，这本书是根据自己的家庭经历写的。然而，实际上，作者的父母都是从英国移民过来的，家境也很富裕。

- 1997 年，上了年纪的白人艺术家伊丽莎白·杜拉克透露，多年来，她一直以"埃迪·布鲁普"的名字创作和绘画，塑造了一个出生在西澳大利亚州皮巴拉地区的前科犯形象。

- 《禁忌之爱》(Forbidden Love) 是 2003 年在澳大利亚非常流行的回忆录。作者是一位名叫诺马·库利的女性，她讲述了她在家乡约旦生活时，她最好的朋友（一个穆斯林）爱上了一个信奉基督教的士兵，结果被父亲刺死的故事。2004 年，一名悉尼记者发现，库利虽然出生在约旦，但 3 岁时就移民到了美国，之后一直住在那里，直到 1999 年移居澳大利亚。也就是说，她的回忆录其实是虚构的。

里戈贝尔塔·门楚下的赌注就更大了。门楚是危地马拉的印第安人活动家，1979 年至 1983 年，她的父亲、母亲和两个弟弟先后被政府安全部队杀害。她的自传《我，里戈贝尔塔·门楚》(*I, Rigoberta Menchu*) 于 1983 年出版，迅速成为学者和学生眼中关于多元文化论的权威之作，最终销量超过了 15 万册。1992 年，门楚被授予诺贝尔和平奖。然而，1998 年，明德学院的人类学家戴维·斯托尔根据多年研究和上百次采访出版了一本书，指出门楚所讲述的故事中有许多错误。一位《纽约时报》的记者亲自进行了调查，证实了斯托尔的说法，他写道："门楚女士说的，她亲眼看到被饿死的那个弟弟其实并不存在；还有她第二个弟弟，她说自己和父母被迫看着他被军队的人活活烧死，但实际上他是在完全不同的情况下被杀的，当时她们一家根本不在场。"

斯托尔并不否认，门楚所描述的事件确实发生在其他危地马拉人的身上，也并不指责她说了谎。斯托尔对《纽约时报》的记者说："那样做是从道德上贬低了她，我绝对不愿让那样的事发生。我可以理解并支持她的叙事策略，她把别人的经历融入自己的经历中，然后自己就可以七十二变了。"

在绝大多数场合，门楚本人拒绝回应有关不真实内容的指控，她说，她写下了关于她的家人和危地马拉人民所面临的杀戮和暴行的"更大的真相"。她在学术界有许多拥护者，有些人认为（比如一个委内瑞拉社会学家在录音采访中指出），她的书遵循了拉丁美洲证明书的传统。这种传统可以追溯到 20 世纪 70 年代，据一位专家描述，"此类作品以第一人称写成，有些可以被看成文学作品，有些则不是；此类作品包括而不从属于以下类型：自传、自传体小说、口述历史、回忆录、忏悔录、日记、采访、目击报告、个人史、小说式证明书、非虚构文学或纪实文学。"这似乎说得通。然而，从法律角度来看，证词只有在真实的情况下才有价值，而且，不仅整体上要真实，在微小细节上也不容有假。虽然舆论的世界不是法庭，但当你所说的大部分内容都从未发生过时，舆论也不会站在你这一边。最终，这些拥护者并没有帮到门楚。《高等教育纪事报》这样引用了韦尔斯利学院一位西班牙语教授的话："我认为，多元文化论在学术界开拓了一个非常重要的领域，而里戈贝尔塔·门楚被右翼势力利用，在损害这一领域。不管她的书是真是假，我都不在乎。"

虚构自传悄悄地成了20世纪最重要（至少是收益最大）的文学领域，杰西·科辛斯基的作品是其中的代表。1933年，犹太人科辛斯基出生于波兰。二战中，他们一家使用假身份，躲进了波兰的村庄里，幸免于难。1957年，科辛斯基移民到了美国，开始了作家生涯，并一点点地给自己创造了一个全新的过往。他告诉朋友和认识的人，在战争期间，他是独自生存下来的，他游荡在波兰乡间，目睹了人类的所作所为（大多数都很残忍）。他的作品中还有一些情节借鉴了他的朋友罗曼·波兰斯基的真实的童年经历。一位霍顿·米夫林出版社的编辑听了他的讲述，1965年，该出版社出版了科辛斯基的故事。按照当时的习惯，这本《上了漆的鸟》(*The Painted Bird*)被归类为小说，不过编辑认为它大部分是依据科辛斯基自己的真实经历写的，科辛斯基也没有给出明确的解释。恰巧，《纽约时报书评》邀请埃利·威塞尔来评论这本书，威塞尔认为这本书是一部纯粹的小说，但科辛斯基告诉他这是自传。当时,威塞尔对科辛斯基的传记作者詹姆斯·帕克·斯隆说:"我撕掉了那份评论,重写了一份,写得比之前的那份好几千倍。"在那份评论中,威塞尔写道:"作为纪实作品,《上了漆的鸟》……有着不同寻常的力量。"

从政治角度和个人角度来看,或许最令人悲伤的回忆录就是 1995 年在瑞士出版的《片段:1939 年至 1948 年的战时童年》(*Fragments: Memories of a Wartime Childhood 1939—1948*)了。作者本杰明·威尔科米尔斯基是瑞士的一位单簧管工匠,他在开头这样写道:

"我既没有母语,也没有'父语',我使用的语言源自我大哥莫迪凯的意第绪语。在波兰纳粹集中营的儿童牢房里,来自各地的孩子的混乱口音将我淹没……从某个时刻起,我完全不会说话了,过了很久,我才再次找回自己的语言。

"我的幼时记忆深深植根于我的脑海中,植根于伴随这些记忆的身心感受里。然后,我记起我能听见东西了,记起我听见的内容了,记起我在想什么了,最后,我还记起了自己说过的话……

"我最早的记忆是一片孤立影像的废墟。记忆的碎片像刀口般锋利,即使如今摸上去也仍然会被割伤。大部分记忆是混乱的,几乎没有时间顺序。这些碎片不断出现,与成年人井然有序的生活相悖,逃避着逻辑的法则。

"如果我要写它,我就必须放弃成年人的逻辑,因为那只会扭曲事实。"

因此,这本书由一系列记忆模糊的场景组成,有的部分尤为零碎。在第3页，威尔科米尔斯基描述了他最早的记忆：在拉脱维亚的里加，一个男人（可能是他的父亲）被穿着制服的士兵按在墙上打死。本杰明和他的哥哥们逃到了波兰的一个农舍，躲了起来。后来他被逮捕，先后被带到了两个不同的纳粹集中营里。在其中一个集中营里，他最后一次见到了自己垂死的母亲。战后，他被送到克拉科夫的一家孤儿院，最后到了瑞士。在瑞士，他的养父母鼓励他忘掉一切。然而，过了几十年，在看完一部关于集中营的纪录片后，他开始重建自己支离破碎的过去。

这本书被翻译成九种语言（1996年被翻译成英语），广受好评，还获得了三个重要奖项：美国的国家犹太图书奖、法国的大屠杀纪念奖和英国的《犹太季刊》文学奖。威尔科米尔斯基本人接受了大屠杀档案馆的采访和录像，至少在某些方面，他与安妮·弗兰克、埃利·威塞尔和普里莫·莱维一样，是大屠杀的证人。但是，1998年，瑞士记者丹尼尔·甘兹弗里德发表了一篇文章，声称威尔科米尔斯基的本名是布鲁诺·格罗斯让，他不是拉脱维亚犹太人，而是瑞士比尔的一个未婚女子（非犹太人）的儿子。这篇文章发表后，威尔科米尔斯基坚称自己是一名真正的大屠杀幸存者，还说自己一到瑞士就秘密地与布鲁诺·格罗斯让交换了身份。此外，他批评了那些评论家，说他们不该把这本书当成"成年目击证人的历史事实报告"，因为真正的重点在于"留在孩子记忆里的、与成年人的批判和逻辑无关的印象"。

尽管甘兹弗里德的发现后来被研究者和记者不断证实和补充，但威尔科米尔斯基（或格罗斯让）依旧坚持自己的说法。我们很难因此谴责他，他似乎对自己的故事深信不疑。和门楚一事相似，更难办的是那些在事实面前仍然为他辩护的人，比如有个女人写信给他说："没人有权利或权力偷走你的记忆！你就是你记忆中的那个人。我希望你能坚强起来，把你的记忆当成一份珍贵的财富。"

一位名叫劳拉·格拉博夫斯基的大屠杀幸存者也支持他。格拉博夫斯基在好几个场合都表示，她记得曾在比克瑙以及一家位于克拉科夫的孤儿院见过威尔科米尔斯基。1998年，威尔科米尔斯基和格拉博夫斯基在洛杉矶重聚，还一起为洛杉矶的大屠杀儿童幸存者进行了一场音乐表演。但事实证明，格拉博夫斯基并不是最好的证人。《基石》杂志的调查显示，劳拉·格拉博夫斯基根本不是大屠杀的幸存者，她其实是撒旦教仪式回忆录《撒旦的地下活动》的作者劳伦·斯特拉特福德。此前，《基石》上还有一篇文章指出，斯特拉特福德是一名患有精神疾病的女人，本名是洛雷尔·威尔逊，她精心编造了被虐待的故事，把它们写在了回忆录里。

2002年，朱迪·布伦特出版了回忆录《绝尘》(*Breaking Clean*)，讲述了她在蒙大拿州的农场当家庭主妇的不幸生活。她在第一章中描述了她的公公把她的打字机拿到外面，然后"用一把大锤把它砸烂"的场景。她的公公对这一说法提出质疑，后来，布伦特向《纽约时报》的记者承认，打字机被大锤砸烂是"象征性的"写法。她说，实际上"老人家拔掉了打字机上的插头，大喊大叫，但打字机并没有报废"。

拉里·科尔顿 1992 年出版了回忆录《山羊兄弟》(*Goat Brothers*)，讲述了职业棒球小联盟球队的一次公路之旅。途中，他的棒球队走进了亚拉巴马州的一家餐馆。一名女服务生说她们不招待黑人球员，于是，球队经理安迪·塞米尼克就命令球员们回到汽车上去。科尔顿写道："我从凳子上站起来，把塑料杯里的水倒在柜台上，然后随手抄起一个棒球，朝收银台扔去。棒球打到了被堆成金字塔状的那些塑料杯的中心，杯子四处飞散，女服务生们纷纷低头躲避。"后来，在接受《俄勒冈人报》的采访时，科尔顿坚称自己确实把水倒在了柜台上，但承认自己并没有朝那些杯子扔棒球。他说，他之所以创造了这个场景，是因为他使用了"电影化"的方式去考虑"这个场景在读者心里会是什么样的"。

要谴责洛雷尔·威尔逊（也可以叫她劳伦·斯特拉特福德或劳拉·格拉博夫斯基）这样的人很容易，但对于从未被大锤砸过的打字机和从未被扔出的棒球，就比较难下定论了。随着回忆录的大量涌现，这种小小的欺骗和伪造不断被发现，并在评论文章、博客、网上论坛和学术文章中引起无休止的辩论。通常，人们会在以下两种立场中选择一种。

1. 我控诉。令人极其震惊的是，在书店的非虚构类专区销售的被称为"回忆录"的书往往有虚假成分。这不仅仅是虚假宣传，还是一种欺骗——不管是否有意，都会影响到书中的内容。既然报纸和杂志可以对出版内容进行事实核查，为什么图书出版商就不能呢？（提出这种疑问的往往正是报纸记者。）总之，这是现代生活中欺骗泛滥的又一个实例。

2. 人啊，做点更有意义的事吧。谁都知道，人类的记忆是有缺陷的。回忆录这种作品类型被公认为主观的、印象模糊的证言。回忆录不会试图给出真正的真相，只会给出作者眼中的真相，这就是回忆录的价值所在。那些花费时间在回忆录中寻找错误并自豪地宣扬的人，是虚伪的诽谤者。

第一种立场的弱点更为明显，因为它的前提是不切实际的、天真的道德绝对主义。现实生活中只有非常少的东西能得到确切的验证，比如出生地点和日期、亲戚的名字、工作的头衔以及一些时间和空间上的细节。此外的一切东西都只是人的印象而已。作家要想创作一本任何人都可能有意阅读的书，就必须以叙事的方式来表现这些印象。期望回忆录可以像录像带一样准确记录当时发生的一切，这种想法简直令人啼笑皆非。录像机在我们的现实生活中并不随时存在，因此，任何包含对话的回忆录（也就是说，任何近代或当代的回忆录）都是不准确的。想想你最近的一次对话，你能准确地记住你和其他在场者说过的话吗？当然不能，尽管这次对话可能顶多发生在几个小时前。回忆录只是看似还原了十年前、二十年前、三十年前的对话，尽可能呈现了在场者可能说过的话、可能会说的话、应该说过的话。回忆录中关于过去的其他内容也遵循同样的原则。因此，如果一个人能接受回忆录中存在对话（我还没有听说过有人要求废除回忆录中的对话），却对其他部分的真实性有所抱怨，那么他的行为是前后矛盾的。

第二种立场也有明显的漏洞。非虚构图书的不真实性是一个非常致命的问题。人们想读这些书，恰恰是因为人们期待它们是真实的，这可能是它们最大的吸引力。詹姆斯·弗雷的《百万碎片》要是以小说的形式出版，销量肯定没有这么好。内容丝毫未动，只是把分类改成回忆录，这本书就立马被抢购一空。赫尔曼·拉帕波特把大屠杀中的爱情写成了童话故事的形式，出版商初步计划把他的书作为小说出版。这个计划不可避免地失败了。它不是真的，所以没人在意。在某种程度上，回忆录被证实为虚假之后，就失去了它的特质、权威和力量。

但虚假确实存在，无法回避。要深究的话，我们可以把回忆录分成不同等级，或者找出某种规律。如果一部回忆录从消极的角度描述人物，不论是主旨还是细节都有错误，文笔拙劣，从私利出发，或者以其他方式显露了作者的意图，那么，其准确性就是个问题。以上这些事做得越多，做得越过分，这部回忆录的问题就越大。

让我们来看看两本非常成功的书中的选段。在珍妮特·沃尔斯 2005 年出版的回忆录《玻璃城堡》的第 42 页，沃尔斯描述了大约三十五年前，在得克萨斯州两个小镇之间的路上，她的母亲在车上坚持说自己怀孕了 10 个月，并为此和她的父亲大吵了一架的事。

"'我怀孩子的时间总是比大部分女人长一些，'母亲说，'洛丽就在我肚子里待了 14 个月。'

"'胡说八道！'父亲说，'除非洛丽有大象的基因。'

"'不要拿我或者我的孩子开玩笑！'母亲大叫道，'有些孩子是早产的，而我的孩子全都是晚生的，这就是他们那么聪明的原因。他们的大脑有更长的发育时间。'"

在 2002 年出版的回忆录《拿着剪刀奔跑》的第 45 页，奥古斯丁·巴勒斯描述了他（当时 12 岁）在母亲的精神病医生芬奇家里度过的第一天。他与芬奇医生的女儿娜塔莉和维基在玩一台旧的电击治疗仪，娜塔莉说她会假装成"偏执型精神分裂症患者"。

"娜塔莉的睫毛颤动着，她说：'就像是多迪·施密特。'

"维基做了个鬼脸：'啊，我的上帝。那个人太恶心了。你知道她有多脏吗？阿格尼丝（她们的妈妈）不得不帮她把胸罩扒下来，因为胸罩都粘在她身上了。'

"娜塔莉吸了口凉气：'你从哪里听说这件事的？'

"'这是真的，阿格尼丝亲口告诉我的。'

"'多迪是谁呀？'我问。

"'阿格尼丝还得用海绵擦洗她的乳房下面，把那些脏东西都擦掉。'维基故意尖叫了一声，做出呕吐的样子。"

这两本书的作者都在撒谎，书中涉及的人物在多年之前并没有说过这样的话。不过我们不能怪沃尔斯，应该被谴责的是巴勒斯。巴勒斯给精神病医生一家（他最终搬进了他们家里）换了名字，却如实地写出了小镇的名字，因此，凡是认识他们的人都能辨认出他们的身份。既然巴勒斯把他们疯狂的、令人不快的举动披露出来，读者对真相的要求也就变高了。巴勒斯直到精神病医生的家人以诽谤罪起诉他，并最终达成庭外和解时，才明白了这一点。沃尔斯也把自己的父母描绘成了疯子。她的书取得了巨大的成功，不过，无论是她的母亲、兄弟姐妹，还是其他人，都没有公开反对她对人物的刻画（她的父亲早在她写作之前就去世了）。部分原因在于，比起巴勒斯，她是一个更好的作家，一个更有同情心和洞察力的观察者。她作品里的对话相对较少，听起来也很真实，而巴勒斯的书里对话太多（有一半以上的内容都打着引号），且往往与事实不符。巴勒斯笔下的角色像是卡通人物，有时滑稽，有时吓人，但从来不是有血有肉的。沃尔斯笔下的角色既有趣又可怕，同时令人心酸，在某种程度上还很神秘——他们都是真实的人。

回忆录包含了各式各样的意图。有的狭隘（为了跟别人算账），有的宏大（为了赞美上帝），有的关乎技巧（为了讲个好故事），有的关乎商业（为了销量高），还有的关乎政治（为了废除奴隶制）。当回忆录中的某个行为、引文或细节明显地服务于其意图时，读者的不满会增加，对真相的要求也会随之变高。如果书中的"事实"被证明是假的，那么这本书理应受到质疑。朱迪·布伦特觉得她的家人扼杀了她的艺术抱负，并在回忆录中表达了这一点，这很好。但是，在她编造了大锤砸打字机的事之后，她就咎由自取，失去了被倾听的权利。

在《百万碎片》出版的几个月前，詹姆斯·弗雷接受了《纽约观察家》的采访。在谈到他的一些作家同行时，他说："我他妈的才不管乔纳森·萨佛兰（随便他叫什么）或者大卫·福斯特·华莱士在做什么。我他妈的才不管他们所有人在做什么。我不和他们出去玩，我不是他们的朋友，我也不是文学界的一员。"

当谈及戴夫·艾格斯的《一个惊人天才的伤心之作》时，他说："我认为那是一本平淡无奇的书，但它被吹捧为我们这一代中最好的作家写出的最好的作品。他妈的，去他妈的，去他妈的说这种话的人。"他还说他的妻子说他是野蛮人："因为我用手吃饭，因为我最好的朋友是我的狗，还因为我喜欢斗牛、喜欢摔跤、喜欢拳击。作家们不再像以前那样了，他们都他妈的有硕士学位，很'精致'，还很'有教养'。"

在他的书大获成功后，弗雷接受了《娱乐周刊》的采访。他说："我走进兰登书屋时，他们都把我当成摇滚明星，一个个激动得喘不过气来。他们不敢相信我本人出现了，都在叫：'哎呀！哎呀！哎呀！'"

这样一个惹人讨厌、自私且装腔作势的人，希望在书里让自己的人生看上去更暴力、更痛苦、更戏剧化、更极端，这并不让人感到奇怪。在2008年的夏天，丑闻曝光后，弗雷接受了《名利场》的采访，他声称这是他最后一次接受采访（当然是这样）。那篇访谈文章的作者这样写道："他已经38岁了，但仍然会打一些古怪的电话给我。有时他会从街角打来，用一种高亢而疯狂的苍老声音，拉长你名字的每一个音节。有时他会假装遇到紧急情况，就像他前几天打电话给编辑助理时做的那样：'艾利森，妈的，艾利森，我现在需要你的帮助！我在第五十六大道和第五大道的街角处，一辆该死的公共汽车开过来，把我打得浑身湿透！我还有两个会议，我需要你去给我买内衣和裤子。'"

这个坏男孩变得很可怜。

经过多年的思考和调查，我很高兴能在此引用自己看到的最明智的说法。这是《纽约时报》记者雷蒙德·沃尔特斯在1960年写的："如果读者拿起一本自传只是为了几个小时的消遣，那么，只要他读到了一个精彩的故事，他就不会太在乎它的真实性。但是，如果读者希望了解这个世界，以及一个人对这个世界的反应，又会怎样呢？他可能会遵循几个世纪以来挑剔的批评家使用的方法：当你开始读一本自传时，把它想象成一个你刚刚认识的人，你不断地判断这个人言语的真实性，从而尽可能地估量他或她的个性。"

我们在生活中遇到的人总是告诉我们"真实"的故事。（我记得我上次听虚构的故事还是在布兰特湖营地的篝火旁。）我们读回忆录就像听这些人说话一样，总是要做好准备，去评判他们的智慧、洞察力和可信度。有时，我们会遇到一个自大的吹嘘者，他是每一个故事中的主角或受害者，我们对他说的每一句话都感到怀疑。如果遇到了愤愤不平的腔调、侵犯了我们私人空间的没水平的发言者或过分自来熟的人，我们会找到最近的出口逃走。那些记得很久以前的很多细节的人也很可疑。也有时，有人纯粹是想开玩笑，他的眨眼和语气就会告诉我们，不必把他说的话过于当真。有些讲故事的人则让人印象深刻，他们直视我们的眼睛，从一开始就吸引了我们。但很可能，这些人的故事里隐藏着欺骗，而我们永远都不会发现。

伪装的艺术：回忆录小史

[美] 本·雅格达 著
王喆 殷圆圆 译

图书在版编目(CIP)数据

伪装的艺术：回忆录小史 / (美) 本·雅格达著；王喆，殷圆圆译. -- 北京：北京联合出版公司，2020.4
ISBN 978-7-5596-3585-3

Ⅰ. ①伪… Ⅱ. ①本… ②王… ③殷… Ⅲ. ①回忆录—研究 Ⅳ. ① K810

中国版本图书馆 CIP 数据核字 (2020) 第 035046 号

MEMOIR: A HISTORY

by Ben Yagoda

Copyright © 2009 by Ben Yagoda
First published by Riverhead Books, the Penguin Group.
All rights reserved. No part of this book may be reproduced, scanned, or distributed in any printed or electronic form without permission. Please do not participate in or encourage piracy of copyrighted materials in violation of the author's rights. Purchase only authorized editions.

Published by arrangement with Stuart Krichevsky Literary Agency, Inc., through Andrew Nurnberg Associates International Ltd.
Simplified Chinese edition © 2020 by United Sky (Beijing) New Media Co., Ltd.

北京市版权局著作权合同登记号 图字：01-2019-6128 号

选题策划	联合天际·王 微
责任编辑	崔保华
特约编辑	节晓宇
美术编辑	梁全新
封面设计	UN_LOOK · 董茹嘉

出　版	北京联合出版公司
	北京市西城区德外大街 83 号楼 9 层 100088
发　行	北京联合天畅文化传播有限公司
印　刷	嘉业印刷(天津)有限公司
经　销	新华书店
字　数	250 千字
开　本	880 毫米 × 1230 毫米 1/32 9 印张
版　次	2020 年 4 月第 1 版　2020 年 4 月第 1 次印刷
ISBN	978-7-5596-3585-3
定　价	78.00 元

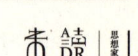

本书若有质量问题，请与本公司图书销售中心联系调换
电话：(010) 52435725　(010) 64258472-800

未经许可，不得以任何方式复制或抄袭本书部分或全部内容
版权所有，侵权必究